대중소설의 문화론적 접근

대중소설의 문화론적 접근

김 현 주 저

한국학술정보(주)

책 머리에

이 책은 대중소설에 대한 문화론적 특질을 규명함으로써, 대중소설의 가치와 의의를 복원하는데 그 목적이 있다. 지난 세기 말부터 대중문학론에 대한 본격적인 논의가 진행되면서, 그동안 문학비평에서 늘 소외되었거나 폄하적 대상으로만 인식되었던 대중문학 특히 대중소설 역시 문화적 현상으로서의 의미를 인정받기 시작했다. 대중소설의 외연적 현상과 내포적 특질 때문에 그동안 학계에서 외면당해 왔으며, 아직도 그러한 부정적 시각이 완전히 교정된 것은 아니다. 이는 현실 문제의 핍진성이라는 측면과 미학적 서사구조의 개연성이라는 측면에서 대중소설을 바라보기 때문이라고 할 수 있다. 일반적으로 대중소설을 '소설'이라는 미학적 틀로 평가하게 되면 본격소설의 결여태라고 인식하게 된다. 대중소설은 통속적 소재와 도식적 구조를 즐겨 사용하기 때문에, 독자인 수용자 내지 소비자의 기대와 예상을 배반하지 않는 편이다. 그로 인해 대중적인 수용자는 대중소설을 읽으면서 위안과 대리 만족감, 그리고 삶에 대한 환상을 갖게 된다. 반면에 일부 수용자는 이러한 소재와 구조를 즐겨 사용하는 대중소설을 상투적인 소재와 현실도피적 서사구조에 매몰되어 있다고 평가하게 된다. 물론 현실의 문제는 쉽게 해결될 수 없는 갈등의 실타래이다. 그 실타래를 핍진하게 그려내는 것이 소설의 몫이기도 하다. 그러나 대부분의 대중소설은 갈등을 쉽게 해결하는 편이기에 현실의 문제를 왜곡하거나 호도하는 경향이 종종 있다. 그러다보니 수용자는 대중적 문화로서 대중소설이나 드라마를 즐기면서도 자신의 취향을 부정하는 이중적 문화 소비자라는 이상한 위치에 서 있게 된다.

수용자의 이상한 위치에서 벗어나고자 하는 바람에서 시작된 이 책의 최초 구상은 1950년대부터 1990년대까지의 대중소설론 내지 대중소설사의 기술이었다. 그러나 최근에야 소박한 첫출발을 결심하면서 이 구상을 접고 박사학위 논문인 「1970년대 대중소설 연구」를 일부 수정해서 출간하게 되었다. 그 결과 이 책은 1970년대 대중소설만을 다루고 있기에 대중소설 연구의 시론적 작업에 불과하다. 그러나 이 책이 문학 연구자에게는 먼 미래처럼 느껴졌던 대중문화 현상을 실감케 하는 책이기를 소망한다. 책의 의도처럼 대중소설이 우리의 현실인 문화적 환경을 읽어낼 수 있는 문화 텍스트라고 수용자의 생각이 전환된다면, 수용자는 이중적 문화 소비자로서의 태도에서 벗어나 대중적인 문화 현상으로서 대중소설을 향유할 수 있으며 올곧게 비판할 수 있을 것이라 확신한다. 생각의 전환은 다른 한편으로 그동안 대중소설, 특히 TV 드라마나 만화를 보면서 죄의식을 마음 한쪽에 가졌던 수용자 의식의 해방을 의미하기도 한다. 마지막으로 이 책이 대중소설을 미학적 자질로만 평가하던 기존의 연구방법에서 탈피하여 대중소설의 문화적 의의와 가치에 대한 좀 더 깊이 있는 논의를 진작시키기를 소망한다. 나아가 대중문학이 복원되어 온전한 한국문학사가 기술되기를 간절히 바란다.

책의 출간을 빌어 감사드릴 분들이 내게는 너무나도 많다. 부족한 제자에게 학문하는 자세와 대중문학 연구자로서의 길을 열어주신 김영민, 신형기, 이경훈, 최문규 선생님께 진심으로 감사드린다. 또한 대중문학 연구로 인도해주신 한국여성문학학회의 이덕화, 김복순 선생님께도, 대중문학 연구라는 험난한 길을 걸어오셨음에도 불구하고 부족한 후학을 위해 항상 아낌없는 사랑을 베풀어 주시는 대중서사학회 임성래 선생님께도 머리 숙여 감사드린다. 특히, 학문하는 사람이 갖게 되는 원대한 포부와 현실적 어려움 사이에서 갈등하는 나에게 욕심을 버리는 지혜를 따뜻하게 가르쳐주신 최유찬 선생님께 충심으로 감사드리고 싶다. 탁월한 학문적 능력도 없으면서 벌컥 학문의 길을 들어서다보니 감사드릴 분이 아직도 너무도 많지만 여기서 줄여야 할 듯하다.

　　마지막으로 늘 시간적 물질적 여유가 없다는 핑계로 보답도 해드리지 못하고 언제나 대접받기를 원했던 막내가 책을 낸다니 내게 큰 행운이나 올 것처럼 미리 기뻐하시는 어느새 늙으신 부모님과 오빠들에게 고맙다는 인사를 하고 싶다. 그리고 공부 빚으로 바빠하는 나를 옆에서 언제나 자상하게 지켜봐 주는 남편과 다른 가족들 그리고 벗들에게 고마움을 전하고 싶다. 마지막으로 단정하게 책을 만들어주신 한국학술정보 편집진 여러분께 감사의 뜻을 전한다.

　　　　　　　　　　　　　　　홍은동 산자락을 벗 삼아
　　　　　　　　　　　　　　　2005년 7월
　　　　　　　　　　　　　　　김현주

목 차

제1장

문화텍스트로서의 대중소설

1. 새로운 접근 방법의 필요성

대중소설의 확산과 소설의 대중화는 그동안 미학적으로 구별되어 왔다. 1930년 전후 김기진, 임화를 중심으로 진행된 대중화 논쟁은 대중소설의 대중화 논쟁이 아니라, 소설의 대중화 논쟁이었다. 이 논쟁에 참여한 논자들은 문학의 수용 주체인 대중의 중요성과 대중적 요소를 문학적 소재로 채택해야 할 필요성을 인정하면서도, 대중소설을 상업성에 의거해 창작된 대중 추수적 작품이며 본격소설의 결여태로 간주한다. 이들의 입장은 1980년대 말까지 대중소설 연구에 암묵적으로 수용된다. 그러나 1990년대 들어 대중적 취향이나 연구자의 태도가 변화됨에 따라 대중소설에 관한 논의가 본격적으로 진행된다.[1] 이들 논의는 대중소설의 대중화에 대한

---

1) 1990년대 들어서는 본격소설과 대중소설의 벽을 허물자는 논의까지 진행될 정도로 대중소설의 대중화에 대한 문제가 진지하게 논의되고 있다.(손경목, 「통속문학과 대중문학의 가능성」, 『실천문학』, 1991. 봄/김만수 외, 「특집: 대중문학과 순수문학의 벽은 무너지는가」, 『문학사상』, 1997. 4/고미숙, 「대중문학론의 위상과 '전통성'에 대한 비판적 검토」, 『문학 동네』, 1996. 여름 등) 그리고 대중문학연구회에서 발간한 '무엇인가' 시리즈와 그 밖의 대중문학 관련 도서는 대중문학의 미학적 특질을 규명하려는 체계적인 노력의 성과라 할 수 있다.(대중문학연구회편, 『대중문학이란 무엇인가』(평민사, 1995), 『연애소설이란 무엇인가』(국학자

진지한 탐색이었으며, 대중소설의 미학적 특질을 규명하려는 시도였다.

1990년대를 기준으로 대중소설에 대한 입장이 현격한 차이를 보이고 있기 때문에 1970년대 대중소설에 대한 기존의 연구사에 대한 검토는 1990년 이전과 이후로 나누어서 살펴볼 필요가 있다. 우선 1970년대 대중소설에 대한 1990년 이전까지의 논의로는, 대중성 확보와 사회적 기능에 대해서 진단하고 있는 김종철과 김주연의 글, 대중문학이란 개념을 문학적 범주로 수용하면서, 대중문학에 대한 긍정적인 인식을 시도한 오생근과 천이두의 글, 대중문화와 대중소설의 관계를 조명한 김병익의 글이 주목할 만하다.

김종철은 1970년대 대중소설의 사회적 배경과 독자를 흡인하는 요인을 세밀하게 분석하고 있으며,[2] 김주연은 대중소설의 사회적 기능에 대해서 고찰하고 있다.[3] 김주연은 특히 최인호 소설이 산업 사회에 대한 비판을 바탕으로 소외를 극복하고자 하는 수단으로 관능과 파행을 시도하고 있다고 지적한다.[4] 그리고 오생근은 1970년대 작가들이 대중화의 지향성을 확실히 보여준다고 전제하면서, "대중문학의 범위도 넓어져야" 하며, 순수문학도 대중화되고, 대중문학도 순수문학적 측면을 흡수하여 통속성을 넘어선 단계로 확장되어 간다고

료원, 1998), 『과학소설이란 무엇인가』(국학자료원, 2000)/』 대중문학의 이해』(임성래 외, 청예원, 1999)/「대중문화와 대중문학」(문성숙 외, 『한국문학연구』 제20집, 동국대학교, 1998 등.)
2) 김종철, 「상업주의 소설론」, 『한국문학의 현 단계』 II, (백낙청, 염무웅 편), 창작과 비평사, 1983.
3) 김주연, 『대중문학과 민중문학』, 민음사, 1979.
4) 김주연, 「상업문명 속 '소외와 복귀」, 『세대』, 1974. 6월.

분석한다. 나아가 그는 대중문학을 "신문이 요구하는 오락으로서의 재미와 작가가 생각하는 소설적 재미가 일치"하는 문학이라고 규정한다.5) 또한 천이두는 대중문학이 '소설의 대중화'에는 기여했으나, "기존 인습에 순응하는 입장"이며, 독자로 하여금 "미래에 긍정적으로 대처"할 적극적 의지를 좌절시킨다고 설명한다.6) 한편 김병익은 대중소설이 대중문화의 소산이라는 전제 아래 1970년대 대중소설이 비로소 대중문화의 보편적 일상성을 담게 되었다고 지적한다. 반면에 1970년대 이전의 대중소설인 "『찔레꽃』, 『자유부인』이 당대의 풍속을 드러내려고 했음에도 불구하고 그들의 사랑과 퇴폐가 보편적 일상을 획득하기 이전의, 예징적 양상" 7)만 드러낸 작품이라고 진단한다. 그러나 최인호의 소설에 대해서는 "우리 사회의 도회화 과정이 지니고 있는 여러 측면들을 예리하게 반영하고 있다"고 지적하고 있다.8)

　1990년대 후반에 들어서면서 1970년대 대중소설에 관한 학문적 연구가 본격적으로 시작된다. 우선 박철우의 연구는 1970년대 신문연재소설에 반영된 사회직 의미를 고찰히고 있다. 그의 연구는 작중 인물의 계층과 가치관을 분석하고 있는 바, 소설 분석의 새로운 지평을 열어 주었다.9) 한편 장서

---

5) 오생근, 「한국 대중문학의 전개」, 『문학과 지성』, 1977년 가을.
6) 천이두, 「대중문학의 성격과 기능」(1982), 『대중문학이란 무엇인가?』, 평민사, 1995.
7) 김병익, 「70년대 신문소설의 문화적 의미」, 『신문연구』, 관훈클럽, 1977 가을.
8) 김병익, 「70년대 소설을 어떻게 볼 것인가」, 『상황과 상상력』, 문학과 지성사, 1988.
9) 박철우, 「1970년대 신문 연재소설 연구」, 중앙대학교 문예창작학과 창작문학 전공 박사학위논문, 1996.

연의 논문은 최인호의 『별들의 고향』, 『도시의 사냥꾼』, 조
해일의 『겨울여자』를 중심으로, 인물과 구조, 그리고 당대
사회와의 관계 등을 분석하고 있는데, 대중소설과 독자 대중
의 관계를 조명하고 있다.[10] 그리고 추애주의 논문은 여성
주인공의 자아의식(여성성과 소외)과 당대 대중의 가치관과
취향을 연결시켜 분석한다는 점에서 한층 진척된 연구라고
할 수 있다.[11] 장서연과 추애주의 논문은 대중소설의 텍스트
(생산)와 독자 대중(수용)의 관계를 규명하려는 작업이라는
점에서 의의가 있다. 그 밖에 서사 분석을 통해 1970년대 대
중소설의 의미를 규명하려는 작업도 뒤따르고 있다.[12]

　이상의 기존 연구를 종합해보면 대부분의 연구자들은 1970
년대 대중소설에 대해서 대중에게 말초적 감각만을 제공한다
는 부정적 입장과 대중 사회의 문제를 진단할 수 있는 단초
를 제공한다는 긍정적 입장을 뚜렷하게 취하고 있다. 이들은
대중소설의 사회적 기능에 대해서는 분명한 입장 차이를 보
이면서도, 1970년대 대중소설이 당대의 대중적 현상을 반영
하고 있다는 점에서는 공통의 입장을 취하고 있다. 그러므로
1970년대 대중소설이 어떠한 미학적 특질을 지니고 있는지,

---

10) 장서연, 「1970년대 대중소설 연구」, 동덕여자대학교 국어국문학
　　과 국문학전공 박사학위 논문, 1998.
11) 추애주, 「소외의 관점에서 본 여성다움에 관한 연구 ─ 한국대중
　　소설에 나타난 여성상을 중심으로」, 이화여자대학교 여성학과
　　박사학위논문, 1985.
12) 박휘종, 「1970년대 대중소설 연구」, 계명대학교 대학원 석사학
　　위 논문, 1996.
　　추은주, 「1970년대 대중소설 연구」, 부산대학교 대학원 석사학
　　위 논문, 1997.

그리고 그것이 대중적 현상과 어떠한 관련이 있는지를 규명하는 것이 대중소설 연구의 핵심일 것이다.

이 책은 대중소설의 미학적 특질과 대중적 현상을 규명하기 위해서 세 가지 측면에서 문제를 먼저 제기한다. 우선, 대중소설의 대중적 요소인 '감각'과 관능성, 통속성[13], 그리고 상업성을 재조명하기 위해서 새로운 연구 방법의 필요성을 제기한다.[14] 대부분의 대중소설은 대중독자에게 쉽게 내용을 전달하기 위해서 도식적 구성과 선적 서사 구조, 그리고 낙관적 결말구조를 지니고 있으며 현실의 모순을 깊이 있게 파고들기보다는 말초적인 감각을 자극하고 있다. 이러한 대중소설의 미학적 특질을 제대로 평가하기 위해서는, 기존의 문학 연구 방법이 아닌 새로운 연구 방법이 필요하다.

두 번째로 대중소설은 사회적 제도와 관련지어 연구할 필요가 있음을 제기한다. 1970년대 대중소설의 대중화는 대중매체의 발전으로 인한 문화 시장의 증폭과 관련이 있다. 그러

13) 아도르노는 "오늘날 가벼운 예술로서 등장하는 작품은 모두 거부해야 한다"고 주장한다. 그러나 "물화에 추상적으로 대립함으로써 동시에 물화의 제물이 되는 고결한" 작품을 거부하는 동시에 통속성을 지닌 작품이라고 무조건 배척하는 것도 거부한다. 그는 "예술에 있어서의 통속성은 객관적으로 재생산되는 굴욕과의 주관적 동일시를 의미한다"고 지적하면서, 한편으로 "통속적인 것 속에는 억압된 요인이 억압의 흔적을 지닌 채 다시 나타난다"고 판단함으로써, "예술은 어떠한 소재도 통속적이라고 타부시해서는 안 된다"고 주장한다.(T. W. 아도르노 (홍승용 역), 『미학이론』, 문학과지성사, 1995. 370-71쪽.)

14) 박성봉은 대중예술이 예술이기 위해 자신의 통속성을 양보할 필요가 없으며, 차라리 반대로 자신의 통속성을 완성으로 지향함으로써 더욱 예술일 수 있는 가능성이 있다고 주장한다.(박성봉, 「대중예술 비평을 위하여」, 『대중예술의 이론들』, 동연, 1995.)

므로 대중문화를 능동적으로 수용하고 소유하고 싶어 하는 대중이 존재하는 문화적 환경과 제도에 대한 분석이 필요하다. 1970년대 영화나 주간지 등의 시각적 자극을 줄 수 있는 대중 매체를 접해보았던 대중독자들은 '감각'(feeling)을 충족하고 싶어서 능동적으로 소비에 참여하기도 했다는 점에서, 이전 시기의 대중소설과 확연히 구별된다. 따라서 이 시기 대중소설도 그 속에 표현된 문화적 코드를 통해 1970년대 대중들의 독특한 삶의 방식을 드러낸다고 볼 수 있다. 즉 1970년대 대중소설에 자주 등장하는 문화적 코드-성장의 신화, 도시의 신화, 반신화, 여성의 육체, 낭만적 사랑 등-은 그 당시 대중들의 실제적 문화 경험을 드러내는 것으로서, 대중들의 정체성을 파악할 수 있을 것이다. 이들 문화적 코드는 1970년대 사회 제도와 긴밀한 관계를 가지면서도 사회 변동, 그리고 '지금-여기에' 있는 '대중들'의 '일상적인 삶' 15)의 가치관과 취향을 보여주기 때문이다.

세 번째로 문화적 코드의 생산과 수용이라는 측면의 텍스트 연구가 필요함을 제기한다. 대중 독자들은 특정한 문화 양식이나 특정한 대상에 독특한 반응을 보이기 마련이다.16)

---

15) 여기서 '일상적인 삶'이란 용어는 그 시대의 대표할 수 있는 문제적 개인의 특수한 '일상성'이 아니라 평범한 개인의 보편적인 '일상성'을 의미한다.

16) 발터 벤야민이 소비과정에서 의미가 발생한다고 본 이유는 기계적 복제의 긍정적 잠재성을 받아들였기 때문이다. 「技術複製時代의 藝術作品」에서 다음과 같이 서술하고 있다. '예술작품의 기술적인 복제 가능성은 대중의 예술에 대한 태도를 변화시킨다. 이 태도는 예를 들어 피카소와 같은 경우에 직면한 보수적인 태도로부터, 채플린과 같은 경우에 직면한 극히 진보적인 것으로 전복되고 있다. 진보적인 태도는, 관찰하고 체험하는 데 대한 재미가

1970년대는 산업화로 인해 대중문화의 능동적 수용자로서 대중이 등장하고, 대중의 욕망을 생산하고 소비하는 제도가 구비되는 시기이다. 따라서 1970년대 대중소설은 소비자의 선택의 자유, 생산자의 판매 전략의 자유 등이 통합되어 생산해낸 대중문화로서 자본주의 생산 체계에 흡수되어 상품의 형식을 띠게 된다. 독자 대중은 당대의 실제적인 문화적 경험을 반영하거나 새로운 문화적 경험을 생성하고 있는 대중소설을 선택적으로 향유하므로, 텍스트의 의미가 소비자인 독자에게 일방적으로 주입되는 것이 아니라 독자의 선택에 의해서 역동적으로 움직인다. 독자 대중이 생산성과 수용에 있어서 특별한 결정력을 갖게 되었다는 말이다. 한편으로 대중소설 독자는 텍스트를 통하여 좌절된 욕망을 대리 만족하려 하고, 자신의 왜소한 삶을 보상받으려 한다. 특히 산업화 이후 현실의 급속한 변화에 적응하지 못하여 정체성의 혼란과 좌절을 겪게 되고, 규격화된 일상으로 인해 파편화 되며, 권태와 무기력에 빠지게 된 소외 계층의 독자들이 더욱 그러하다.

따라서 대중소설 작가는 작품을 창작할 때 이런 이중적인 대중 독자의 취향을 염두에 두게 된다. 대중소설 작가는 이

전문가적 비평가의 태도와 직접적이며 내적으로 연결되고 있다는 사실에서 뚜렷해진다. 이러한 연결점은 중요한 사회적 증빙물이 된다.' 이와 같이 예술에 대한 대중의 태도 변화는 영화에서 확연히 드러난다. '괴기 영화에 대해서 진보적인 반응을 하는 바로 그 관객이 초현실주의에 대해서는 보수적인 관객이' 되는 것이다. 그래서 그는 아우라의 문화에서 민주적 문화로 옮겨가기 시작했다고 판단한다.(발터 벤야민(차봉희 역), 『현대 사회와 예술』, 문학과지성사, 1994. 75-76쪽.)

러한 대중들의 감정구조를 재생산하기도 하지만 미처 대중들
이 의식하지 못하고 있는 바를 생산하기도 한다. 그러므로
텍스트와 독자의 이러한 이중적 측면을 고려한 텍스트 분석
이 필요하다.

2. 문화기호학적 접근 방법의 유효성

앞서 제기한 문제를 수렴하기 위해 이 책이 선택한 주제는
'문화 텍스트성(cultural textuality)' 17)이다. 여기서 문화 텍
스트(cultural text) 분석이란 텍스트의 생산에 있어서 작품을
본질적 내부로 취급하고, 제도와 물질적인 조건을 우연적 외
부로 취급하는 기존의 문학 연구 방법론을 지양하고, 텍스트
에 나타난 특정한 문화와 그 문화에 내재되거나 표출된 의미
와 가치를 재구성하는 것을 의미한다. 그러므로 대중소설의
문화 텍스트성을 분석하면, 복수의 문화가 서로 헤게모니 다
툼을 하고 있기 때문에 텍스트 내에서 서로 다른 규범이나
가치의 층위들이 갈등하고 있음을 파악할 수 있다. 또한 그
사회의 문화적 작품과 실천행위들을 만들고 소비하는 대중들
이 공유하는 행동과 사상의 유형을 파악할 수 있다. 그리고
문화의 수행자인 대중들이 수동적으로 소비하기보다는 능동
적으로 소비함으로써, 새로운 문화를 생산한다는 사실도 입

---

17) 문화 텍스트성이란 원래 로트만 등 모스크바 타르투 학파에 의
    해 제기된 것으로, 문화가 어떠한 메시지로 인식될 때 성립된
    다고 한다.(송효섭, 『문화기호학』, 민음사, 1997. 154-167쪽.)

증할 수 있다.

특히 1970년대 한국 사회에서 문화의 생산과 소비는 1960년대부터 진행된 산업화로 인해 자본주의 생산체계에 흡수되면서 상품과 동일한 방식을 취하게 된다. 또한 대중 교육의 확산으로 독자 대중층이 두터워지고, 대중 매체의 발전으로 문화 시장이 확대되며, 대중적으로 문화적 접근이 용이한 환경과 제도가 조성되는 가운데 진행된다. 이는 대중소설을 포함한 대중문화의 확산에 결정적인 조건이 된다. 한국 사회에서 1970년대 대중소설은 대중문화를 대중적으로 최초로 향유한 세대 혹은 대중의 경험을 담은 문화 텍스트이며, 대중에게 지식뿐 아니라 즐거움과 위안을 주는 문화 양식이었다.

따라서 이 책의 목적은 1970년대 대중소설을 대상으로, 대중소설이 대중들의 감정구조를 '문화적 코드(cultural code)'로 표현/생산하고 있으며, 새로운 문화적 경험 공간을 형성하고 있음을 규명하려는 데 있다. 이는 대중소설의 미학적 특질을 규명하려는 시도이기도 하다.

연구 방법은 연구 대상의 성격과 연구 목적에 의해서 규정되어야 한다. 단일한 연구 방법에 의해 수많은 작품을 체계화할 경우 각 작품의 개별적인 특질이 간과될 위험을 감수해야 하지만, 이 책은 1970년대 대중소설을 문화 기호학적 방법으로 문화 텍스트성을 파악함으로써 대중소설의 미학적 특질을 규명하고자 한다.[18] 이 연구의 핵심은 텍스트를 중심으로 생

---

18) 이 책의 연구 방법론은 다음의 책을 참조했다. 송효섭, 위의 책. /유리 M. 로트만(유재천 역), 『문화 기호학』, 문예출판사, 1998. / 서정철, 『기호에서 텍스트로-언어학과 문학 기호학의 만남』, 민음사, 1998. /롤랑 바르트(이화여대 기호학연구소 역), 『현대의

산과 수용의 관계를 규명하는 일이다. 대중문화로서 대중소설의 운명은 독자-유통구조-텍스트의 순환구조 속에 놓인다. 대중소설 텍스트는 독자의 예상 움직임을 상정하기도 하고 생성하기도 한다.[19] 수용자인 독자는 그런 텍스트의 전략에 따라 읽거나, 텍스트가 예상하지 못한 의미를 해석하기도 한다. 이 책은 대중소설이 "상대적으로 고정된 정체성"[20]을 지닌 텍스트라는 점을 전제하고, 먼저 텍스트에 나타난 기호와 그 기호의 지시체계 그리고 그 지시체계가 구성하는 문화적 코드를 분석한 다음, 대중소설의 문화적 코드를 통해 드러난 인물의 감정구조와 그 코드가 지닌 이데올로기를 분석한다.

  1970년대 대중소설의 문화 텍스트성을 파악하기 위한 일차적인 작업은 텍스트의 기표 단위들을 규명하는 일이다.[21] 텍스트의 기표 단위는 서사에서 별 다른 비중은 있어 보이지

신화』, 동문선, 1997.

19) Umberto Eco(김운찬 역), 『소설 속의 독자』, 열린 책들, 1996. 84쪽.

20) 안토니 이스트호프(임상훈 역), 『문학에서 문화연구로』, 현대미학사, 1996. 51쪽.

21) 이를 바르트의 『이야기의 구조적 분석 입문』에서는 기능층위 분석이라고 한다. 바르트는 이야기 분석을 보다 체계화하기 위해 기능 층위 외에 행위 층위, 서술 층위의 분석이 필요하다고 한다.(서정철, 『기호에서 텍스트로』, 민음사, 1998.) 즉 바르트는 담화의 층위 내부에서 분석이 될 만한 규칙과 체계를 발견하고자 이 세 가지 층위를 제시한 것이다. 이와 같은 방법을 통해 모든 서술물의 심층에 깔린 조직 원칙을 파악하고자 했다. 이러한 그의 방법론은 수많은 러시아 민담을 분석하는 보편적 틀을 제시하고 인물의 행위에 초점을 맞추었던 프롭의 『민담형태론』(블라디미르 프롭(황인덕 역), 예림기획, 1998)에서 큰 영향을 받은 것이다.(A. J. Greimas(김성도 역), 『의미에 관하여』, 인간사랑, 1997. 32-42쪽.)

않지만 하나의 연쇄를 구성하여 통합의 축을 구성한다. 그 양상을 도표로 제시하면 아래와 같다.

(1) 표층적 의미체계 (외연의 국면)	1. 기표	2. 기의	
(2) 심층적 의미체계 (내포의 국면)	3. 기호 Ⅰ. 기표(내포소)		Ⅱ. 기의
(3) 의미작용	Ⅲ. 기호		

〈표〉

이 책에서는 먼저 〈표〉의 (1)처럼 기의와 기표가 벌이는 표층적인 의미체계를 설명한다. 외연의 국면에서 기표와 기의에 의해서 형성된 기호들이 집단화되어 〈표〉의 (2)의 내포의 국면을 형성한다. (2)에서는 줄거리와 인물 간 상호작용에서 발생하는 연상 작용이나 함축된 의미를 파악하는 심층적 의미를 분석한다. 심층적 의미 분석을 통해, 서사의 구조를 스토리 자원에서 밝혀주는 바, 통합적(연속성), 계합적(사건들 간의 유사성)으로 조직된 사건 속에서 행위자의 기능이 설명될 것이다.[22] 그리고 작품 자체의 내용과 줄거리, 등장인물들 간의 상호작용 등 텍스트의 의미를 분석한다. 심층적 의미 분석에서는 서사적 체계 속에 행위자 즉 인물의 성격과 행동에 특히 주목하게 된다. 따라서 내포의 기표를 내포소라 부른다. 내포의 국면에서 기의는 일반적이고 산포적이며, 이데올로기의 단편이 된다.

---

22) 스티븐 코핸·린다 샤이어스(임병권·이호 역), 『이야기하기의 이론 −소설과 영화의 문화 기호학』, 한나래, 1997.

이러한 텍스트의 기호 체계 내지 코드 분석은 텍스트에 나타난 감정구조나 이데올로기를 분석하기 위한 기초 작업이 된다. 텍스트를 구성하는 것은 여러 의미들 간의 마찰이며, 텍스트는 이 갈등을 보여주지만 전부 다 언어로 표현하지 않고 침묵하기도 한다. 텍스트의 표층적 의미 분석과 침묵의 언어를 구성하는 심층적 의미 분석을 통해 인물의 감정구조를 파악할 수 있다. 여기서 '감정구조(structure of feeling)' 23)란 특수한 연계관계, 특수한 강조와 은폐, 그리고 그것이 가장 쉽게 인식되는 형태들로서의 심층적 출발점과 결론의 특정한 구조를 의미한다. 즉 감정구조는 "특정한 집단이나 계급, 사회가 공유하는 가치들이다. 이 용어는 집단적, 문화적 무의식과 이데올로기의 중간에 있는 그 무엇을 지칭하는데 쓰인다." 24) 인물의 감정구조를 분석함으로써 인물 내지 독자 대중의 정체성이 텍스트 내에서 어떻게 구성되고 있는지 보여 줄 수 있다. 따라서 1970년대 대중소설 텍스트의 인물과 독자 대중이 주로 청년이므로 텍스트의 감정구조를 분석하면 1970년대 청년의 의미를 파악할 수 있는 것이다. <표>의 (3)처럼 감정구조의 의미작용을 비판적으로 분석하기 위해서는 그 의미작용에 대한 이데올로기 분석이 필연적으로 요구된다.25)

---

23) 감정구조와 유사한 개념으로 부르디외는 '아비투스' (취향)이란 용어를, 스튜어트 유엔은 '스타일' 이란 용어를 사용하고 있다.(삐에르 부르디외(최종철 역), 『구별 짓기: 문화와 취향의 사회학』 上, 下권, 새물결, 1996. /스튜어트 유원(백지숙 역), 『이미지는 모든 것을 삼킨다』, 시각과 언어, 1997. 40쪽.)
24) 레이몬드 윌리엄즈(이일환 역), 앞의 책.
25) 롤랑 바르트는 마지막 항인 (3)에서의 기호를 '의미(SINGE)' 라

이데올로기는 실재가 아니라, 개인적인 믿음의 형태로 드러나는 허위의식이며, 일상생활의 경험적 실천을 통해 그 효과가 발휘되는 것이다. 또한 그것은 일상생활을 살아가는 개인들의 규범이나 가치, 사회적 위치를 무의식적으로 드러내는 것이다. 따라서 대중소설에 나타난 문화적 코드는 무의식적으로 지배 이데올로기와 저항 이데올로기가 대립하고 있는 지점이 된다. 지배 이데올로기는 전도된 이미지를 끊임없이 생산해냄으로써 그 사회구조를 재생산하려고 기도하는 반면에, 저항 이데올로기는 그러한 기도를 폭로하고 그 사회구조를 전복하려고 기획하는 것이다. 그러므로 이데올로기는 끊임없이 헤게모니 다툼을 한다고 볼 수 있다. 헤게모니는 지배 현상을 고정된 상태로 보지 않고, '특정한 투쟁 현장의 일시적인 정복' 상태를 의미한다. 그러므로 이데올로기는 자본주의 체제의 지배성에 대한 매혹과 거부의 가능성을 동시에 파악할 수 있는 영역이다.

문화 텍스트 역시 지배층의 이해관계를 보편화시키려는 시도와 피지배중의 저항 사이에서 투쟁이 일어나는, 문화적 교차와 상호 영향에 의해 구성된 영역이 된다. 또한 "대중적 요소는 '느낌'(feeling)인 반면 항상 앎(knowing)이나 이해

고 부르면서, 그 의미의 기표는 '형식(forme)'으로, 기의는 '개념(concept)'으로 명명한다. 그러므로 의미는 기표인 동시에 형식이 되며, 기표로 가득 차 있는 동시에 형식으로 비어 있게 된다. 이러한 형식과 결합하는 기의는 마지막 단계인 (3)에서 신화를 말하게 하는 동기가 된다. 다시 말해 이것을 통해 하나의 역사가 그리고 "현실에 대한 어떤 인식"을 하게 한다. 그러므로 신화가 개념을 의미에 결합시키는 관계는 변형의 관계가 된다.(롤랑 바르트, 앞의 책.)

(understanding)는 아니기" 26) 때문에, 문화 텍스트는 "적대적인 문화 표현이 발전해 나갈 수 있는 소지"가 있는 "창조과정" 27)으로 파악될 수 있다. 상업적으로 제공된 문화 산업 중 특히 대중소설은 선택적인 소비와 해석하고 명시화하는 소비의 생산행위들을 통해 때로는 그 제작자들이 의도하지 않은, 그리고 예견조차 하지 못한 방식으로 재정의되고, 재형성되며 다시 방향이 정해진다.28) 그러한 까닭에 이데올로기 분석을 통해 대중소설이 상대적 자율성을 지닌 문화로서, 구체적인 일상적 국면에서 "타협적 균형(compromise equilibrium)" 29)을 유지하려 하고 있다는 사실을 규명할 수 있다. 여기서 타협적 균형이란 매혹과 거부의 갈등을 조정하는 원리로서 "분명치도 않으며 직접적이지도 않은 작용과 반작용을 통해 낡은 사고방식" 30) 이나 제도를 변형시킨다는 의미, 즉 지배 이념의 강력한 지배에 매혹되면서 동시에 그에 대해 폭넓게 도전한다는 적극적인 의미를 내포하고 있다.31) 요컨대 이데올로기 분석을

---

26) 안토니오 그람시(이상훈 역), 『그람시의 옥중수고 Ⅱ』, 거름, 1993. 283쪽.

27) 월터 L. 아담슨(권순홍 역), 『헤게모니와 혁명 – 그람시의 정치이론과 문화이론』, 학민사, 1986. 247쪽.

28) 레이몬드 윌리엄즈에 따르면, 초기 빅토리아 시대의 이데올로기는 가난이나 빚 또는 불법성에 의해 야기되는 불명예를 사회적 실패 또는 일탈로 간주했으나, 디킨즈 등의 작가들은 그것을 하나의 '일반적 상황'으로 간주했다고 한다. 그러나 그러한 불명예를 사회 질서의 성격과 연관시킨 대안적 이데올로기는 나중에 가서야 전반적으로 형성되었다고 한다.

29) Antonio Gramsi, *Selections from Prison Notebooks*, Quintin Hoare & Geoffrey Nowell-Smith(eds), London: Lawrence & Wishart, 1971. 161쪽.

30) 안토니오 그람시(이상훈 역), 앞의 책, 250쪽.

통해, 대중소설이 어떤 문화에 대한 매혹(fascination)과 거부
(negation) 사이의 갈등을 타협적 균형으로 조정한 새로운 문
화적 경험 공간임을 파악할 수 있다.

특히나 생산자인 작가와 작품인 문화텍스트, 그리고 수용
자인 독자의 소통관계와 긴밀한 연관관계에 놓여있기에, 대
중소설은 한 텍스트의 통속적 요소가 다른 텍스트에도 쉽게
영향을 주는 경향이 있으므로 상호 텍스트성(intertextuality)
에 의해 의미가 생성된다. 이때 상호 텍스트성이란 텍스트의
의미작용이 한 작가의 독창성이나 특수성에 귀속되는 것이
아니라 기존의 개별적인 텍스트들 및 일반적인 문학적 코드
와 관습들에 의존한다는 의미이다.32) 따라서 한 텍스트가 다
른 텍스트들을 받아들이고 변형시키므로, 대중소설 텍스트에
대한 문화 기호학적 접근은 텍스트가 상대적 정체성을 가진
다고 전제해야 한다. 이런 접근을 통해 텍스트의 기호적 분
석과 감정구조 분석이 가능하며, 그 분석을 통해 대중소설에
나타난 문화적 코드들 너머에 어떤 이데올로기가 숨어 있는

---

31) '타협적 균형'과 비슷한 개념으로 마르땡은 '백일몽'이란 용
   어를, 카웰티는 '도피의 예술적 수완'이란 용어를, 레이몬드 윌
   리엄즈는 '마술적 해결'이란 용어를 사용한다. 윌리엄즈는 19
   세기 소설들에서 당대 사회에 존재했던 '윤리와 실제 경험' 사
   이의 공간을 메꾸기 위해 마술적 해결을 사용했다고 주장한다.
   (이브 올리비에 마르땡(임성래·김중현 역), 「프랑스 대중소설사
   서설」, 대중문학연구회 편, 앞의 책, 159쪽. /J. C. Cawelti,
   Adventure, Mystery and Romance: Formula Stories as Art and
   Popular Culture, Chiago and London, Chicago univ Press, 1976.
   p.1. /R. Williams, The Long Revolution., Harmondsworth:
   Penguin, 1965.)
32) 한용환, 『소설학 사전』, 고려원, 1992. 225쪽.

지를 파악할 수 있다. 문화적 코드(cultural code)란 "동의를 얻은 변형 혹은 명료한 규칙들의 집합으로, 그것들에 의해서 메시지가 한 재현에서 또 다른 재현으로 전환된다." 33) 다시 말해서 문화적 코드의 의미 작용은 비가시적인 약호들을 통해서 일어난다. 이런 코드들은 수많은 지시 체계(referent system)와 기호들을 연결시킨다. 텍스트는 수많은 지시 체계들의 코드를 통해서 의미를 전달하는 것이다.34) 예컨대 1970년대 대중소설의 문화텍스트성을 문화 기호학으로 해석하면, 한 텍스트나 다른 텍스트의 상호 관련 속에서 성적 억압에 대한 거부, 가족으로부터의 일탈 욕구, 상식에 대한 도전 등의 부정적인 지시체계가 실은 '자유'라는 문화적 코드로 수렴되는 것을 밝혀낼 수 있다.35)

문화 기호학적 분석을 토대로, 이 책은 1970년대 대중소설에 자주 나타나고 있는 자유, 성과 육체, 사랑이라는 문화적 코드에 대한 담론 분석을 시도하고자 한다. 이들 문화적 코드는 1970년대 대중소설을 특징짓고 있으며, 텍스트의 생산자인 작가 - 작중인물 - 수용자인 독자인 청년의 관심사와 밀접한 연관이 있다는 사실을 알 수 있다. 전시대에 비해, 20대 전후의 남녀 주인공이 대거 등장하는 1970년대 대중소설에는 청년들의 사적 영역과 관련된 사건과 소재 그리고 갈등 등이

---

33) 스트븐 코핸·린다 샤이어스, 앞의 책, 163쪽.
34) 시모어 채트먼(김경수 역), 『영화와 소설의 서사구조』, 민음사, 1996.
35) 이러한 방법은 제라르 주네트가 서술의 개념을 스토리, 서술 텍스트, 서술행위로 구분하여 고찰하고자 한 의도와 유사하다.(제라르 주네트, 「서술의 경계선」, 주네트 외(석경징 외 편), 『현대 서술 이론의 흐름』, 솔, 1997.)

주가 되는 것도 문화텍스트의 소통구조와 관계가 있다. 이것은 1970년대 대중소설의 작가가 대부분 20대 전후의 남성 작가였으며, 작가가 상정한 대중 독자 역시 20대 전후의 대중이었던 데에서 비롯된 것이다. 근대문학의 청년 주체, 즉 1910년대 작품인 이광수『무정』의 주인공 이형식이나 1930년대 작품인 이기영『고향』의 주인공 김희준이 국가의 근대적 과제를 수행할 선도적이며 공적인 주체로서 인식되어 왔던 것과 달리, 1970년대 대중소설 텍스트에 등장하는 청년은 대부분 개인적 영역에 대해 지대한 관심을 보이는 사적 주체로서 등장한다. 따라서 이 책은 문화적 코드를 분석함으로써 텍스트의 의미뿐만 아니라, 변화된 청년의 이미지와 대중적 현상으로서 대중소설의 가치를 규명하는 작업이 될 것이다.

이 책에서 분석하는 첫 번째 문화적 코드인 '자유'는 텍스트의 인물이 처한 내적 현실과 외적 현실을 아우르는 개념이다. 자유가 일반적으로 현실에 대한 부정의 정신에 기반을 둔다고 할 때, 당연히 자유라는 문화적 코드는 부정해야할 대상을 필연적으로 수반한다. 1970년대 대중소설에서 자유가 부정해야 할 대상은 신화라는 문화적 코드로 지배담론을 구성하고 있으며 자명한 것으로 인식된 것이다. 특히 1970년대 자유가 부정할 대상이 되는 문화적 코드는 도시의 신화와 성장의 신화라는 상징적 기호로 세분화되어 지시된다. 그런데 1970년대 대중소설 텍스트에서 성장의 신화는 도시의 신화를 전제로 해야 가능하며, 개인의 경제적 지위 상승의 욕망으로 드러난다. 또한 도시의 신화 역시 도시적 생활 방식을 선망하는 것, 곧 지위 상승에의 욕망과 더불어 드러난다. 그런데 1970년대 대중소설 텍스트는 이러한 신화를 '자명한 것'으로 인식하고 있으나, 한편으로 그것에 대한 반성적 계기를 부여하는 반신화가 공존하고 있음은 특이한 사실이다. 그러나 텍스트의 의미론적 층위를 보다 면밀히 살피기 위해서는 텍스트의 인물들이 왜 반신화를 욕망하는가를 분석해야 할 것이다. 이처럼 1970년대 대중소설 텍스트에서 인물들이 신화/반신화를 욕망하는 바, 이러한 욕망의 원인과 그 양상을 분석하기 위해서는 지라르의 삼각형의 욕망 이론을 적용할 필요가 있다.36) 지라르는 대부분의 허구에 의한 작품들에서 작중 인물들은 오직 주체와 대상이 있을 뿐이지만, 그것은 본질적인 것이 아님을 간파한다. 특히 근대 소설에서 인물들은 자연 발생적인 욕망의 지배를 받는 것이 아니라 중개자에 의해 암시된 욕망을 품고 있음을 지적한다. 이러한 지라르의 삼각형의 욕망 이론을 1970년대 대중소설의 신화 분석에 적용하면, 텍스트의 인물들이 왜 그리고 어떤 욕망을 품게 되며, 독자 역시 텍스트를 통해 무엇을 욕망하는지를 규명할 수 있다. 이와 더불어 자유라는 문화적 코드가 대립적인 신화들 사이에서 타협적 균형 원리로 왜 그리고 어떻게 작동하는지를 규명할 수 있다

이 책에서 분석하는 두 번째 주제인 '성'과 '육체'는 대

---

36) 지라르는 자연발생적인 욕망을 묘사하기 위해서는 주체와 대상을 이어주는 간단한 직선을 하나 그리기만 하면 된다고 한다. 그러나 "이 직선 위에 주체와 대상 쪽으로 동시에 선을 긋고 있는 중개자가 있다"고 하면서, 이 삼각관계를 표현하고 있는 공간적 비유는 분명히 삼각형 "이라고 주장한다. 이 경우 대상은 사건에 따라 바뀌지만 삼각형은 그대로 남아 있게 된다.(르네 지라르(김치수 외역), 『낭만적 거짓과 소설적 진실』, 한길사, 2002. 41쪽.)

중소설의 감각(feeling)적 측면과 관능성을 드러내는 문화적 코드이다. 1970년대 대중소설은 주로 여성의 육체를 구체적인 대상으로 삼아 성과 육체와 관련된 지식과 권력을 산출하고 있다. 이를테면 1970년대 대중소설 텍스트에서 성과 관련된 여성의 육체는 찬사의 대상이 되기도 하지만, 이와 동시에 혐오의 대상이 되기도 한다. 그런데 1970년대 대중소설에서 성과 육체는 어떤 권력에 의해서 찬사/혐오의 대상이 되는 것과 동시에 그런 권력의 억압으로부터 벗어나거나 그것을 우습게 만드는 지점이 된다. 1970년대 대중소설 텍스트에는 여성의 육체나 성에 대해 이중의 메커니즘이 작용하고 있다. 따라서 1970년대 대중소설에 나타난 성과 육체에 대한 이중적 담론을 분석하기 위해서는, 인간의 육체나 성을 권력의 전략적 지점으로 삼고 있는 푸코의 이론을 적용할 필요가 있다.[37] 물론 푸코의 이론은 육체나 성이 여성에게 한정된 것이 아니라 인간 일반에 관련된 담론 분석이다. 그러나 푸코의 이론을 적용하면, 1970년대 대중소설 텍스트에 서술된

---

[37] 푸코는 성과 육체가 권력에 의해서 규제 받아왔다는 사실을 지적하는 한편, "우리들로 하여금 성을 사랑하도록 하기 위해, 성에 대한 우리의 앎을 바람직한 것으로 만들고 그것에 대해 말해지는 내용을 귀중한 것으로 만들고 그것에 대해 말해지는 내용을 귀중한 것으로 높이기 위해, 또한 우리의 모든 수완을 발휘해서 성을 간파하도록 우리들을 부추기고 성에서 진리를 끌어내야 할 의무에 우리들을 얽어매기 위해, 그리고 우리로 하여금 그토록 오랫동안 성을 무시해 온 것에 대해 죄의식을 갖게 하기 위해 수세기 전부터 이용되어 온 그 모든 술책들을 조금이나마 생각하자"면서 성의 정치학을 제기한다.(미셸 푸코(이규현 역),『성의 역사: 제1권 앎의 의지』, 나남출판, 1995. 169쪽.)

여성의 성과 육체가 어떻게 사회 문화적으로 억압받고 있는
지를 파악할 수 있다. 또한 성과 육체가 억압만 받는 현장이
아니라 그 억압으로부터 해방하려고 시도하는 현장임을 규명
할 수 있다.

　마지막으로 이 책에서 분석할 주제인 '사랑'은 통속적인
측면과 사회 제도적 측면과 관련된 1970년대 대중소설 텍스
트의 문화적 코드이다. 헤겔에 의하면 사랑은 두 남녀의 '합
일의 감정'을 확인하는 과정을 의미한다.[38] 그런데 1970년
대 대중소설에서는 너와 나의 합일의 감정이어야 할 사랑이
주관적·객관적 요인에 의해서 성립되지 않거나 해체되는 등
다양한 양상을 띠고 있다. 그리고 사랑은 자연스럽게 결혼제
도로 이어지게 된다. 이에 따라 여성성/남성성이 사적 영역/
공적 영역, 감성/이성 등으로 분리되고 차별과 억압의 요인으
로 작동하고 있으며, 그와 더불어 차별과 억압의 요인이 되
어버린 분리의 구도로부터 해방될 가능성도 내재하고 있다.
이러한 사랑 내지 가족의 양상을 분석하는 데에는, 사적 영
역에까지 근대적 성찰성이 확산해 들어갔으며 그것이 성차를
만들고 그것을 제도화하고 있음을 규명한 앤소니 기든스의
이론이 유용하다.[39] 기든스의 이론을 적용하면, 1970년대 대

---

38) G. W. F. Hegel, Die Famile § 158(Philosophie des Rechts), 황
　　태연 편역, 『주인과 노예의 변증법』, 지양사, 1983. 216-7쪽.
39) 기든스는 푸코가 성차를 다루지 않으면서 섹슈얼리티만을 지나
　　치게 강조하여, 가족의 변화와 밀접하게 연관된 현상인 낭만적
　　사랑이 섹슈얼리티와 어떤 관계가 있는지에 대해 침묵하고 있
　　다고 비판한다. 따라서 그는 낭만적 사랑과 가족의 변화, 그것
　　의 제도화가 어떻게 성차를 구성하고 있는지를 구체적으로 규
　　명하려 한다.(앤소니 기든스(배은경 외역), 『현대사회의 성·사랑·

중소설 텍스트에서 낭만적 사랑에 대해 매혹 당하는/그것을 거부하는 인물들의 행동과 그 의미 작용을 살펴볼 수 있다. 그리고 사랑이 어떻게 성차를 만들며, 어떠한 사회적 제도와 관련이 있는지를 파악할 수 있다.

이러한 문화적 코드 분석이 상호 텍스트성에 의거한 것이기 때문에 텍스트의 서사적 맥락을 간과할 수 있다. 그러나 대중소설은 대부분 도식적인 서사 구조를 지니고 있는데, 이러한 구조는 대중 독자에게 쉽게 내용을 전달하고 대중 독자 역시 쉽게 내용을 파악하게 하는 기능을 한다. 독자 대중에게 신속하게 소비할 수 있는 상품으로서의 교환가치를 지니므로, 묘사보다는 줄거리에 더 신경을 쓰는 것이다.[40] 선적 서사 구조는 적절하게 통제되고 조절된 세계상을 보여줄 수 있는 적절한 재현 방법이다. 그러나 선적 서사구조의 안정감은 역으로 강렬한 체험을 요구하는 대중에게 단조로움 때문에 싫증을 느끼게 할 수 있다. 그러므로 대부분의 대중소설은 선적 서사 구조를 유지하면서도 "이야기 전개의 지평"[41]을 확대시키기 위해서 긴장감을 부여하거나, 감정이입을 유도하는 인물을 등장시키거나, 설득력 있는 가상세계를 창조하는 등 약간의 트릭을 도입한다. 이때 대중소설이 창조한 가상세계는 "출발의 현실이 〈실제적〉이고 그 내부에 갈등 해결의 조건들이 존재하지 않는다면, 해결요소는 〈환상적〉인 것"[42]과 관련되는 특질이 있다. 그러므로 대중소설의 서사

에로티시즘-친밀성의 구조변동』, 새물결, 1999. 62쪽. 165쪽.)
40) 쟈끄 구아마르(김중현 역), 「대중소설의 형태상의 구조들」, 대중문학연구회 편, 『대중문학이란 무엇인가?』, 평민사, 1995. 135쪽.
41) J. G. 카웰티, 「도식성과 현실도피와 문화」, 박성봉 편역, 『대중예술의 이론들』, 동연출판사, 1995. 85쪽.

적 맥락, 즉 플롯을 토대로 문화적 코드를 분석해야 하는 것이다.

이러한 연구 방법으로 접근할 이 책의 연구 대상은 '통속적인 요소'를 중요한 특징으로 삼는 1970년대 대중소설이다. 즉 1970년대 대중소설 중에서 대중적 인기와 통속적 요소를 지닌 김승옥의『강변부인』(1973), 박범신의『죽음보다 깊은 잠』(1979),『풀잎처럼 눕다』(1979), 박완서의『휘청거리는 오후』(1977), 조선작의『영자의 전성시대』(1973), 조해일의『겨울여자』(1975), 최인호,『바보들의 행진』(1972),『별들의 고향』(1972-3),『도시의 사냥꾼』(1977), 한수산,『달이 뜨면 가리라』(1979),『부초』(1976) 등이 이 책의 연구대상이다. 43)

이 책의 구성은 전 6장이다. 제1장에서는 이 책의 서론에 해당하는 장으로서 대중소설에 대한 기존의 연구방법과 새로운 접근 방법으로서 문화기호학적 접근 방법을 소개하였다. 제2장에서는 대중소설의 개념과 1970년대 대중소설이 대중화된 사회 역사적인 조건을 설명함으로써, 대중화의 요인에 청년 내지 청년의식이 작용하고 있음을 조명할 것이다.

제3장에서는 1960년대에 생성, 1970년대 확대 재생산된 문화적 코드인 도시의 신화, 성장의 신화가 1970년대 대중소설 텍스트에서 재현된 양상을 분석하고, 그 신화에 저항하는 반

---

42) Umberto Eco(김운찬 역),『대중의 슈퍼맨』, 열린 책들, 1995. 78쪽.

43) 이들 작품이 이 책에 처음 인용될 때만 각주에서 텍스트를 확정하고 작가, 작품명, 출판사, 출판 연도를 밝힐 것이다. 그 후에 인용될 경우에는 작품명과 쪽수만 기입할 것이다.

신화의 양상, 그리고 신화와 반신화의 갈등을 조정하는 자유라는 타협적 균형의 원리가 갖는 의미를 살펴볼 것이다. 이러한 분석을 통해 공적 영역에 관련된 청년의식도 더불어 규명해 볼 것이다.

제4장에서는 성(sexuality)과 여성의 육체라는 문화적 코드를 분석함으로써 1970년대 대중소설의 보는/보이는 즐거움의 의미 작용에 대해서 조명할 것이다. 1970년대 대중소설에 성과 여성의 육체라는 문화적 코드가 보는/보이는 즐거움을 주는 매체로서, 이상화된 육체와 훼손된 육체로 지시되고 있다. 이 둘의 기호 분석과 더불어 그 둘 간의 간극을 메우는 타협적 균형의 원리인 성처녀의 의미에 대해서 고찰할 것이다. 동시에 성 내지 육체를 통해 드러나는 사적 영역의 자율성에 대한 청년의식도 살펴볼 것이다.

제5장에서는 낭만적 사랑이라는 문화적 코드를 분석함으로써 1970년대 대중소설 텍스트의 인물들의 사랑관 내지 결혼관을 살펴볼 것이다. 이 장에서는 낭만적 사랑에 대한 매혹과 거부라는 상징적 기호 양상을 분석할 것이다. 그러한 분석을 통해 사랑에 이은 결혼이 윤리관과 가족제도의 변화에 어떤 영향을 주었으며, 그런 변화가 청년 의식과 어떠한 관련이 있는지를 규명할 것이다.

제6장에서는 이 책의 연구 결과를 요약적으로 제시한 후, 남겨진 과제에 대해서 점검하고자 할 것이다.

제 2 장

・
・
・
・

대중소설의 개념과
사회 역사적 조건

1. 대중소설의 개념

대중소설(Popular Novel)[44]은 통속소설, 잡/순 통속소설, 상업주의 소설, 신문(연재)소설, 신문세태소설, 신문소설 등으로 불려 왔다.[45] 대중소설의 다양한 명칭에서도 짐작할 수 있듯이 대중소설이란 개념을 정의하는 것은 만만치 않은 일이다. 우선 대중소설이라고 할 때, 어두에 붙는 관형사인 대중이란 말 속에는 네 가지 의미가 포함된다. 많은 사람들이 좋아하는 것, 고급문화와 대비되는 의미로서 대중적인 것, 민중들이 스스로를 위해 만든 것, 상업적 이윤에 의해 관리되는 것이 그것이다.[46] 그러나 네 가지 의미를 지닌 '대중'이라는 접

---

44) 내중을 미국에서는 다양한 논란 끝에 mass가 아닌 popular로 표기하기로 했다. 논란의 원인은 'mass'라는 용어는 정제되지 않은 문학, 다수가 즐기는 문학이라는 비역사적 비사회적 의미를 지닌 것으로 이해되고, 대신 'popular'라는 용어는 지배계급의 불합리성에 맞서서 저항하는 민중이라는 의미를 포함하기 때문이다. 반면에 유럽에서는 별 다른 의식 없이 두 용어를 혼재해서 사용한다.

45) 조동일은 통속 소설을 순통속과 잡통속으로 구분하였다.(조동일, 『한국문학통사』 5, 지식산업사, 1988.)

46) '대중적/대중성'에 대한 앞의 세 가지 개념은 윌리엄즈가 『Key Words』에서 제시한 개념이며, 나머지 한 개념은 아도르노 등 프랑크푸르트학파가 대중문화 즉 문화산업에 대해서 정의한 개념이다.(안토니 이스트호프(임상훈 역), 『문학에서 문화연구

두사가 붙은 소설을 1970년대 대중소설이라고 정의할 경우, 몇 가지 문제가 발생한다.

첫째로 대중적 인기를 모았다고 해서 무조건 대중소설이라 정의하기 힘들다는 사실이다. 일반적으로 소설은 독자와 작가 사이의 의사소통을 전제하기 때문에, 독자들의 문학적 요구나 흥미와 부합했을 때 대중적 인기를 얻게 된다. 대중적 인기를 모았던 소설이 1970년대 전반기에는 최인호의 『별들의 고향』과 조선작의 「영자의 전성시대」인 반면에, 1970년대 후반기에는 조세희의 『난장이가 쏘아 올린 작은 공』과 이문열의 『사람의 아들』이었다.[47] 독자들의 문학적 요구와 흥미에 따라 소설의 대중적 인기가 달라지고 있음을 알 수 있다. 그런데 통상 후자를 대중소설이라고 명명하지 않는 것을 감안하면 단순히 대중적 인기만으로 대중소설을 정의 내리기는 힘들다.

둘째로 고급문화와 대비되는 의미로서의 대중문화, 대중소설이란 개념에도 문제는 있다. 고급문화/대중문화라는 이분법적 구분은 인식 가능한 취향 문화의 구분과 사회적 계층이 일치할 때나 가능한 것[48]이다. 특이하게도 한국사회에서는 대중소설이 저급문화로 인식되지만, 하층계층의 문화라고 규정할 수는 없다. 특히 1970년대 대중소설의 독자 대중을 하층 계층이라고 단정할 수 없다. 1960년대와 마찬가지로 1970

로』, 현대미학사, 1996. 100쪽/호르크하이머·아도르노(김유동 외역), 『계몽의 변증법』, 문예출판사, 1995.)
47) 이중환, 「한국의 베스트셀러 50년」, 『신동아』, 1993. 3.
48) Stephen Crook & Jean Pakulski & Malcolm Waters, From Culture To Postculture, 박명진 외 편역, 『문화, 일상, 대중: 문화에 관한 8개의 탐구』, 한나래, 2000.

년대 대중소설의 대중적 수용자 역시 특권적 지위와 혜택을
누리던 특수 계층인 대학생과 직장여성이었다. 그러나 여기
에 노동자층까지 합세한 양상을 띤다. 즉 1970년대 대중소설
은 다양한 계층의 청년 집단이라는 전시대와 비교할 수 없는
두터운 독자층을 확보한다.

셋째로 민중이 스스로를 위해 만든 것이라고 할 때, '민
중'이란 개념과 대중이란 개념 사이에 혼동이 생긴다. 1970
년대 대중소설 작가들은 자신이 대중의 일원임을 자부했지
만, 그들이 말한 대중이란 용어는 민중이란 용어와는 사뭇 다
른 느낌을 준다. 다양한 계층과 가치관을 지닌 사람을 망라하
는 대중이란 개념과는 달리, '민중'이란 개념은 하층 계층
이나, 하층 계층 중에서 현재 대중을 억압하고 있는 지배적인
힘에 대해 '적극적으로 저항하는 세력'을 일컫는 말이기 때
문이다. 대중을 구체적인 삶의 맥락에서 대중문화를 접하고,
그것을 구성해내는 능동적인 존재라고는 할 수는 있지만, 정
치적인 저항 세력이라고 간주하기에는 무리가 따른다.[49]

넷째로 상업적 이윤에 의해서 창작된 소설을 대중소설이라
고 할 때, 소비 주체인 대중의 능동성은 무시된다. 1970년대
대중소설이 상업적 이윤에 따라 창작되었다는 의미에서 "칠십
년대 작가는 상업주의"[50]라고 비난받았지만, 상업주의적인

---

[49] 이런 이유로 한완상은 민중과 대중을 구별하고 있다. 즉 그는
　　대중을 군중처럼 여러 개인이 단순히 모인 집단을 의미하는 모
　　호한 존재로 간주하지 않지만, 민중처럼 정치적인 저항 세력으
　　로 간주하지도 않는다.(한완상,『민중과 지식인』, 정우사, 1989.
[50] 김현은 소설이 상품의 형식을 띠게 된 것은 근대 이후 필할 수 없
　　는 현실 조건이므로 '칠십 년대 작가는 상업주의적이다'라는
　　평가는 제고해야 한다고 주장한다.(김현,「70년대 문학과 상업주

생산 전략만으로 대중소설이 유통되었는가는 재고할 문제이
다. 이전 시기와는 달리 대중문화가 활성화되면서, 독자 대중
들의 문화적 소비의 선택지는 훨씬 다양해졌으며, 그 선택지들
중에서 특정 소설을 구매하고 읽는 독자 대중의 행위는 결코
수동적인 문화적 실천 행위가 아니기 때문이다.

이상의 사실을 고려할 때, 앞서 언급한 네 가지 개념의
'대중성'을 지닌 소설을 대중소설로 규정하기에는 많은 문
제점을 지닌다. 사실, 대중성의 개념들과 대중의 관계를 어떻
게 구성하느냐에 따라, 문화적 영역의 개입이나 문화의 구축
방식이 달라진다. 대중소설을 순수하고 자발적으로 대중 스
스로가 만든 '대중에 의한' 소설이라고도, 전적으로 지배 이
데올로기에 의해서 관리된 '대중을 위한' 소설이라고도 정의
할 수 없다. 왜냐하면 대중소설은 "지배적, 종속적, 대립적
문화 가치와 이데올로기들이 서로 만나고 섞이면서 다양한
혼합물과 조합을 만들어내는 영역" 51)이기 때문이다. 그러므
로 대중소설의 '대중성'이나 대중의 개념 역시 고정적으로
정의할 수도 없다. 다만 '대중성'은 '많은 대중들이 좋아하
는' 것이며, 대중이란 "사회 내에서 정치적, 문화적으로 힘을
가지고 있는 집단과 구별되며, 그래서 그들의 개별적인 투쟁
이 연결될 수만 있다면 잠재적으로 통합될 수 있는 다양한
사회 집단" 52) 즉 한 문화의 실제적 경험을 공유한 특정한

의」,『김현전집 14 - 우리 시대의 문학/두꺼운 삶과 얇은 삶』, 문
학과지성사, 1994. 169쪽.)
51) 토니 베넷(김창남 역), 「대중성과 대중문화의 정치학」, 박명진
외 편역,『문화, 일상, 대중: 문화에 관한 8개의 탐구』, 한나래,
2000. 267쪽.
52) 위의 책, 268-9쪽.

공동체라고 추상적으로 정의할 수밖에 없다.

　그러므로 1970년대 대중소설의 문화 텍스트성을 분석하기 위해서, 이 책은 대중소설을 '상대적인 정체성'을 지닌 대중문화적 양식으로 전제하고, 그중에서 "우리 인간성의 통속적인 측면에 호소하는 체험을 제공하면서 그에 따른 일련의 기능을 담당"[53]하는 소설로 한정한다.

2. 대중화의 사회 역사적 조건

　이 책의 연구 대상인 대중소설은 사실 근대 이전부터 대중과 희로애락을 공유하면서 발전해 왔다고 할 수 있다. 그럼에도 불구하고 1970년대에 와서야 대중소설은 비로소 대중문

---

53) 박성봉 편역, 앞의 책, 17쪽.
　　박성봉은 대중예술의 통속성이 고급예술의 진지성과 짝을 이루면서 하나의 자기완성을 지향할 가능성을 지닌 미적 범주리고 주장한다. 그에 의하면, 통속성은 대중예술의 여러 문화 산물에 일관된 하나의 특정한 체험영역으로 간주되며, 주체적 측면, 대상적 측면, 관계적, 측면, 기능적 측면으로 개념화할 수 있다. 그리고 통속성의 체험은 다음과 같이 다섯 범주로 구분된다. 웃음의 체험과 관련된 해학성, 성의 체험과 관련된 관능성, 폭력의 체험과 관련된 선정성, 몽상의 체험과 관련된 환상성, 눈물의 체험과 관련된 감상성이 그 범주들이다. 이들 통속성의 다섯 범주는 각기 독특한 성격을 갖고 있으나, 하나의 문화 산물에서 다양한 방식으로 결합되면서 조화를 이루어낸다. 그리고 표면적으로는 달라 보이지만 그 범주들 사이에는 특정한 공통적 체험 영역이 있다.(박성봉 편역, 『대중예술의 이론들』, 동연출판사, 1995. 323-369쪽.)

화로서 자리 잡게 되고,[54] 대중문학이란 개념이 비로소 문학적 범주로 인정받게 된다.[55] 1970년대에 들어서 이러한 변화 양상, 즉 대중문화로서 대중소설의 확산이 이루어지게 된 요인으로 출판 유통의 구조, 독자 대중의 증가, 작가적 기질과 소설의 소재를 들 수 있다.

2-1. 대중적인 유통 구조의 정착

1970년대 대중소설의 대중화가 가능하게 된 것은 1970년에 이르러서야 한국사회가 급속한 경제 성장을 이루게 되면서 새로운 소비사회로 진입할 수 있었기 때문이다. 1970년대는 자본주의의 생산과 소비 체계가 정착되면서, 절대적인 빈곤으로부터 벗어난 시기이다. 60년대부터 정부 주도의 산업화 정책으로 인하여, 더욱이 60년대 중반 이후 한일 국교 정상화와 월남 파병 등으로 인하여 한국 사회는 고도의 경제 성장을 이룩하게 된다. 70년대는 60년대의 경제 성장의 토대 위에 산업화가 가속화되는 시기이다. 그 결과 1961년 한국의 1인당 GNP는 82$였으나 1970년에는 210$, 1977년에는 1,011$로 천$대로 진입하게 되었다. GNP의 고도성장에서 알 수

54) 조남현은 1970년대가 대중소설뿐만 아니라, 〈소설의 시대〉라고 할 정도로 소설의 대중화가 비로소 진행된 시기라고 한다.(조남현, 「해방 50년, 한국소설」, 『한국현대문학 50년』, 민음사, 1996. 150-1쪽.)
55) 김주연, 『대중문학과 민중문학』, 민음사, 1979. /천이두, 「대중문학의 성격과 기능」, 『한국문학평론가협회 주최 문학 세미나』, 1982. 12.(대중문학연구회 편, 『대중문학이란 무엇인가』, 평민사, 1995.)

있듯이, 국민의 소득과 더불어 소비도 급격하게 증가된다. 특히 1960년대 초반까지 식료품비가 차지하는 비율이 50% 이상 되었으나, 1968년부터 50% 이하로 떨어지고 있다.[56] 이러한 통계를 통해 1970년대가 절대적인 빈곤에서 벗어나 소비가 촉진되기 시작하는 시기임을 알 수 있다. 더욱이 1960년대 생산에 치중했던 산업화 정책은 1970년대 들어서면서 점차 소비를 촉진시키는 정책으로 전환하기 시작한다. 다시 말해 소비가 생산을 촉진시키는 요인이며 경제 성장의 주요한 요인으로 비로소 인식되기 시작한 것이다.

한편 한국 정부는 고도성장에 저해된다는 이유로 언론을 통제하는데, 이는 도리어 대중소설의 출판 유통에 커다란 변화를 가져오는 계기가 된다. 10월 유신 이후 언론의 자유가 위축되면서 언론은 상업주의적 경향을 띠게 된다. 이런 상업주의적 경향의 일환으로 신문 연재소설이 대거 게재되어 168편에 달할 정도였다.[57] 1979년대 신문들의 상업적 전략에 의

---

56) 다음 도표는 통계청의 「도시가계연보』 중에 도시 근로자 가구당 월평균 소비지출이다.

년도 \ 품목	식료품	주거	가구집기 가구용품	피복 및 신발	교육교양 오락
1963년	61.3	1.5	2.8	6.8	5.4
1968년	48.9	0.9	2.4	12.0	9.6
1973년	48.7	2.7	2.1	10.1	10.9
1979년	42.6	4.6	5.9	10.8	8.3

이 도표를 보면, 식료품비가 줄어드는 대신, 여가를 즐기거나 기타 소비재에 대한 소비가 꾸준히 증가하고 있음을 알 수 있다. (통계청의 『통계로 본 대한민국 50년의 경제 사회상 변화』(1998)에서.)

57) 1898년 최초로 『한성신본』에 연재된 『요화』 이후, 1910년까지

해서 몇몇 인기 작가의 작품이 집중적으로 신문에 연재되고 출판된다. 또한 신문사들은 인기 작가를 끌기 위해 다른 고료에 비해 연재소설의 고료를 대폭 인상할 정도였다.[58]

이 시기의 대중소설은 신문에 연재되는 한편, 신문 연재 이후 단행본으로 출간되는데, 이는 이전 시기 대중소설과는 다른 행보를 보여준다. 1972년 신문 연재가 시작될 때부터 센세이션을 불러 일으켰던 『별들의 고향』이 단행본으로 출간되어 100만 부 가량 팔려 나갔다[59]는 사실도 1970년대 대중소설의 인기를 입증하기에 충분하다. 판매 부수가 1천 부 내지 8천 부였던 1930년대 대중소설[60]이나 1950년대 센세이션을 일으켰던 정비석의 『자유부인』도 10만 부에 그쳤던 사실과 비교해보면, 이 숫자는 실로 엄청난 숫자이다.[61] 더욱이 발행

신문 연재소설은 단 35편이었다.(오인근, 「신문 연재소설의 변천」, 『신문연구』, 관훈클럽, 1977년 가을) 또한 1960년대 신문이나 잡지에 실린 소설 편수는 118편에 불과하다.(김윤식·정호웅 공저, 『한국소설사』, 예하, 1994.)

58) 김병익, 「70년대 신문소설의 문화적 의미」, 『문화와 반문화』, 문장, 1979.

59) 최인호에 의하면, '연재가 끝나자 이 소설은 단행본으로 출간되었는데 상하권 합쳐서 100만 권 가량 팔린 초유의 수퍼 셀러가 되었다'고 한다.(최인호, 「나의 20세기 – '별들의 고향' 연재」, 『조선일보』, 1999. 11. 11.)

60) 이광수의 『사랑』이 전편 8천 부 후편 4천 부로 최고의 발행부수를 기록하고, 심훈의 『직녀성』이 5천 부, 박종화의 『금삼의 피』가 상하 각각 4천 부의 발행부수를 기록한다. 그 밖의 대중적 인기를 모았던 소설은 2천 부 내외의 발행부수를 기록한다. (기밀실, 「『문학전집』戰의 성과」, 『삼천리』, 1940. 4. 26.)

61) 정비석의 『자유부인』은 한국 출판사상 최초로 10만 부의 베스트 셀러를 기록한다.(「역사 속의 오늘 – 정비석 소설 '자유부인' 퇴폐 논쟁 불붙어」, 『조선일보』, 2003. 3. 11) 1960년대는 일본 소

종수가 1971년까지 3천종을 넘지 못했던 것이 1972년에 4천4 백 69종으로 급신장한다. 다시 말해 1970년대는 '출판 활성 기'[62]로, 책의 '발행 부수가 10년간 약 6배로 늘어났고 판매 부수는 12배, 또한 종당 발행 부수는 2배로 늘어났다.'[63]

1970년대 대중소설은 영화나 TV 드라마로 각색되는 등 다 른 매체로의 전이를 보여주는 바, 영화로 제작된 『별들의 고 향』은 1974년에, 「영자의 전성시대」는 1975년에, 『겨울여 자』는 1977년에, 『(속)별들의 고향』은 1979년에 한국 영화 최다 관객 동원 명단에 오른다.[64] 이는 신문 연재나 단행본 의 인기에 만족해야 했던 전 시대의 대중소설의 행보와는 전 혀 다른 문학 유통 구조를 보여주는 것이다.[65]

설, 전후 소설, 무협지, 에세이 등이 베스트셀러가 되었는데, 이는 제3공화국의 조국 근대화론에 밀려 창작행위가 통제되었기 때문 이다.(이임자, 『한국출판과 베스트셀러: 1883-1996』, 경인출판사, 1998. 332쪽.)

62) 이임자는 1970년대를 '권위주의적 출판 활성기'라고 규정하고, 베스트셀러 요인을 다음 네 가지로 지적하고 있다. 첫째 요인 으로 수많은 작가와 작품의 등장과 소재가 지닌 선정성을 들고 있다. 둘째 요인으로 들고 있는 것은 출판기획의 요인으로, 몇 몇 인기작가의 작품이 집중적으로 신문에 연재되고 출판됐다고 한다. 셋째 요인으로 시대 상황적인 것을 들고 있는 바, 상업주 의에 대한 비판물이 베스트셀러가 되기도 했다는 것이다. 마지 막 요인으로 출판산업 구조를 들고 있다.(이임자, 앞의 책, 334-5쪽.)

63) 위의 책, 334쪽.

64) 최진용 외, 『한국 영화정책의 흐름과 새로운 전망』, 집문당, 1994.

65) 김주연, 『대중문학과 민중문학』, 민음사, 1979.
이동하, 「한국 대중소설의 수준」, 『문학의 시대』 2, 풀빛, 1984.
권영민, 「대중문화의 확대와 소설의 통속화 문제」, 『한국 민족 문학론 연구』, 민음사, 1988.

또한 대중매체의 발달과 한일 국교 정상화 이후 무역의 자유화 바람으로 일본과 서구 유럽 특히 미국의 대중문화가 유입되면서, 한국의 대중문화는 급속도로 확산된다. 통키타 가수66), 포크송, 록, 장발족, 생맥주로 상징되는 1970년대 청년문화는 청년 대중의 소비를 촉진67)시켰는데, 이런 소비의 촉진은 대중소설의 대중화에 중요한 역할을 하게 된다.

2-2. 청년 대중의 등장

19세기 말 프랑스의 대중용 총서가 거의 여성들만을 겨냥하였다면,68) 한국사회의 1970년대 대중소설은 계층과 성별의 차이를 초월한 대중을 겨냥하고 있다. 소설의 구매층으로서 대중의 확산은 대중교육의 확대로 인한 대중의 수효 확대와 청년의 제도화에 그 원인이 있다. 1930년대는 전체 인구 약 2천5백만 명 중 문맹률이 80% 가까이 되었으나,69) 1947년 이

---

66) 1970년대 대표적인 통키타 가수는 김윤태, 임문일, 김민기, 양희은으로, 이들은 1970년 무렵 명동의 실험적 카페 <청개구리>에서 만나 가수로 활동하기 시작한다.
67) 강현두 외, 『현대 대중문화의 형성』, 서울대학교 출판부, 1998.
68) 이브 올리비에 마르땡, 앞의 글.
69) 그중 한국인의 숫자는 23,547,465명이었다. 1930년대 인구 숫자는 1930년 인구 증가율이 지속적으로 있기 때문에, 1940년 10월 1일을 기준으로 삼았다. 당시 문맹률은 정확히 측정할 수는 없으나, 1947년 통계 조사에 의하면 문맹률이 77%였다. 즉 13세 이상 인구 10,365천 명 중 한글을 이해할 수 있는 인구는 2,384천 명이었다. 이 통계로 추정해 보건대, 1930년대 문맹률은 이보다 더 적었을 것이다. 광복 이후 문맹률이 급속히 저하된다. 즉 1947년에 벌써 문맹률이 19.4%로 떨어진다.(통계청, 『통계로 본 광복 전후의 경제·사회상』, 1993.)

후 대중교육이 확산되면서 문맹률은 20% 이하로 급격히 떨어지게 된다. 문맹률의 격감은 인쇄 문화에 접근할 수 있는 대중들의 수효를 증대시켰다. 이러한 문맹률의 격감은 고등교육인구가 급상승한 것과 관련이 있다. 전체인구 대 고등교육인구의 비가 1960년에 40%이었던 것이, 1975년에는 86%로 두 배 이상이 증가한다. 대학생 수 역시 1965년에 10만 명가량이었으나, 1975년에는 20만 명이 넘게 된다.[70] 여기에 1970년대는 남한 인구가 해방 이전의 남북한 총인구를 능가하였다는 사실도 대중 독자 확보의 요인 중의 하나이다.[71]

1960년대까지만 해도 소설의 소비 대중은 한정된 취향을 가진 사람이나 특수한 계층이나 세대에 한정되지 않았는데, 1970년대 소설의 대중은 주로 젊은 세대였다고 한다.[72] 이들 젊은 세대 즉 청년이란 "10대 후반에서 20대까지의 연령층에 속하는 젊은이"를 통칭한다. 이들은 "성숙한 상태도 아니면서 미성숙"한 상태도 아닌 "불안정"하고 "역동적인 모순적 이중구조"를 지니고 있으며, "이성보다는 감성"이 강한 편이다.[73] 산업화 이후 "청소년 기간은 과거보다 더 빨리 시작되고 반대로 청년의 종말은 더 연기 되었다." 요컨대 "산업화가 요청하는 새로운 지식과 기술을 습득할 필요가 증가 되자"[74],

70) 문교부, 「문교통계연보」,(경제기획원 조사 통계국, 『한국통계연감』, 1985)
71) 1960년 24,989천 명이었던 남한 인구가 1975년에는 34,707천 명이 된다.(통계청, 『통계로 본 대한민국 50년의 경제 사회상 변화』, 1998.)
72) 이중환, 「한국의 베스트셀러 50년」, 『신동아』, 1993. 3.
73) 김종대, 「청년 문학·문화」, 『독일 청년문학과 청년문화』, 문학과 지성사, 1990. 14-5쪽.
74) 한완상, 『현대사회와 청년문화』, 법문사, 1974. 15-6쪽.

청년기가 연장된 것이다.

1970년대 도시로 유입된 20세 전후의 노동자이거나, 60년 부터 경제적 능력을 쌓아온 부모를 둔 혜택을 받은 대학생이 나 재수생,75) 고고족들이 청년기가 연장된 세대에 속한다.76) 이전 시기에는 청년이 고등교육, 특히 대학교육을 받은 사람 에 한정되었다면, 1970년대에는 청년이 대학생뿐 아니라, 도 시 노동자, 농민, 직장 여성들로 확대된다. 이들 청년들은 계 층도 상이하고 취향도 상이한데도 불구하고, 자본주의 체계 내에서는 생산 내지 소비의 중요한 집단으로 인식되고 제도 화된다.77) 물론 직장을 다니는 미혼 여성들은 근대 이후 소 설의 고정적인 문화 소비 계층이었으며, 대학생 역시 특혜 받은 소비 계층으로 1960년대부터 고정적인 문화 소비계층으 로 자리 잡기 시작했다. 1970년대 특기할 만한 사실은 두터 워진 노동자 계층이 소비 대중으로 급부상했다는 점이다.

고도의 경제 성장으로 형성된 자본가들은 자신의 기업 발 전을 위해서 더 튼튼한 생산과 소비의 기반을 요구하게 되었 다. 따라서 생산력의 재생산과 상품의 지속적인 소비를 부추

---

75) 이어령은 청년문화가 혼합문화적 성격을 띠고 있다고 말하면서, 반위선적, 반권위적인 아름다운 인간으로, 기존 도덕과 윤리밖 에 있는 재수생이 한국 청년문화의 상징이라고 주장했다.(이어 령, 「이상과 현실 사이의 유예」, 『조선일보』, 1974. 4. 20.)

76) 한상복은 1970년대 한국의 청년을 대학생, 고고족, 재수생, 근로 청년으로 범주화했다.(한상복, 「청년문화란 반문화인가?」, 『대학 신문』, 1974. 6. 3.)

77) 한완상은 1970년대가 교육인구의 폭발적 증가하는 시기이므로, 이 시기 청년을 하나의 독특한 계층 내지 집단으로 간주해야 한다고 주장한다.(한완상, 「현대 청년문화의 제 문제」, 이중환 편, 『청년문화론』, 현암사, 1977.)

기게 된다. 우선 자본가들이 눈을 돌려 지속적인 소비 계층으로 새롭게 인식하게 된 주체는 생산 현장에서 상품을 만들어내는 노동자 계층이었다. 소비시장이 산업화 이전에는 일부 상류 계층과 소비력을 갖춘 여성층만을 겨냥한 것이었다면, 산업화 이후에는 더 많은 소비 계층을 필요로 함에 따라 자본주의의 생산 동력인 노동자 계층까지 공략하기 시작했던 것이다. 이들 노동자는 전통적인 공동체(씨족촌 등 농촌 공동체)나 가족공동체의 삶으로부터 자의든 타의든 분리된 청소년과 여성도 포함된다. 이들은 자본의 공동체로의 유입, 라디오와 자동차의 대중화를 통한 시·공간의 개념 변화, 가족과 가족 공간, 가족 구성원 간의 약속된 역할의 해체 등으로 인해 전근대사회를 유지하던 규범과 가치를 상실한 채 도시가 요구하는 주체로 급속하게 변화되어간다. 이에 기업주들은 소비자가 된 노동자들이 "자신들이 생산하는 것에 의해 동일시되는 존재가 아니라 자신이 소비하는 것에 따라 동일시되는 존재"[78]가 되기를 희망한다. 이들은 노동자들이 상품을 구입하고 사용함으로써 얻을 수 있는 사회적 지위에 대한 환상을 부추겼다.

이들 청년들에 대한 반응은 긍정과 부정으로 선명히 대립하고 있다. 즉 한편에서는 게리 슈바르츠의 말을 빌려, "오늘의 청년들은 그들을 까맣게 잊고 있던 사회 속에서 자기 몫을 훌륭히 찾아내었고 그리고 떳떳한 역할을 맡을 수 있는 청년상으로 스스로를 변모시켰다"[79]고 긍정적으로 평가하고 있다.

---

78) 재니스 윈섭, 「섹스를 위한 판매 전략」, 강준만 외 편역, 『광고의 사회학』, 닥나무, 1992, 372쪽.
79) 이중한 편, 앞의 책, 363쪽.

> 몇몇 사이비 지성인들이, 그리고 매스컴 종사자들이
> 그들의 얄쌍한 글에 대한 상품 가치를 올리기 위해서 선
> 량한 젊은이들을 악이용하고 있다. (중략 - 인용자)공부에
> 열중하고 있는 대학생들을 외면하고, 대학에 떨어졌거
> 나, 또는 대학을 다니다 그만두고는 쌀롱이나 TV에서 기
> 타를 치며 노래를 부르면서 일시적인 환락에 몸을 맡기
> 는, 지극히 안일하고 불건전한 몇몇 극소수의 청년들을
> '청년문화의 기수'로서 떠받들어 대고 있는 것이다.[80]

다른 한편에서는 퇴폐적 문화를 이끌어가는 존재라고 부정
적으로 평가하고 있다. 특히 마광수는 "선량한 젊은이"로
지칭되는 청년들을 "사이비 지성인"이나 "매스컴 종사자
들"의 농간에 수동적으로 움직이는 존재로 파악한 것이다.

이들 두 논자의 청년에 대한 의견이 정반대의 입장을 보이
는 듯하나, 청년은 사회의 주역이 되어야 한다는 점에서 의
견의 일치를 보인다. 이런 '사회의 주역'으로서의 청년상은
근대문학의 중요한 화두라는 사실을 부인할 수 없다. 이광수
의 『무정』에서는 전근대적 질서에 대항하는 계몽의 주체로
서, 염상섭의 『만세전』에서는 중세의 질서로부터 벗어나 현
실과 개인의 관계를 진지하게 고민하는 주체로, 김승옥의 「
생명연습」이나 「무진기행」에서는 불투명한 미래로 인해서 고
뇌하는 자의식 강한 주체로 그려지고 있는 것이 그 예증이
다. 이들 작품에 나타난 청년은 전근대적인 질서로부터 탈주
하여 자립적 존재로서 '나'뿐 만이 아니라, 새로운 공동체
의 의미 있는 구성원으로서의 '나'가 되려고 노력하는 존재
이다. 그러므로 이들 작품에 나타난 청년이란 특혜 받은 대

---

80) 마광수, 「청년문화 비판」, 『연세춘추』, 1974. 5. 20.

학생이나 지식인에 한정될 수밖에 없는 존재가 된다.

반면에 1970년대 대중소설의 주인공은 이전 시기의 소설 주인공과는 달리, 공적 영역에서 '나'의 의무와 책임을 수행하기보다는 사적 영역에서 자유로운 '나'를 회복하려고 노력한다. 그러므로 이들 주인공은 대학생으로 한정되지 않게 된다. 즉 도시 노동자, 농민, 직장 여성들을 포함하는 청년 집단이 주인공으로 부상하게 되고, 그들의 일상이 주요한 일상으로 그려지게 된다. 이는 1970년대 대중소설이 다양한 계층의 청년들을 독자 대상으로 삼고, 이들 청년들의 삶과 욕망을 다양한 문화적 코드로 재현하거나 창조하고 있기 때문이다. 이는 소설의 운명이 독자-유통구조-텍스트의 순환 구조 속에 놓여있음을 명확히 보여주는 사실이다. 특히 1970년대 대중소설 텍스트는 청년 독자의 예상 움직임을 상정하고 생성한다고 할 수 있다. 그러므로 '청년'이란 개념은 1970년대 대중소설의 해석에 중요한 열쇠가 된다.

2-3. 작가의 청년적 기질

1970년대 대중소설 작가들은 대부분 20대 청년들이었다. 이들은 1960년대 한일협정 후 대량 유입된 미국의 대중문화와 일본의 연애 소설, 무협소설의 영향을 받은 세대이며,[81] 한글세대로서 자국어로 사물을 익히고 공부했으며 모국어로 사고하고 느끼고 책을 읽었고 조국의 언어로 역사와 현실을 인식하고 표현하여 전달한 세대이다.[82] 이를테면 이들은 해

---

81) 이임자, 앞의 책, 332쪽.
82) 김병익, 「4·19와 한글세대의 문화」, 『열림과 일굼』, 문학과지성

방전후에 태어나 한글을 능통하게 구사할 수 있는 세대로 성
장했으며, 외국의 다양한 대중소설을 직접 접하고 다양한 대
중문화의 영향을 받고 그것을 몸소 체험한 첫 세대인 셈이
다. 60년대 중반에 출현한 김승옥이 "개인의식의 각성" [83]이
라는 새로운 시대의 "감수성의 혁명"을 가져 왔다면, 70년
대 대중소설 작가는 60년대 사회에서 가장 예민한 의식의 성
장기를 보낸 세대로서 "도시적 감수성의 혁명" [84]을 가져 왔
다고 할 수 있다. 이들이 전 시대의 대중소설 작가와 달리
사회적 책임으로부터 벗어나 '개인'의 감정에 몰두하고 자
유분방한 사고와 행동을 토해 낼 수 있었던 것도 당시 그들
세대들이 갖고 있는 청년적 특질 때문이었다. 1970년대 대중
소설 작가의 이러한 청년적 자질은 청년문화의 영향, 대중의
감정구조와의 소통구조, 기성세대나 지배 이념에 대한 저항
적 태도에서 비롯한다.

　우선 1970년대 대중소설 작가의 청년적 자질은 청년문화의
영향이라고 할 수 있다. 김병익은 1970년대 3대 작가로 최인
호, 황석영, 조해일을 꼽으면서, "자유와 평등의 테마"가 이
들의 문제의식이라고 주장하는 한편,[85] 특히 최인호가 "70년
대 의식과 감성을 가장 명쾌하게 묘사하는 역량 있는 작가"
라고 극찬한다. 최인호의 『별들의 고향』과 「내 마음의 풍차」
는 "감정적 위선을 증오하고 자신의 일을 자신이 한다는 것은
젊음의 미덕"이며, 특히 『바보들의 행진』은 "오늘의 젊은

　　사, 1991. 95쪽.
83) 오생근, 「개인의식의 극복」, 『문학과 지성』, 1974. 여름.
84) 전영태, 「소설적 인식의 전환과 다양성의 확보」, 권영민 편,
　　『한국문학 50년』, 1995. 172쪽.
85) 김병익, 「굳어지는 70년대 체질」, 『동아일보』, 1974. 4. 8.

세대가 지닌 위대성을 엄숙하게 신뢰"[86]하는 작품이라고 본
것이다. 1970년대 최인호를 기성세대에 대한 도전적 의식을
가진, 청년문화를 대표하는 작가로 김병익이 주목한 이유는
잡지를 통해 들은 우드스탁 음악제의 현실 저항성 때문이다.

　　청년문화 관계의 첫 논문은 이듬해인 70년 2월 『세
　　대』지에 실린 남재희의 「청춘문화론」이었다. 때마침 69
　　년 12월의 『여성동아』에 「세계의 젊은이들」에 관한 글
　　을 쓰면서 그해 8월과 10월에 있었던 우드스톡 음악제[87]
　　와 대규모의 반전시위에서 청년들의 새로운 힘을 의식했
　　던 필자는 그의 이 글에서 많은 교시를 받았다.[88]

　최인호 역시 김병익의 지적처럼 자신의 문학이 저항 문화
적 성격을 띤 것이라고 선언한다. 그는 「청년문화선언」에서
청년문화는 '엘리트'를 인정치 않으며, 오늘날 "젊은이들에
게는 고전이나 권위나 위선 남녀 간의 차별 따위를 인정치
않으려는 집요한 노력"으로 생성된 것이라고 주장한다.

　　문화의 양상을 가장 잘 나타내는 의상에서조차 유행
　　으로 청바지와 장발이 판을 치며 자칭 통키타 가수들을
　　공돌이와 공순이들만이 심취하는 속물들로 간주해 버리
　　는 일부 대학생들조차도 머리를 기르고 있는가 하면 남
　　녀 공용의 티셔츠가 유행되고 있다. 여자들이 그 멋진
　　각선미를 가리려는 바지를 입는 저 깊숙이에는 자신들의

―――――――――――

86) 김병익, 「오늘날의 젊은 우상들」, 『동아일보』, 1974. 3. 29.
87) 청년문화의 히피적 세계관은 1969년 8월 뉴욕 교외의 Max
　　Yasgur's Farm에서 개최되었던 Woodstock Music & Art Fair에
　　서 촉발된다. 40만 명 정도가 모인 이 공연에서 가수와 관객은 베
　　트남 반전을 외치고, 대안으로서 사랑과 평화를 제시하였다.
88) 김병익, 「청년문화와 매스컴」, 『문화와 반문화』, 문장, 1979.

> 특징 이를테면 우라는 한계선을 극복해내려는 수상한 음
> 모가 숨겨져 있다. (중략－인용자)오늘날의 청년문화는
> 침묵의 다수에서부터 위로 올라가는 상향식의 문화이다.
> (중략－인용자)소수의 엘리트 문화와 다수의 대중문화
> 혹은 공돌이 공순이(미안하지만 할 수 없다. 그분이 그
> 렇게 표현했으니까) 문화 간의 간격을 좁히려는 집요한
> 노력을 보이는 과도기에 머물러 있다.[89]

그는 기성 문화와 관습이 일부러 청년이 중심이 되는 문화
를 대학문화, 대중문화, 근로자문화로 구분하고 있다고 지적
하고, 그 '문화 간의 간격'을 좁힐 수 있는 대안으로 청년
문화를 제시한다. 따라서 청년 문화는 대학생뿐만 아니라
'침묵의 다수'인 '공돌이 공순이'와 공유할 수 있는 문화
여야 한다고 주장한다.

그러나 한완상은 '엘리트'가 중심이 되지 않는 청년문화
론은 창조적 반항이 될 수 없다고 단언한다. 창조적 반항을
하려면 문제의식을 갖고 있는 소수의 젊은 인텔리겐챠가 중
심이 되어야 하고 그런 사람들이 모여 있는 대학이 중심이
되어야 한다고 보기 때문이다. 한국사회의 특성상 개인이 국
가와 분리가 되지 않았기 때문에, 현상적으로는 한국의 청년
문화가 서구의 청년문화처럼 반문화 반체제적인 정신을 띤
것 같지만, 그렇지 않다고 주장한다. 서구의 청년문화 역시
엄격하게 말하면 체제 긍정적인데, 우리의 경우는 더 체제
긍정적이라고 주장한다.[90] 즉 한완상은 반체제적인 청년문화
론은 긍정적으로 인식하였지만, 한국에 등장한 청년문화 현

---

89) 최인호, 「수요 연재: 최인호 에세이－청년문화 선언」, 『한국일
　　보』, 1974. 4. 24.
90) 한완상, 『현대사회와 청년문화』, 법문사, 1974.

상에 대해서는 체제를 긍정하는 문화 현상이라는 이유로 비판적으로 인식했다. 그런데 당시 대학생들은 청년문화론과 한국의 청년문화 현상에 대해서 모두 반기를 들었다.

> 각 방송국은 청년문화라는 이 '도깨비'를 앞장서서 선전하고, 각 일간지는 이 도깨비의 상징을 하나씩 내세우면서 그 보급에 앞장서고 있다. 어느 젊은 작가는 이 '도깨비 문화'의 기수임을 자처하고 나서면서 '빠걸 문학' '미장원 문학'을 만들어 나간다.[91]
> 청년문화는 젊은 우상을 창조한다고 그들이 우리 세대의 우상인 것처럼 과장 선전하고 있다. 이게 과연 청년문화인가. 아직도 우리의 자존심은 살아있고 적어도 그들이 우리의 우상이 되기에는 한 마디로 너무 천박하다.[92]

이와 같은 반기에는 대학생들의 정치적 의식이 깔려 있다. 당시 대학생들이 보기에 최인호식의 청년문화론은 계급의식을 무화시키는 논리이며 시대착오적 발상이었던 것이다. 결국 김병익, 최인호, 한완상을 주축으로 논의가 진행된 「청년문화론」은 1974년 4월부터 6월까지 헤프닝처럼 전개되다가 사라져버린다.

이러한 청년문화에 대한 담론이 공식적으로는 일회적이고 단발마적인 논쟁처럼 끝났지만, 1970년대 초에 이러한 논쟁으로 촉발된 자유에 대한 이념이나 지배 담론에 대한 저항 정신은 1970년대 확산된 대중문화의 근원적인 정신으로 지속

---

91) 편집부, 「지금은 진정한 목소리가 들려야 할 때다」, 『대학신문』, 1974. 6. 3.
92) 편집부, 「오늘의 젊음은 책임으로부터의 도피를 만끽하고 있다」, 『고대신문』, 1974. 4. 2.

적으로 자리하고 있었음을 부인하기는 어렵다.93) 이러한 문
화적 분위기의 확산은 최인호 외에 1970년대 다른 대중소설
작가들의 창작에도 커다란 영향을 주게 된다.

　두 번째로 대중과의 소통구조에서 1970년대 대중소설 작가
의 청년적 자질을 살펴볼 수 있다. 이들 작가는 자신들의 솔직
한 감정이나 생활상을 대중들의 보편적인 정서로 재현하려고
고심하였다. 이러한 고심의 흔적들을 다음 인용문에서 읽을 수
있다.

　　　1) 늘 내가 사용하고 있는 사랑의 그물, 요컨대 그것
　　의 捕獲力에 구멍이 뚫려있지 않은가 반성하는 쪽이다.
　　즉 내 사랑이 언제나 그렇게 完全하지가 못했다고 자책
　　했던 것이다. 이런 생각이 나로 하여금 이 책을 쓰게 한
　　動機가 되어 주었다.94)
　　　2) 어떠한 집단 혹은 사회를 소설이라는 틀에 담으려
　　고 할 때 그에 관한 취재와 관심 또는 서술과정을 통해
　　그 집단과 사회에 사랑과 연대감을 가지는 기쁨을 껴안
　　을 수 있었던 것이 이제까지의 경험이었다.95)
　　　3) 내가 최초로 신문 연재한 작품이 바로 이 소설이다.
　　이 소설을 『중앙일보』에 연재하던 시절에 나는 불과 서
　　른세 살의 청춘이었다. 「예술성」과 「대중성」이라는 두 마
　　리의 토끼를 나는 한번의 팔매질로 잡고 싶은 성취욕에
　　불타고 있었다. 말하자면 나는 청춘의 이름으로 이 소설
　　을 썼던 것이다. 비극적 세계관으로 싸여 있던, 풀잎 같고
　　또한 동시에 칼날 같던 내 분열의 청춘이 여기 있다.96)

---

93) 1970년대 대중문화에 대한 개략적 설명은 이 장의 2-1절과 각
　　주 23), 24)를 참고할 것.
94) 조선작, 「책 끝에」, 『완전한 사랑』, 수문서관, 1978. 284쪽.
95) 한수산, 「작가의 말」, 『달이 뜨면 가리라』, 고려원, 1986. 4쪽.
96) 박범신, 「작가의 말 - 잘 가라, 나의 청춘이여」, 『풀잎처럼 눕

위 인용문 1)에서 조선작은 결혼 적령기가 넘었는데도 사
랑의 방법을 제대로 찾지 못해 결혼을 하지 못했음을 고백하
고 있다. 독자 대중과 다를 것이 없는 작가 자신의 청년기의
고민이 솔직하게 드러나 있다. 또한 인용문 2)에서 한수산은
『달이 뜨면 가리라』라는 작품이 여자 노동자들과 "사랑과
연대감을 가지고 기쁨을 껴안으면서" 쓴 것이라고 토로하고
있다. 청년기의 여자 노동자들의 이야기를 소설에 담고 있지
만 그것은 작가 자신의 고민이며 작가 자신의 이야기라는 사
실을 말한다. 그리고 인용문 3)에서 박범신은 "서른세 살의
청춘"의 이름으로 소설을 썼다고 밝히고 있다. "비극적 세
계관"에 싸여 있던 "칼날 같던 내 분열의 청춘"이 바로 자
신의 작품 『풀잎처럼 눕다』라고 고백하고 있는 것이다. "개
인적으로 내가 창조한 경아는 바로 내가 살아온 이십대와 삼
십대 초반의 외로움과 방황, 고독, 허무의 감정들이 빚어 만
든 하나의 총체적 상징 인물" 97)이라고 반성적 성찰의 태도
를 취하거나, 자신의 창작활동이 "자유로운 상상력의 승화된
결정체" 98)이며, "감감한 마음속에 빛의 회살을 쏘며 익명의
사물들에게 이름을 지어 주는 창조주가 되는 순간부터 그의
예술은 시작되는 것" 99)이라고 큰 소리로, 아니면 "소년 시
절부터 키워 온 내 감정이 비교적 정직하게 미세하게 담겨져

다』 제2권, 고려원, 1994. 8쪽.
97) 최인호, 「'경아'와 나」, 『모르는 사람에게 보내는 편지』,
　　제삼기획, 1986.
98) 최인호, 「예술가와 결혼 생활 그리고 거짓말」, 『성녀와 악녀를
　　위하여』, 소설문학사, 1983. 270쪽.
99) 최인호, 「이름, 그 익명과 호명」, 『성녀와 악녀를 위하여』, 소
　　설문학사, 1983. 277쪽.

있다" 100)고 겸손한 말투로 표현하든 간에, 이들 작가들은 자신들이 대중의 일원이고 대중의 감성을 자신의 작품 속에 표현하고 있음을 밝히고 있다.

결국 이들은 자신들이 청년기에 겪은 이야기를 소설에 담고 있다고 독자 대중에게 고백함으로써, 청년기의 독자 대중과 동일한 감정구조를 지녔으며, 자신들의 작품이 청년이 경험하거나 경험할 수 있는 내용을 담은 작품임을 강조함으로써, 청년기의 독자 대중의 감정구조에 호소하고 있는 것이다.101)

분명한 것은 1970년대 대중소설 작가들은 신문 연재를 꺼리거나, 대중소설을 쓰겠다고 밝히지 않고 대중소설을 썼던 이전 시기의 대중소설 작가와는 달랐다는 사실이다. 이들은 대중이 자기 자신과 다름없는 동등한 인간이며 자신의 문학적 탐구가 자기를 포함한 그 대중들의 삶과 의식을 대상으로 하고 있음을 분명하게 의식하고 있었다.102)

마지막으로 작가가 자신의 창작을 통해 기성세대나 지배 이념에 대한 저항적인 메시지를 담으려고 했다는 점에서 작가의 청년적 기질을 찾을 수 있다. 이는 1970년대 대중소설 작가의 청년적 기질을 기성세대나 지배 이념에 대한 저항적 태도에서 파악할 수 있다. 기성세대에 대한 그들의 정서와

---

100) 박범신, 「작가는 말한다 ─ 욕망의 엘리베이터를 타고자 했던 다희」, 『죽음보다 깊은 잠』, 문학예술사, 1979. 369쪽.
101) 이는 작가가 자신의 이야기를 소설이라는 문학 양식을 빌려서 이야기를 하고 있는 '자기지시적 글쓰기' 방식이라 할 수 있다.(진영복, 『자기지시적 글쓰기의 분석과 해석』, 한국학술정보, 2005.)
102) 김병익, 「70년대 신문소설의 문화적 의미」, 『문화와 반문화』, 문장, 1979.

태도는 기성세대가 못마땅한 눈으로 바라보아도, "작가는 『네, 우리는 이렇게 빗나가는 자올시다』 하는 투" 103)로 바라본다는 데에서 분명히 드러난다. 따라서 그들의 창작은 기성세대의 위선과 모순에 대한 저항적인 "청년적 감수성"을 담을 수 있는 것이다. 기존 소설과는 달리, 1970년대 대중소설이 관능성과 선정성을 두드러지게 된 이유도 작가들의 청년적 기질에서 찾을 수 있다.

> "좋았어. 그럼 분명히 얘기하지. 우리 결혼하자. 쌍. 당장 집어치우고 결혼하자구. 이제 만나구 헤어지는 것두 넌덜머리가 나. 함께 살면 되잖아. 헤어지는 일 없게. 나 결심했어. 너 하나 먹여 살릴 수는 있어. 두고 봐, 두고 보라구."
> 다음날 아내는 사표를 냈다. 아내는 며칠 뒤 퇴직금을 탔다. 그 돈으로 우린 대천으로 피서여행을 떠났다.104)

이와 같이 사회적 규약이나 타인과의 관계에 얽매이지 않고 개인의 감정에 충실한 최인호식의 감수성은 '가벼움'으로 이해할 수 있다. 이를 이동하는 "과장된 수사, 팽팽한 속도감, 관능적인 분위기, 생동하는 문체, 흥미만점의 구성, 우상파괴적인 제스처" 105)로, 그리고 김윤식은 "대중의 왜소함을 대리 보상시켜주는 말하자면 영웅적인 사고와 행동" 106)

103) 이형기, 「작품 해설—공범자 최인호」, 최인호, 『바보들의 행진』, 청호문화사, 1987. 268쪽.
104) 최인호, 「미성년자 관람금지」(1978), 『신혼일기—가족1』, 샘터사, 1992.
105) 이동하, 「도피와 긍정」, 『집 없는 시대의 문학』, 정음사, 1985. 85쪽.
106) 김윤식·정호웅, 『한국소설사』, 예하, 1994. 408쪽.

으로 이해한다. 그러나 김병익은 1970년대 대중소설 작가의 청년적 감수성을 기존 질서에 도전하는 청년의 생기로 이해한다.107) 자유라는 개념을 "법적으로 보장되어야 하는 권리로서의 자유가 아니라 남에게 굽히지도 않고 의존하지도 않고 스스로의 판단과 주장대로 굳건히 살아갈 줄 아는 씩씩한 태도" 108)라고 규정하고, '굳건히 살아갈' 목표에 대한 판단 기준을 배제한다면, 이런 청년적 감수성은 권위주의, 획일주의를 강제하던 당시 한국 사회에 대한 저항적 메시지를 품고 있는 것이라고 판단된다.

이와 같이 청년문화의 영향을 받아 청년적 감수성과 저항적 태도를 가진 1970년대 작가의 청년적 기질이 바로 1970년대 대중소설의 원동력으로 작용한다. 그런 의미에서 본다면, 1970년대 대중소설에서 성(性)과 사랑에 은유적으로 표현된 청년들의 고민과 자유분방한 사고와 행동은 작가 자신의 청년적 감수성인 동시에, 국가 공동체 의식을 강조하는 지배 체제나 사회적 규범과 가치에 대한 저항적 의미를 지닌다고 볼 수 있다. 그리고 텍스트의 저항적인 메시지가 분명 권위주의에 억눌려 있던 청년 독자들의 감정구조에 강한 파장을 주었을 것이라는 사실은 1970년대 대중소설의 대중화로 짐작할 수 있다.

---

107) 김병익, 「오늘날의 젊은 우상들」, 『동아일보』, 1974. 3. 29.
108) 김경원, 「자유에 대하여」, 『문학과 지성』, 1972. 가을.

제 3 장

자유에 대한 대중의 갈망

일반적으로 문학 텍스트에서 자유라는 문화적 코드는 자기를 억압하는 모든 것에 대해 항거하는 양상을 띤다.[109] 1970년대 대중소설 텍스트에서도 '자유', '완벽한 자유'라는 말이 '반복'적으로 등장하고, 표면적으로는 인간 자신을 억압하는 대상에 항거하는 양상을 띤다. 1970년대 대중소설에 나오는 자유라는 문화적 코드의 의미와 그 지향점을 이해하기 위해서는 당시의 현실, 즉 객관적 상황과의 유기적 연관성 하에서 면밀하게 살펴보아야 할 것이다.

산업 사회는 봉건 사회보다 공적 영역에서의 개인보다 사적 영역에서의 개인을 더 중시하는 사회 구조를 형성한다. 근대 이후 공적 영역과 사적 영역이 철저하게 분리되는데, 이 양자가 분열된 것이 개인의 소외 등 사회적 문제를 야기하는 요인이 아니라 공적 영역이 사적 영역 안으로 흡수되어 내적인 분열을 일으키는 것이 사회적 문제의 요인이 된다.[110] 문명의 발달 내지 경제력의 발전 속에서 개인이 사적 이익을 획득하는 데에 몰두하고 그것을 자유의 신장이라고 인식함으로써, 자유라는 이념은 왜곡 내지 파괴되는 양상을 띤다. 그런데 1970년

---

109) 김윤식 외,『한국소설사』, 예하, 1993. 355쪽.
110) 헤겔은 현실 속에서 즉자적으로 움직이고 있는 이성적인 것을 자기 의지의 내용으로 대자화함에 의해서 자유가 성립된다고 본다. 따라서 법은 실현된 자유로서 법률인 동시에 도덕이고, 권리인 동시에 의무이며, 가족, 시민사회, 국가를 인륜적 조직이도록 하는 구체적으로 실재하는 형식이 된다.(M. Riedel(황태연 역),『헤겔의 사회 철학』, 한울, 1983.)

대 한국사회는 국가의 획일적인 통제 방침에 따라 공적 영역에서는 획일화가 요구되면서 사회적 가치가 개인적 가치보다 우선시되는 특수한 상황이 전개된다. 따라서 사적 영역에서의 개인화의 확대라는 세계사적 보편성과 공적 영역에서의 집단적 획일화라는 한국적 특수성이 공존하는 모순 된 상황이 펼쳐진다.

한편 해방 이후 확산된 자유라는 문화적 코드는 식민지의 억압으로부터 해방된 한국민에게 정치적 자립과 동일한 개념으로 인식된다. 6·25 전쟁 이후 특히 산업화가 진행되기 시작하는 60년 이후부터는 자유라는 개념은 북한의 정치 경제 체계에 반대되는 정치 이념으로 특수하게 인식된다.[111]

따라서 한국적 특수성에 의해서 자유는 반공과 자본주의적 경제 발전과 동일한 의미 영역으로 신화화된다. 자유의 신화를 토대로 자명화된 성장의 신화와 도시의 신화는 1970년대 말 유신체제가 붕괴되기 전까지 1960년대 이후 정부 주도의 근대화를 이끈 핵심적인 추동력이었다. 동시에 이들 신화는 지배 정권에게는 민주화 세력을 통제하고 취약한 정권의 정당성을 보완하여 국가 권력을 절대화하는 기제로 작용한다.

통념상으로 자유란 인간 존재의 의지의 실체이고 본질이라고 할 수 있다. 따라서 개인은 자신의 의지에 따라 자신의 행위

---

111) 박정희는 1966년 「자유의 날」 담화문에서는 '자유에의 의지와 공산주의 압제에 대한 증오심'을 키워나가기 위해서는 '경제 성장과 조국 근대화'에 앞장서야 한다고 주장했다. 여기서 자유는 반공과 동일한 개념으로 사용된다. 그 외 각종 담화문에서도 공산주의와 반자유, 경제 성장과 자유는 동일한 개념이 된다.(박정희, 「「자유의 날」 제12주년 기념일 담화문」(1966. 1. 23.), 『박정희 대통령연설문집』 제3집, 1967.)

를 자유롭게 규정하고, 법의 전 영역에서 권리를 주장하게 된
다. 이와 같은 자유 의지를 헤겔은 사유 속에서 찾으려고 한다.
그 이유는 의지가 사유의 방법이고 그 스스로를 현실에 이행시
키는 사유이며 실천이 되는 사유이기 때문이다.[112] 그런 의미
에서 자유는 정신의 운동이며, 그 정신은 부정의 정신이라 할
수 있다.[113]

　주관적 자유에 머물러 있는 개인이 자신의 본질인 자유를
객관적 상황 속에서 구체적으로 실현하기 위해서는 사회 역
사적 상황과 결부되어야 한다. 인간의 자유는 객관적인 상황
에서만, 그리고 그것을 통해서만 규정될 수 있다. 따라서 인
간의 자유는 사회적 제도로부터 자신의 의지를 자유롭게 전
개할 수 있는 '개인의 자율성'과 정치적 공간으로부터 자유
로울 수 있는 '정치적 자유'로 요약할 수 있다.

　진정한 자유란 개인의 의지에 의해서 선택되는 것이며 '개
인의 자율성'과 '정치적 자유의 확보'를 내포한 것이라고
볼 때, 1970년대 한국사회에서 지배 이념이 생성한 자유는
그것을 보상하지 못하기 때문에 참된 자유가 아니라 노예의
자유라 할 수 있다. 노예의 자유란 국가의 획일적 통제 체제
내에서 생성된 것으로, 누구나 성공할 수 있다는 성장의 신
화와 성공할 수 있는 공간인 도시로 누구나 진입할 수 있다
는 도시의 신화에 개인 스스로 동조할 수 있게 만드는 조작
된 자유인 것이다. 이러한 상황에서 개인은 표면적으로는 자

---

112) M. Reidel, 앞의 책.
113) 따라서 헤겔은 역사의 보편적 법칙을 단순한 자유에의 진보가
　　아니라 '자유의 자기의식의' 진보로 이해했다.(H. 마르쿠제(김
　　현일 외역), 『이성과 혁명』, 중원문화사, 1984. 250쪽.)

유를 향유하는 듯하지만, 사실은 사회라는 경제적, 사회적 장치로서 신화화된 자유를 강요당할 뿐이다.

그러므로 1970년대 대중소설 텍스트에서 자유는 이중적 의미를 동시에 내포한다. 한편으로 자유는 도시의 신화와 성장의 신화를 추구할 수 있는 의미로서 기호화 된다. 텍스트에서 이러한 신화는 '자명한 것'으로 인식되고 있다. 신화는 단순히 그 이미지를 만든 사람에 의해서 내포적 의미를 생성하는 것이 아니라, 이미 존재하는 지시 체계 속에서 활성화 되어 '자명한 것'이기 때문이다.114) 다른 한편으로 자유는 진정한 자유를 개인의 의지에 따라 선택하려는 의도로서 기호화 된다. 그러므로 텍스트에서 반신화적 성격을 띠고 있는 '자유'는 '자명한 것의 허위성'을 폭로하려고 시도한다.

1970년대 대중소설 텍스트의 인물들 역시 자유에 대한 이중적 태도를 취하고 있다. 이러한 인물들의 행동 양상을 고찰해봄으로써, 1970년대 대중소설에 드러난 '자유'의 특징을 보다 분명히 파악할 수 있다. 이 장에서는 문화 기호학적 분석을 토대로, 주체가 '자유'를 획득하기 위해서 '어떤' 대상을 소유하려고 하는지를 분석하기 위해서, 르네 지라르의 삼각형의 욕망 이론을 적용할 것이다.115) 지라르의 삼각형의 욕망 이론은 텍스트의 인물들이 신화에 매혹 당하거나 그것을 거부하는 양상을 보다 효율적으로 조명할 수 있으며, 독자가 텍스트를 통해 무엇을 욕망 하는가를 규명할 수 있기 때문이다.

---

114) 롤랑 바르트(이화여대 기호학연구소 역), 앞의 책.
115) 르네 지라르(김치수 외역), 『낭만적 거짓과 소설적 진실』, 한길사, 2002.

1. 성장의 신화와 도시의 신화

1-1. 성장의 신화

1970년대 대중소설 텍스트에는 성장의 신화에 편승하여 계층의 수직 상승을 하려는 인물이 자주 등장한다. 『죽음보다 깊은 잠』116)과 『휘청거리는 오후』117)에서는 위선과 계략으로 수직 상승을 하려는 인물들의 행태가 적나라하게 묘파되고 있다.

『죽음보다 깊은 잠』의 여주인공 다희는 도시 하층민 출신의 여대생이다. 그녀는 기회만 주어지면 도시의 중심부로 이동하고 싶은 욕망에 가득 차 있는 '청년' 이다. 계층 상승의 발판이 대학이라고 믿는 그녀는 자살극까지 벌여서 4년제 대학에 입학한다. 그녀는 엄마처럼 시장 뒷골목에서 식당을 하거나 동생 을희처럼 공장에 다녀서는 결코 가난의 메커니즘에서 벗어날 수 없음을 알고 있다. 그녀는 자신의 현실로부터 벗어날 길은 오직 수직 상승이며 그것을 실현시킬 방법은 자신의 미모와 기회 포착력에 있다고 확신한다. 그녀의 욕망을 지라르의 삼각형의 욕망 구조에 적용하면, 그 세 꼭짓점에 다희(주체), 계층 상승(욕망의 대상), 대학 친구(중개자)들이 각각 위치한다.

---

116) 박범신, 『죽음보다 깊은 잠』, 문학예술사, 1979.
117) 박완서의 『휘청거리는 오후』는 장편소설로 1977년에 창작과 비평사에서 출간되었다. 은 책은 세계사 1998년 판을 텍스트로 삼았다.

　주체(다희)는 대상(계층 상승)에 대한 욕망을 실현하기 위해 중개자를 대학 친구에서 영훈으로 옮긴다. 그녀는 욕망의 대상을 소유하기 위해 일단 가출하는데, 가출 후 카페에서 오르간을 치면서 전전하는 청년 영훈을 만나 동거한다. 영훈은 음대에 가고 싶었으나 아버지의 권유로 공과대학에 진학한 후, 학과에 적응하지 못하고 휴학한데다가 병역마저 기피하여 법망을 피해 도시를 부유하는 청년이다. 아버지의 권위주의와 군대의 획일주의를 거부하고 자유분방하게 사는 영훈에게 다희는 '따스함'을 느낀다. 그 따스함은 일종의 안식으로, 소유하고 싶은 것을 스스로 포기하는 자로부터만 받을 수 있는 것이었다. 하지만 영훈이란 중개자는 다희에게 욕망을 실현하기 위한 물질적 발판을 제공하는 인물일 뿐이므로, 그녀는 그와 동거하면서도 수직상승에의 기회만 엿보게 된다. 그러므로 그녀 앞에 욕망을 성취하게 할 중개자인 이경민이 나타나자, 그녀는 영훈이란 중개자를 가차 없이 내팽개친다. 경민은 영훈과 달리 차가운 이성의 소유자이며, 빡빡한 일정에 맞추어 사는 규격화된 인물이며, 자신의 노력에 의해서 경제적 능력을 확보한 청년 실업가이다. 경민은 권위주의와 획일주의에 힘입어 부를 획득한 청년이지만, 영훈은 그것에 반기를 들고 감정이 욕구하는 대로 행동하면서 도시를 부유하는 청년으로 대비된다.

　　엘리베이터를 탄 것은 결국 이런 것일 게다. 다희는 믿고 싶었다. 층계를 한 단계 한 단계 두드리며 올라간다는 건 얼마나 어리석은 짓인가(생략-인용자). 어차피 다 올라가지도 못하고 십 층이나 십오 층쯤에서 주저앉을 것을.(『죽음보다 깊은 잠』, 109쪽.)

이런 생각을 가진 다희이기에 대립적인 인물 사이의 갈등에 그리 시간을 낭비하지 않는다. 그녀는 『장한몽』식으로 사랑과 돈을 가진 두 남성을 두고 갈등한 것이 아니라, 경제적 능력을 갖춘 경민 곧 욕망 성취의 "엘리베이터"가 될 중개자를 어떻게 소유할 것인가를 고민했기 때문이다. 그녀는 영훈과 관계를 청산하고 경민을 선택한 것이 자신의 정확한 판단과 개인적 노력에 의한 것이라고 자기 주문을 건다. 청년 실업가인 경민을 선택한 후에는 순결한 숙녀인 채 위선을 떠는 한편, 챠밍 스쿨을 다니는 등 주위의 경탄을 받을 정도로 노력을 한다. 다희는 욕망의 대상을 소유하기 위해 중개자를 대학친구, 영훈, 경민으로 이동하면서 최선을 다한다. 그러나 중개자인 경민이 파멸하자 그녀를 주체로 형성된 삼각형의 욕망 구조는 붕괴되고 만다.

『휘청거리는 오후』에 등장하는 초희 역시 욕망의 삼각형으로 해석할 수 있는 인물이다. 초희는 『죽음보다 깊은 잠』의 다희보다 더욱 자기감정을 통제하고 관리하고 위선과 계략을 치밀하게 계획하고 진행하는 '청년'의 모습이다. 초희는 "한번도 사랑으로 피가 더워진 적이 없는 게 우리 헛똑똑이들의 참모습일지도 몰라. 이런 우리가 사람을 사귈 때 그 사람의 내면의 진실을 통해 사귀려 들지 않고, 그 사람이 입고 있는 옷을 통해 사귀려 드는 건 너무도 당연" 하며, 그것이 "자기에게 맞는 행복" 이라고 주장한다. "사람의 내면의 진실" 보다 "그 사람이 입고 있는 옷" 을 보고 결혼하려는 초희는 '돈이 최고' 라는 속물적 세계관을 지닌 어머니의 투영체라 할 수 있다.118) 그녀는 어머니의 욕망을 따르게 됨으로써, 청년의 자유분방함이나 도전적 삶을 진작부터 폐기하

고, 중매를 통해 '자기에게 맞는 행복'을 찾아 나선다. 초희
는 자신보다 사회 경제적 지위가 높은 남성을 만나려면, 아
름다운 외모와 순결이 필수 조건이라고 판단하고 그 조건에
부합하도록 노력한다. 다시 말해 그녀는 '여자는 되웅박 팔
자'라는 전통적 규범인 가부장적 이데올로기를 재현하는 여
성이며, 경제적 가치로만 대상을 판단하려 하는 속물적 인간
이 되려고 노력하는 인물이다. 주체인 초희는 계층 상승을
욕망하고 그것을 획득하기 위해 욕망 성취의 중개자가 될 만
한 남성을 남편감으로 모색한다. 그 결과 그녀는 재벌 2세인
조광욱이라는 매너 좋고 전도유망한 청년을 만나게 된다. 하
지만 그가 "훤칠한 청년 신사"이어서 "머리끝에서 발끝까지
세련돼 있었고 속에 들은 게 많을지는 몰라도 자기의 목소리
를 못 가진 사람의 공허함"만이 있는 청년이며,[119] "기분이
고약한 남자"[120]라고 느낀다. 그는 재벌 2세로 성장한 합리
적인 인간이지만, 청년이 지닌 자유분방함이나 세상에 대한
도전 의지가 없는 초희와 마찬가지로 속물적인 청년이었던
것이다.

  조광욱과의 맞선 때도 그랬었다. 그러나 그때는 그 싫
  은 고비를 용케 넘길 수가 있었다. 그것은 조광욱이 그녀
  의 허영심을 쾌적하게 자극하는 물질적인 풍요와 이국적
  인 생활양식을 후광처럼 머리에 이고 있었기 때문이다.
   조광욱을 놓쳤기 때문에 그녀가 잃은 것은 결코 조광
  욱이 아니었다. 현대적인 가옥과 세계 각국에서 수집한
  진귀한 예물과 심심하기만 하면 외국 여행과 파티가 있

---

118) 위의 책, 68쪽.
119) 위의 책, 39쪽.
120) 위의 책, 31쪽.

을 수 있는 일상생활이었다.

　지금까지도 조광욱을 놓친 건 조금도 슬프지 않다. 그
녀를 슬프게 할 애틋한 추억이 둘 사이엔 없다. 그의 얼
굴 모습조차 또렷하게 떠올려지지 않는다. 더군다나 그
가 어떤 사람이었던가 알게 뭔가. 다만 거의 손이 닿을
뻔하다가 놓치고 만 상류사회의 생활이 아까울 뿐이다.
생각할수록 이가 갈리게 분할 뿐이다.(『휘청거리는 오
후』, 179쪽.)

　그러므로 그는 경제적 지위가 상이하다는 사실을 알고는
초희와 결혼 직전에 주저 없이 파혼을 선언한다. 그녀 역시
결혼 상대자인 "조광욱을 놓친 건 조금도 슬프지 않아" 한
다. 단지 "그녀의 허영심을 쾌적하게 자극하는 물질적인 풍
요와 이국적인 생활양식을" 누릴 수 있는 "상류사회의 생
활"을 놓친 것이 "이가 갈리게 분" 할 뿐이다. "결혼의 막
다른 골목에까지" 왔다고 판단한 초희는 조광욱과의 파혼 후
전문적인 마담뚜를 통해 만난 나이 많은 공 회장이 "싫고 징
그럽지만 참고 결혼할 수밖에 없다"고 판단한다.[121]

　　탄력이 없는 연분홍의 살갗은 더운 김에 오래 쪄낸 것
처럼 생기 없어 다만 불쾌하도록 청결하기만 하다. 그의
혈색, 그의 윤기는 그의 내부의 심장이나 건강과는 상관
없는, 외부로부터의 혹독한 가공(加工)의 흔적처럼 보인
다.(『휘청거리는 오후』, 227쪽.)

　그녀는 공 회장과 처음 만나는 자리에서 그가 "탄력이 없
는" 살갗을 가졌으며 "오래 쪄낸 것처럼 생기 없어 다만 불
쾌" 하다는 느낌을 받고 그런 공 회장을 만나는 자신에게

---

121) 위의 책, 231쪽.

'자기혐오'를 느낀다. 그와 결혼해서 "매일매일 무슨 말이든지 하면서 살아야 한다는 일이 매일같이 자야 한다는 일보다 훨씬 지겹게 느껴졌지"[122]만 경제적 능력을 획득하는 대신에 청춘을 담보 잡히는 굴욕감을 참고 결혼을 감행한다. 공 회장의 "부르주아 폼을 웃긴다고 생각"하면서도, "제주도로 날아갔다가 다시 사슴이 있는 목장으로 날아오면서" 부자와 결혼했다는 물질적 충족감을 느낀다.[123] 부를 충분히 확보한 공회장 역시 상실된 젊음을 복원하기 위해 중개자인 젊은 여성으로 필요했기에, 자신의 부를 공유할 수 있다는 욕망에 사로잡힌 초희를 흔쾌히 아내로 맞아들인다.

그런데 초희는 자신의 선택으로 물질적 충족이라는 욕망을 중개자인 공 회장을 통해 획득했으나, 결혼 후 곧바로 자신의 젊음을 보상받을 수 없다는 굴욕감과 혐오감에 빠지게 된다. 게다가 젊음을 보상받기 위해 각종의 정력제를 복용하고 심지어 성적 파트너로서 젊은 아내를 취한 공 회장의 속물적 취향으로 인해 결혼 생활에 환멸까지 느낀다. 이러한 굴욕감과 혐오감 그리고 환멸은 삼각형의 욕망이 지닌 부조리이다. 삼각형의 욕망을 주체가 스스로 파기하지 못하기 때문에, 주체인 초희는 약물 등 각종 중독에 빠져들게 된다. 그녀는 엄청난 고통을 거친 다음에야 그 중독의 원인을 성찰하게 되고 결혼을 스스로 파기하게 된다. 그럼으로써 삼각형의 욕망 구조가 만들어낸 부조리에서 빠져 나오게 된다.

한편 초희의 남자 친구였던 가난한 청년 김상기는 초희라는 중개자를 통해 계층 상승에 대한 욕망을 지니게 된다. 김

---

122) 위의 책, 237쪽.
123) 위의 책, 346쪽.

상기의 경우 전도된 신데렐라적 환상에 해당되는데, 그는 "여자라는 게 다 그렇구 그렇다는 걸 깨닫고", "조건이 좋은" 여자와 결혼하는 속물적 청년이다. "처가 덕으로 대기업에 취직해서 전도가 유망해" 진 그는 다시는 "그 놈의 삼류출판사 시대는 생각만 해도 지긋지긋" 하다고 토로한다. 초희가 그에게 다시 애정을 갈구하자, "여기까지 잘 나오다가 빗나가긴 싫어" 라고 단호하게 말한다.124) 결혼마저도 상품처럼 교환되는 것이라고 확신하게 된 그에게서 '삼류출판사' 에서 무엇인가 해보겠다고 기를 쓰는 청년의 도전적 모습은 찾을 수는 없다. 그는 외형만 청년이지, 세상사에 이미 젖어든 조로(早老)한 속물로 변한 것이다. 환언하면 주체인 김상기는 초희를 중개자로 하여 행복한 결혼을 욕망의 대상으로 삼았던 인물이었다. 그러나 그가 중개자인 초희와 경쟁관계에 놓이면서, 그의 욕망의 대상도 변모된다. 그는 욕망의 대상을 계층 상승으로 바꾸면서, 중개자도 초희에서 조건 좋은 여자로 바꾼 것이다.

이미 경제적 능력과 사회적 지위를 획득히였지만 더 많은 부와 높은 지위를 획득하려는 『죽음보다 깊은 잠』의 주인공 이경민도 삼각형의 욕망을 지닌 인물이다. 그는 패션시장에서 주목받는 사장으로 성장한 합리적인 사고의 소유자로 근대화의 프로젝트를 추진할 힘을 가진 인물이지만 천한 핏줄이라는 서자 콤플렉스에 얽매여 있는 청년이다. 서자 콤플렉스에서 벗어날 수 있는 방법은 오직 아버지와 같은 재벌이 되는 것이라고 생각한다.

---

124) 위의 책, 264쪽.

「우리 어머닌 원래 가정부였어.」(중략—인용자) 「어머니는 서른여섯이라는 젊은 나이에 한 대접이나 각혈을 하고 마포의 낡은 기와집 안방에서 혼자 죽었지. 아버진 내 전화를 받고도 여덟 시간이나 넘긴 다음날 일곱 시에야 나타나더라. 열여섯 살짜리 내가 밤새 어머니의 시체 곁에서 생각한 것이 무언지 아니? 아버지를 죽이겠다는 그 한 가지뿐이었어.(후략—인용자)」(『죽음보다 깊은 잠』, 181-185쪽.)

경민은 "어머니는 서른여섯이라는 젊은 나이에" 각혈을 하다가 외롭게 죽었다는 사실을 상기하면서 어머니의 유품인 "시계를 끌어안고" 괴로워하고, 슬퍼한다. 이와 더불어 자신이 서자로 태어나 적자인 이복형과 동일한 대접을 받지 못했던 과거를 현재화한다.[125] 이런 과거의 복원은 수직상승에의 욕망을 어머니에 대한 복수로 정당화, 합리화하려는 시도이다. 따라서 주체인 경민은 재벌이 욕망의 대상이므로 중개자인 아버지와 경쟁관계가 되고, 그 중개자와 경쟁하기 위해 위선과 비도덕적 행위를 서슴지 않는다. 즉 그는 "수년 동안 은밀하게 갈아온 칼날"[126]을 휘두르듯이, 아버지가 운영하는 백화점의 "식품부에서 제조해 판 과자류에서 구데기가 나오게"[127] 계략을 꾸민다.

---

125) 경민처럼 어린 시절의 기억에 대한 복원은 에피파니라 할 수 있다. 에피파니의 순간은 지속되는 기억에 의존하고 있으나 변형의 순간이라 할 수 있다. 이 순간으로 인해 기억 속에 거주하고 있던 수동적이었던 과거가 역동적인 현재로 변형되기 때문이다.(Mark Currie, *Postmo- dern Narrative Theory*, st. Martin's Press. 1988. 20-22쪽.)

126) 『죽음보다 깊은 잠』, 234쪽.

127) 위의 책, 232쪽.

그의 계략에 의해서 경쟁 관계인 아버지에게 복수하지만, 경민은 친구의 배신과 그 친구로부터 전해들은 다희의 위선 으로 말미암아 "그의 육체와 영혼을 황폐하게 소모시키"[128] 고 죽어간다. 이러한 경민의 몰락은 사회적으로 성공했지만 비도덕적 행위를 자행한 기성세대를 그대로 답습한 청년의 몰락이라고 할 수 있다.

앞서 살펴본 바와 같은 신데렐라적 욕망이나 경제적 지위나 물질적 지위를 더 획득하고자 하는 욕망에 몰두하는 인물과 더불어, 산업사회에서 성실하게 노력해서 경제적 능력을 획득 하려는 서민적 욕망에 삶을 영위하는 인물도 1970년대 대중소 설에는 공존하고 있다. 후자의 인물들은 계층 상승의 욕망이라 고 하기에는 너무나도 소박한 욕망을 가지고 있다. 즉 돈을 벌 어 '전셋집'을 얻어 둘만의 살림집을 차리고 싶다는 「영자의 전성시대」[129]의 주인공 '영자'와 '나'의 소망, 그리고 고등 학교를 졸업해서 여성 노동자가 아니라 관리직이 되고 싶다는 『달이 뜨면 가리라』에 등장하는 여성 노동자들의 소망이 바 로 그것이다.

> 내 꿈이란 무교동의 한 화려한 술집에서 보오타이를 매고 일하는 것이라든지 명동의 하 소문난 양복점에서 재 단사로 일해 보는 것 따위의 그럴 듯한 것이었다. 군대에 서 돌아온 뒤 사실 나는 그런 곳에서 일자리를 찾았었다. 그러나 웨이터 자리를 위해서는 내게 보증금이 없었고,

---

128) 위의 책, 297쪽.
129) 조선작의 「영자의 전성시대」는 『세대』에 1973년 게재되었으나, 이후 1973년 소설집 『영자의 전성시대』에 삽입되어 출판되었 다. 은 책은 1974년 민음사 간(刊)을 텍스트로 삼았다.

양복점의 〈시다〉로서는 나이가 너무 많이 먹어 버렸던 것
이다.(「영자의 전성시대」, 45쪽.)

「영자의 전성시대」의 화자인 영식은 국가 유공자의 아들이
지만 고아처럼 자라서 제도교육의 혜택을 받지 못한 문맹자
이다.[130] 그의 소망은 "보오타이를 매고 일하는" 웨이터나
"양복점에서 재단사"로 일하는 것이다. 그러나 그 작은 소
망마저도 돈이 없고 나이가 많아서 좌절되고 만다. 한편 영자
는 돈을 벌기 위해서 농촌에서 도시로 와 가정집의 식모로
일하다가 아무 남성이나 자신의 몸을 덮치려는 통에 여차장
이 된다. 그러나 실수로 한 팔을 잃고 다른 직장을 구할 수
없게 되자, 매춘을 시작한다. 그래서 어차피 망칠 몸이었다
면, 아예 춘자(영자의 친구)처럼 고향에서 올라와서 바로 매
춘을 시작했으면 더 좋았을 것이라고 후회까지 한다. 매춘 단
속이 심해지자, 영자는 매춘을 그만 두고 "악질적인 나이롱
여편네에게 맡겨 두었던" 돈을 "찾아다가 따로 방을 얻어 살
림을 차려야 겠다"고 결심한다.[131] 그러나 그 돈을 찾으려고
창녀촌에 갔다가 불타 죽고 만다.

영식이나 영자는 경제적인 사정으로 자유분방하게 삶을 즐
길 엄두조차 내지 못하는 청년들이다. 그들에게 애틋한 사랑
이란 한낱 호사에 불과하다. 단지 생리적인 욕구를 채우기
위해 영자와 영식은 동거하기로 하지만 아무리 성실하게 일
해도 살림집을 낼 형편이 되지 못한다. 이들도 삼각형의 욕

---

130)「영자의 전성시대」에서는 주인공에 대한 자세한 설명이 생략되
어 있다. 다만 「영자의 전성시대」의 전편이라고 할 수 있는 「지
사총」(『세대』, 1971)에서 유추해 온 것이다.
131)「영자의 전성시대」, 78쪽.

망 구조를 갖게 되지만 서로가 중개자가 되면서 그들의 욕망은 소박한 차원에 머물러 있게 된다. 생리적인 욕구를 채울수 있는 대상을 만나 결혼을 해보겠다는 소박한 소망마저 영자의 죽음으로 좌절되자 영식은 세상을 향해서 "어디라도 한 군데 싹 쓸어버리고 싶다"[132]고 절규할 뿐이다.

『달이 뜨면 가리라』[133]도 하층민의 고달픈 삶과 부에 대한 소박한 욕망을 담고 있다. 이 소설의 주인공은 대부분 시골에서 올라와 도시 외곽의 공장에 취직해서 생계를 영위하는 젊은 여자 노동자들이다. 이들 여성 노동자는 고달픈 현실로부터 벗어나 경제적 지위 향상에 매달린다. 대부분의 여성 노동자들은 고등교육도 받지 않았으며 축적된 재산도 없기에 회사가 자신들을 노예로 취급한다는 것을 알지만 회사가 요구하는 인간으로 길들여진다. 그럼에도 불구하고 자신들의 권익을 보호하기 위해 노동조합을 결성하려고 자발적으로 나선다. 노조 즉 노동자들의 단결만이 부에 대한 소박한 욕망 충족의 중개자라고 확신했던 것이다. 그러나 회사에서 노조를 깨기 위해 노조의 간부인 여성 노동자를 관리직으로 승진 시켜주겠다고 제의하자, 노조 간부였던 여성 노동자는 너무나 감사해서 말도 제대로 잇지 못하면서 자신의 욕망 성취만을 생각하고 자신을 포함한 동료들의 의지를 흔쾌히 아니 떨리는 마음으로 배신한다. 그 순간 집단의 욕망은 사라

---

132) 위의 책, 79쪽.
133) 한수산의 『달이 뜨면 가리라』는 1971년 작가가 공단에서 조그마한 사업을 하면서, 여성 노동자들의 삶을 취재했던 내용을 담고 있다. 1979년 『동아일보』에 연재한 후, 1981년 개작을 하였으나, 단행본으로 고려원에서 출간된 것은 1986년이다. 이 책가 텍스트로 삼은 『달이 뜨면 가리라』는 1986년 고려원판이다.

지고, 집단의 욕망 충족의 중개자 역할을 할 수 있을지도 모르는 노조 역시 붕괴되어 버린다.

이처럼 「영자의 전성시대」나 『달이 뜨면 가리라』에서 주체는 계층 상승의 욕망을 가지고 있으며, 직·간접적으로 접하게 되는 도시적 삶을 통해 욕망의 간접화 현상에 침윤되어 있다. 그러나 그들의 직접적인 중개자는 그들과 같은 처지의 계층이므로 그들이 욕망 하는 대상도 소박할 수밖에 없다.

이상에서 살펴본 바에 의하면, 텍스트의 인물들은 상류층이나 중산층을 욕망한다. 하층 계층의 여성들은 삼각형의 욕망 구조에 따라 그 욕망을 성취하고자 한다. 이러한 여성들의 욕망 구조가 유사한 방식으로 "반복(iterative)" 134) 됨으로써, 성공의 신화가 허구적 이미지가 아니라 "확실한 사실(constat)" 135)로 인식되는 효과를 낳는다. 그런데 그 욕망의 중개자인 기득권을 가진 인물, 즉 상류층이나 중산층의 인물들은 비도덕적인 방법으로 부를 획득했거나 비인륜적인 덕성을 가

---

134) '반복' 이란 하나의 서술방식으로서 동일한 사건이나 동일한 단어, 한 사건을 여러 번 서술하는 것을 의미한다.(Gérard Genette(trans Jane E. Lewin), *Narrative Discourse Revisited*, Cornell Univ Press, Ithaca, New York, 1988. 38-40쪽.)

135) '확실한 사실' 은 신화적 형식 중에 하나이다. 롤랑 바르트는 '확실한 사실' 외에 '예방접종(vaccine)' , '역사의 제거(privation d' Histoire)' , '동일화(identification)' , '동어 반복(tautologie)' , '양비론(ninisme)' , '질의 양화(quantification de la qualité)' 를 신화의 수사학적 형식으로 규정하고 있다. 그중 '확신한 사실' 은 이미 만들어진 세계(신화적 세계)를 자명한 것으로 믿게 하여 "더 이상 만들어야 할 세계를 지향하지 않게" 유도하는 수사학(신화 기표의 다양한 형태들이 와서 자리 잡는 고정된, 규칙적인, 뚜렷한 양식의 총체)적 형식을 의미한다.(롤랑 바르트, 앞의 책, 330-332쪽.)

지고 있는 인물로 '반복' 서술됨으로써 폭로된다. 예를 들어
『겨울여자』의 요섭의 아버지처럼 비도덕적인 정치가이거나
광준의 아버지처럼 비도덕적인 방법으로 부를 축적한 재벌,
또는 『죽음보다 깊은 잠』에서 경민의 아버지처럼 비인륜적
인 덕성을 지닌 재벌이다. 자신의 노력에 의해서 획득된 경제
적 지위가 행복을 가져다주기 때문에 경제적 능력은 미덕이
되는 것이 '자명한 것'처럼 보이지만, 사실 그러한 부를 획
득한 기성세대는 올바른 품성의 소유자가 아니므로 그들이
획득한 경제적 능력은 미덕이 아닌 것이 된다. 이 지점에서
"자명한 것의 허위성(false obvious)" 136)이 폭로된다. 따라서
수직 상승에의 욕망을 채우기 위해 교묘한 계략과 철저한 위
선을 지닌 청년들은 도덕적 처벌을 당하거나 속물적 인간으
로 서술된다. 특히 도덕적 처벌은 성장의 신화에 대한 환멸
때문이 아니라, 주인공인 청년이 가져야 할 자유분방함을 상
실하고 청년이 거부해야 할 기성세대의 비도덕성을 답습했기
때문에 내려지는 것이다.

「영자의 전성시대」는 성장의 신화가 도시 하층민에게는 허
구적 이미지일 뿐이라는 심층적 기호체계의 의미 즉, 알리바
이137)를 폭로하고 있다는 점에서 문제적이다. 이 소설은 창
녀와 목욕탕 때밀이를 주인공으로 삼아 소박한 경제적 지위

---

136) 위의 책, 29쪽.
137) 롤랑 바르트는 모든 것이 마치 이미지가 자연스럽게 개념(기
   의)을 만들어 낸 것처럼, 마치 기표가 기의를 만든 것처럼 일
   어난다고 한다. 그러나 그 이미지를 순진한 상징으로 읽는다
   면, "이 이미지의 현실성은 도구가" 되지만, 그것을 알리바이
   로 판독한다면 그 신화를 무화시킬 수 있다고 주장한다.(위의
   책, 294-295쪽.)

향상(전셋집 마련)을 위해 애쓰지만 그것조차 실현시킬 수 없음을 적나라하게 서술하고 있다.

그럼에도 불구하고 청년들이 성장의 신화에 매달리는 이유는 도시의 신화가 구체적이면서도 '반복' 적으로 재현됨으로써 갖게 되는 매혹 때문이다. 그러므로 1970년대 대중소설에서 드러나는 성장의 신화는 도시라는 구체적인 장소와 그것이 주는 신화가 존재해야만 가능한 것이고 도시의 신화는 성장의 신화가 존재해야만 가능한 것이다.

1-2. 도시의 신화

근대 이후 도시는 근대 문명의 집약지라는 실제적인 공간이며, 성장의 신화가 현실이 될 기회를 제공할 수 있는 욕망의 상상적 공간이 된다. 근대화는 산업화와 더불어 도시화를 수반하면서 진행되므로, 지배 세력은 대중들에게 도시의 신화를 의도적으로 심어준다. 한편 대중들은 화려한 "도시를 보려는 욕망" 으로 도시로 진입하고 도시의 문명을 소유하고 싶은 욕망을 "충족하기 위한 수단" [138]으로 신화를 받아들인다.

근대적인 도시는 공동체적 구속으로부터 벗어나 개인의 자유를 만끽할 수 있는 곳, 산업화에 의해서 무력해진 도시인의 삶을 어루만져 주는 곳이며, 때에 따라서는 그들의 환상과 욕망을 실현할 수 있는 곳으로 인식된다. 그러나 실은 근대적 기획으로서의 도시는 "자기 고유의 공간 생산, 전통에서 발생하는 불확정적이고 완고한 저항을 무시간성 혹은 공

---

138) 미셸 드 세르토(김용호 역), 「도시 속에서 걷기」, 박명진 외 편역, 앞의 책, 157쪽.

시적 체계로 대체, 보편적이고 익명적인 주체" 139)를 강요한
다. 그럼에도 불구하고 환상과 욕망이 실현되길 바라며 도시
에서 부유하는 인물들은 카페나 술집에 드나들면서, 도시적
풍속을 만끽하고, 비행기나 택시를 타면서 속도감을 즐긴다.
도시적 환상은 도시의 추한 실상은 숨긴 채, 도시가 보여주
는 네온사인의 불빛과도 같은 화려함만을 추구하려는 욕망과
결합된다. 근대화에서 밀려난 주변부인의 고달픈 삶을 외면
할 때, 도시라는 공간은 누구나 기회만 잡는다면 계층의 수
직 상승이 가능한 곳, 풍요로움과 아름다움, 화려함만이 가득
한 곳이라는 허구적 이미지의 기호인 것이다.

　『죽음보다 깊은 잠』, 『별들의 고향』 140) 등 1970년대 대
중소설에는 도시의 허구적 이미지를 획득하려는 대중의 갈망
이 산재해 있다.

　　　형, 나를 서울로 데려가주십시오. 형, 이곳의 생활이
　　권태롭습니다. 형, 나는 형만을 믿고 있습니다.(『별들의
　　고향』 하권, 95쪽.)

　　　서울로의…… 보다 많은 문명이 있는 곳으로의……
　　인간이 인간답게 사는 곳에 있어야 할 많은 편의가 있

---

139) 위의 책, 159-160쪽.
140) 최인호의 『별들의 고향』은 1972년부터 1973년까지 조선일보
　　에 연재되다가, 1973년 예문관에서 상하로 출간되었다. 이 작
　　품이 단행본으로 출간되자, '100만 권 가량 팔린 초유의 슈퍼
　　셀러'가 되었으며, 이장호 감독이 영화화시켜 국도극장에서만
　　'50만 가까운 관객을 불렀다'고 한다.(최인호, 나의 20세기
　　⑧-'별들의 故鄉' 連載, 『조선일보』, 1999. 11. 11.) 은 책은
　　초판과 동일하기에, 1994년에 샘터사에서 재출간된 소설집을
　　텍스트로 삼았다.

는…… 그곳으로 가는 큰 흐름에 올라탄 자로서 스스로
의 어깨에 번쩍이는 견장을 달았다고 생각하는지도 모른
다.(『달이 뜨면 가리라』, 128쪽.)

그럼에도 불구하고 도시는 "많은 문명이 있는 곳"이며,
"인간이 인간답게 사는 곳"으로 인식된다. 근대화 이후 어
떠한 가치 체계나 규범보다도 경제적 가치가 우선시 되고 있
기 때문에, 도시가 경제력을 확보할 수 있는 기회의 공간이
라는 신화는 이제 자명한 일상적 코드로 자리 잡게 된 것이
다. 따라서 문명을 경험하고 싶다는 욕망이나 인간답게 살고
싶다는 욕망은 경제적 욕망의 은유적 표현이라고 할 수 있
다. 도시적 이미지는 경제적 풍요라는 욕망의 대상을 소유하
고 싶어 하는 주체의 중개자가 된다. 그러므로 경제적 풍요
를 욕망 하는 청년들은 어떠한 수단을 써서라도 도시로 진입
하려고 애쓰는 것이다.

반면에 시골은 경제적 궁핍에서 벗어날 수 없는 전근대적
인 규범이 존재하는 공간이기에 거부의 대상이 된다.『달이
뜨면 가리라』에서 시골은 경제적 궁핍에서 벗어나지 못하고
침체되어 있는 공간으로 묘사되고 있다.

팔 년에 걸친 긴 세월을 구정이나 추석 때 집에 내려
가는 것으로 참아가면서 세 딸은 손마디가 시리게 일했
고 집으로 부치는 돈의 액수도 커져갔다. 집에서 산 송
아지가 자라 암소가 되고 그것이 다시 논밭으로 변해가
면서, 집안의 형편도 조금씩 숨을 돌리기 시작했다. 말
타면 종 부리고 싶다던가. 매달 꼬박꼬박 부쳐오는 딸들
의 돈을 받으며 그 아비는 일에서 손을 떼기 시작했던
것이다.(『달이 뜨면 가리라』, 167쪽.)

도시와 경쟁관계에 있는 시골은 전근대적인 가족제도가 가족 구성원을 얽매고 있는 공간이다. 즉 아버지로 상징되는 가장이 무능력하고 비도덕적이어도 집안의 경제권을 포함한 모든 실권을 가지고 행사하는 곳이다. 농사가 더 이상 생산적인 경제 활동으로 인식되지 않자, 생산에서 소외된 가장은 자식에게 기대 소비만 하는 뻔뻔한 인물로 변화된다.

그러므로 청년들에게 서울이라는 도시 공간은 중산층으로 상승할 수 있는 꿈과 희망의 터전이며, 설령 그런 꿈에 도달하지 못한다고 하더라도 시골처럼 절대적인 빈곤이나 비합리적인 구조에 의해 억압받는 곳은 아니라는 믿음을 주는 공간이다. 더욱이 도시적 주거양식 및 식생활, 도시적 소비패턴, 도시적 여가생활 등의 구체적인 기표의 '반복'에 의해서 형성된 허구적인 도시적 이미지는 '확실한 사실'처럼 자연스럽게 인식되는 효과를 낳는다. 도시의 허구적 이미지가 추상적 개념이나 이미지가 아니라, 실제적인 이미지처럼 재현되기 때문에, 도시는 청년들에게 '매혹'의 공간이 되는 것이다. 다시 말해 도시적 이미지를 획득하고자 하는 인물들의 욕망이 이러한 기표에 의해서 도발되고 간접화된다.

⑴ 도시적 주거양식 및 식생활

도시적 생활양식을 지시하는 대표적 상징 기표는 도시적 주거양식과 서구적 음식일 것이다. 특히 산업화 이후 확산된 아파트는 도시적 주거양식의 상징적 실체이다. 전근대 사회에서 집은 일터와 가정이 분리되지 않았던 공적―사적 공간이었다. 그러나 아파트는 공적 영역에서 완전히 분리된 사적 공간이다. 가족 구성원으로서의 '나'보다는 익명의 주체인 '나'로 호명될 수 있는 공간인 것이다. 그리고 일터/가정, 남/나의 분화를 가리키고, 합리적인 생활과 효율성과 익명성을 보장하는 아파트는 현대성의 한 지표인 합리화를 상징하는 동시에 경제적 풍요를 상징한다.

시장 한 가운데 허름한 목조건물의 식당 위 칸에서 살아야 했던 『죽음보다 깊은 잠』의 다희에게 아파트는 부를 상징한다. 다희는 아파트를 자신의 집과 대립되는 주거 공간이며 경제적 능력을 상징하는 기표로 인식한다. 다희에게 아파트는 산업화의 주변부를 상징하는 주거 공간인 재래시장의 허름한 식당과 대립되는 공간이다. 즉 산업화의 중심부를 상징하는 주거 공간인 것이다.

> 혜숭이 아파트는 아무것도 부족한 게 없어 보였다. 에어컨으로 알맞게 서늘했고, 실내는 전문가의 섬세한 손길이 스쳐간 듯 우아하게 구성되었으며, 이태리 제 안락의자를 비롯하여 모든 가구는 화려한 한 세계의 편린을 아낌없이 드러내고 있었다.
> 「난(인애─다희 친구) 언제나 부잣집 셋째아들 만나 이런 데서 오손도손 살꼬!」(『죽음보다 깊은 잠』, 208쪽.)

다희와 다희 친구 인애는 비록 혜숭이가 전혀 행복해 보이지 않으나, 넓은 평수의 아파트, 즉 경제적 능력을 소유하고 싶다는 욕망 때문에 그런 사실을 굳이 외면한다. 그들 삶의 중요한 가치가 '행복감'이 아니라, 아파트라는 기호가 상징하는 '경제적 지위'이기 때문이다. 행복감은 경제적 지위가 확보된 다음에 고려할 사항쯤으로 간주한다.

아파트보다 더 고급스런 근대적인 주거양식으로는 테라스

와 정원이 있는 양옥집이 있다.[141] 가족이 정원에서 한가롭게 놀고, 정원에 놓여있는 식탁에서 오손도손 모여 다과를 즐기는 모습은 경제적 풍요를 상징한다. 양옥에 배치된 테라스나 정원은 전근대사회에서처럼 일용식품을 가꾸는 채소밭이 아니라, 단지 시각을 즐겁게 해주는 비생산적인 공간이다. 이런 비생산적 공간이 확보된 양옥집은 경제적 능력과 정신적 여유를 동시에 드러내는 상징적 기호이다. 『별들의 고향』에서 이만준의 집이나, 『풀잎처럼 눕다』의 은지가 살고 있는 집, 그리고 도엽의 아버지 집이 바로 그러한 집이다.

한편 1970년대 대중소설에서 화려한 치장(식탁, 의자, 식탁보)과 이국적인 음식 역시 경제적 능력을 상징한다. 『죽음보다 깊은 잠』에서 경민은 포만감을 주는 음식보다는 미감을 돋우는 식사를 원하기 때문에 포만감을 주는 "육식을 좋아하지 않고" 미감을 돋우는 "싱싱한 야채와 생선을 좋아"[142]한다. 그래서 다희는 경민의 미감을 만족시키기 위해서, 먼 거리를 마다하지 않고 음식 재료를 사러 갔다 온다. 더욱이 그녀가 경민과 살기 전까지 가졌던 기분이나 생각, 즉 포만감을 주기 위해 육식을 먹어야만 부자가 된 듯한 기분이나 생각은 배고픈 시절의 이야기로 회상하게 된다.

> 처음에 공회장이 뭘 사주려고 할 때 초희는 흥정에 같이 참여해서 악착같이 물건값을 에누리했었다. 나중에 공회장의 말인 즉 째째한 서민 근성이라는 거였다. 통닭

---

141) 중산층의 이상 심리를 파헤친 김기영 감독의 〈화녀2〉(1971년 작)에서도 양옥집이 중산층을 상징한다. 이 시기 양옥집이 중산층의 상징적 기호로 작용하고 있음을 짐작할 수 있다.

142) 『죽음보다 깊은 잠』, 219쪽.

이나 불고기를 최고의 영양식인 줄 아는 그녀의 식성은
뭐 소시민 식성이라나.(『휘청거리는 오후』, 249쪽.)

"통닭이나 불고기를 최고의 영양식인 줄 아는" 것은 "소
시민 식성"이며, 미감과 색감을 자극하는 식생활이 상층 계
층의 식생활인 것이다. 상류계층인 공 회장은 소증을 해결하
려는 식생활은 절대 빈곤에 허덕이는 하층민이나 소시민의
습성이라고 몰아 부친다. 그래서 『죽음보다 깊은 잠』에서
경민이 다희를 아파트가 아닌 장소에서 만날 때는 늘 레스토
랑을 선호한다. 그곳에서 경민은 상류 계층의 "차별화의 감
각" 143)을 누리면서 자신이 상류 계층으로 수직 상승했다는

---

143) 부르디외는 정태적이고 비역사적인 구조주의적 입장을 비판하
고 아비투스(취향) 개념을 도입하여 역동적인 구조주의를 정립
한다. 『구별 짓기』에서, 그는 현대인의 생활양식이 사회적 출
신배경, 교육자본, 문화 취향 등과 상관관계를 설명하고, 사회
계급에 따라 예술적 취향과 문화적 실천이 차이가 있다고 주장
한다. 여기서 사회 계급의 취향을 아비투스라고 하는데, 아비투
스라는 개념은 정태적인 개념이 아니라, "구조화하는 구조"이
며, 동시에 "구조화된 구조"(281쪽)이다. 따라서 하층계급의
"필요 취향"과 달리 지배 계급은 '차별화의 감각'을 강조하
는 취향을 선호한다. 이러한 취향의 구별은 계급의 무의식적인
실천 행위의 결과이나, 또는 그 행위의 결과를 의도한 차별화
의 전략이라고도 할 수 있다. 특히 지배 계급은 상대적으로 자
율적인 공간을 구성하는데, 그 공간의 구조는 지배 계급 구성
원 간의 다양한 종류의 자본(경제자본과 문화자본 등)이 분포
되는 것에 의해 정의된다. 또한 지배 계급은 학교 제도 등을
통해 불평등한 문화사회적 구조를 고착화하고 은폐함으로써 지
배계급에 의해 정의된 문화를 주입시켜 사회 계급 구조를 재생산
하려고 한다.(삐에르 부르디외(최종철 역), 『구별 짓기: 문화와 취
향의 사회학』 下권, 새물결, 1996. 434-529쪽.)

실감을 누리고 싶었던 것이다. 차별화의 감각에 해당하던 서구적 식생활도 점차 하층 계층으로까지 확산된다. 우선은 하위 계층의 '데이트' 코스로 수용되고 있음을 『달이 뜨면 가리라』에서 볼 수 있다. 민재에게 끌려 레스토랑에 간 성희는 레스토랑이 "기죽기에 아주 알맞게 컸고 화려했고 너무 친절했다"[144]고 고백한다. 이러한 고백 속에서 그녀가 그곳에서 한편으로 위축감을 느끼는 동시에 중·상류 계층이 된 듯한 행복감도 느꼈다는 것을 알 수 있다.

1970년대 대중소설 텍스트에 나타난 아파트, 양옥집, 미감 등으로 상징화된 경제적 지표가 '반복' 서술됨으로써, 인물들은 그것이 상징하는 도시적 이미지를 '확실한 사실'로 믿게 된다. 이러한 도시적 이미지의 '반복' 서술은 욕망의 간접화 현상을 더욱 심화시키는 서술행위가 된다.

(2) 도시적 소비패턴

도시적 소비패턴은 여성의 외모 치장과 결혼 풍속에서 두드러지게 드러난다. 근대 이후 소비를 확산시키는 주요한 집단은 전 시대와 마찬가지로 중·상류 계층 여성이며 산업화 이후에는 직업을 획득한 여성이 합류한다. 여성들의 소비는 주로 외모와 관련된 것이 대부분이다. 외모에 신경을 쓰는 이유는 더 매혹적인 여성이 되고 싶다는 욕망 때문이다. 『휘청거리는 오후』에서 초희 역시 매혹적인 여성이 되고 싶다는 욕망 때문에 화장을 한다.

---

144) 『달이 뜨면 가리라』, 56쪽.

　　화장처럼 초희를 즐겁게 하는 작업은 없다. 그녀는 화장
을 통해 매번 새롭게 태어나는 것처럼 느끼기조차 한다.
(중략-인용자)그리고 이를 악물면서 그녀가 자기 결혼에
대해 세우고 있는 불변의 원칙을 다시 한번 확인한다. 그
녀의 남편이 될 사람은 반드시 남자여야 한다는 것만큼이
나 확고부동한 원칙, 그것은 그녀의 남편 될 사람은 부자
여야만 한다는 거였다.(『휘청거리는 오후』, 241쪽.)

　　초희는 인용문처럼 화장을 "즐겁게 하는 작업"이라고 생
각한다. 아름다운 외모를 더 아름답게 치장함으로써, "결혼에
대해 세우고 있는 불변의 원칙" 즉 "남편이 될 사람"이 부
자여야 한다는 원칙이 실현될 것을 확신하기 때문이다.『별
들의 고향』의 주인공 경아도 초희와 같은 이유로 화장을 즐
긴다. 비록 대학등록금을 마련하지 못하여 중도에 포기하고
회사에 취직하여 가족의 생계를 꾸려나가는 가난한 살림 형
편에서 "큰 지출"임에도 불구하고 "남대문 시장에 있는 도
깨비 시장에 들러 외제 화장품을 사는 것도 유일한 낙"[145]
이 된다. 이처럼 화장은 사회적 약자인 경아에게 가난한 현
실의 고통을 감내하는 힘을 제공한다. 화장을 하면, 경아는
현재의 자신이 아닌 전혀 다른 사람으로 변신한 듯한 기분에
젖어 볼 수 있으며, 비록 미래가 현재보다 나아지지 않을지
라도 그 순간 나아질 수 있다는 착각에 빠지기 때문이다. 그
러므로 "세련된 복장을 하고 다니고", "구두는 언제나 반질
거리고[146]" 다니는 영식을 도시적인 매력(부와 그에 걸맞은
교양)을 지닌 청년으로 보게 된다. 그녀는 사치스럽게 치장한

---

145)『별들의 고향』 상권, 89쪽.
146) 위의 책, 89쪽.

그와 결혼을 한다면 경제적으로 풍요로울 것이라는 희망에
더욱 정성 들여 화장을 한다. 경아와 유사한 이유로『달이
뜨면 가리라』에 등장하는 여성 노동자들은 점심 값을 아끼
느라고 밥을 굶거나 빵 한 쪽으로 때우면서도, 자신의 월급
의 상당량을 화장품으로 소비한다.

화장뿐만 아니라, 결혼도 도시적 소비를 부추기는 기호로
작용한다. 결혼이 "이미 진열된 한 개의 상품이 되어 버렸으
며", "사람의 학벌과 미모와 교양은 기성복 뒤에 붙어 있는
치수를 알리는 표시와 가격표" 147)와 다를 바가 없어졌다고
『별들의 고향』에서 서술자는 한탄조로 말한다. 속물적 취
향으로서의 결혼관이 노골적으로 드러나는 소설은『휘청거리
는 오후』이다.

> 「여보 초희 몫의 전열기구는 모조리 외젠데 우리 우희
> 만 어떻게 국산으로 해줘. 의붓자식도 아니구. 난 못해
> 요. 셋방에서 새살림 차릴 생각을 하면 가뜩이나 가슴이
> 아픈데 나는 못해요.
> 여보, 초희 신랑은 예식을 S호텔 골드 룸에서 하잔대
> 요. 거기 예식비가 우리나라에서 제일 비싸다구려. 그러
> 니 우리 우희도 거기서 해야지 어쩌겠수.(『휘청거리는
> 오후』, 289쪽.)
> 미제 물건 장수가 뻔질나게 드나들며 별의별 그릇들,
> 화장품, 전기용품들을 날라들이는가 하면 민 여사는 민
> 여사대로 허구한 날 시장으로 백화점으로 쏘다니면서 무
> 엇인지 보따리보따리 사들였다.(『휘청거리는 오후』, 58
> 쪽.)

---

147) 위의 책, 196쪽.

풍요로운 상품 세례를 받게 되면서 부모 세대는 자신들이 젊은 시절 경험하지 못했던 경제적 풍요를 자식에게 베풀어 주고 싶어 한다. 6·25 전후로 결혼한 부모 세대는 혼수품도 제대로 장만하지 못했던 한을 가지고 있다. 특히 환영받지 못한 결혼으로 고향을 등져야 했던 민 여사는 자식에게만은 혼수품을 맘껏 해주고 싶어 "S호텔 골드 룸"으로 결혼식장을 잡고, "허구한 날 시장으로 백화점으로 쏘다니면서 무엇인지 보따리보따리 사들여" 혼수를 장만한다.

혼수품 중 예물은 특히 도시적 소비패턴을 조장하는 기호가 된다. 과거에 보석은 장신구로서 여성의 아름다움을 배가시켜 주는 역할을 하기도 하지만, 대를 물려주는 집안의 재산의 가치를 지닌 것이었다. 따라서 보석은 대개는 '특정계층에 의해 독점'되던 것이었다. 그런데 1970년대 대중소설에서는 중산층과 결혼하는 여자들은 한결같이 다이아몬드 등 값비싼 보석을 예물로 받는다. 산업화 이후 새로운 결혼 풍속도로서 혼수 예물로 보석이 거래되면서 경제적 능력을 상징하는 기호로서 확대 재생산된 것이다. 다이아몬드 반지가 중산층의 결혼 예물이 된 것은 당시 신문기사에서도 짐작할 수 있다. "언제부터인지 신부에게 주는 결혼 예물이 꼭 다이아 반지라야 신랑 집안의 체통이 서게 됐고 신부 측도 신랑에게 고급 시계에다 웬만하며 다이아 반지까지 곁들이는 것이 예사가 됐다. 순금이냐 사파이어냐는 관심 밖이고 몇 푼짜리 다이아냐가 사돈 간의 체면치레 여부를 결정"[148]짓게 될 정도로 다이아몬드는 경제적 지표를 드러내는 소비 기호

---

148) 『중앙일보』, 1979. 1. 18.

가 된다.

또한 상품의 표지에 따라 즉 어느 회사 제품이냐에 따라 계층적 소비패턴이 분화된다. 『달이 뜨면 가리라』에서 성희는 "백화점"표 신발이 아닌 "영등포"표 신발 때문에 계층적 위화감을 느낀다. 이러한 위화감은 "백화점"표 신발을 사고 싶다는 욕망에서 발생한 것이다.149) 그러나 산업화와 더불어 발생한 다양한 문화의 실현은 도시의 중·상류 계층에게 한정된 것이었다. 중·상류 계층의 문화 소비의 실현은 하층 계층에게는 선망의 대상이 될 뿐이다. 간혹 그러한 소비패턴과 동일한 소비를 하면 잠시 상류 계층인 된 듯한 착각에 빠지기도 하지만 거짓 이미지를 일시적으로 향유한 것에 불과한 것이다.150)

이처럼 1970년대 대중소설에 나타난 도시적 소비패턴—화장, 결혼 풍속, 예물, 백화점 물건 등—이 '반복' 서술되면서 거짓 이미지를 생성해낸다. 그리고 텍스트의 인물들에게 거짓 이미지, 기호에 반응하도록 유도한다. 인물들은 이러한 거짓 이미지를 생성해내는 다양한 기표의 반복에 의해서 거짓 이미지를 '확실한 사실'로 착각하게 되고 교환가치에 따라

---

149) 『달이 뜨면 가리라』, 224쪽.
150) 롤랑 바르트는 부르주아의 부의 과시와 소비는 다른 계급의 경제적인 지위와 어떤 관계도 가질 수 없으나, 신문·뉴스·문학에 의해 다른 계급은 그 부의 과시와 소비를 체험하지는 못해도 적어도 꿈꿀 수 있는 규범이 된다고 설명한다. 그러한 과정에서 부르주아라는 이름이 탈명명(ex-nomination)되는 효과를 얻게 된다. 이는 부르주아 이데올로기 자체이며, 부르주아 계급이 세계의 현실을 세계에 대한 이미지로, 역사를 자연으로 변형시키는 움직임이라 할 수 있다.(롤랑 바르트, 앞의 책, 312-313쪽.)

그것을 간접화에 의해 욕망하는 삼각형의 욕망 구조에 빠지게 된다. 그러므로 텍스트의 인물은 자본주의 사회에서 생산된 모든 것을 소비하거나 소비할 수 있다고 믿게 된다.

(3) 도시적 여가생활

1970년대 도시적 여가 생활은 연극 구경과 스포츠, 그리고 라디오와 TV로 기호화된다. 『바보들의 행진』[151]을 보면 연극관람은 특혜 받은 계층의 여가 생활의 상징적 기표가 된다. 관객과 배우가 함께 어울려지는 마당극과 달리 무대와 관객이 분화된 상태에서 공연되는 연극은 그것을 볼 수 있는 사람과 볼 수 없는 사람으로 계층이 분화된다.

> 영자는 몸부림치던 끝에 국립극장에 들러 연극 구경을 하였다. 영자가 영화구경보다도 연극구경을 자주 하는 이유는 단 한 가지, 연극이 영화보다 뭐가 뭔지 모르게 어렵고 또 재미있기 때문이었다. 거기에 값도 꽤 비싸다. 그런데도 영자는 토요일이면 빼어 놓지 않고 연극을 구경한다. 연극은 진짜 대학생이라면, 특히 여자 대학생이라면, 길게 줄을 서서라도 봐야 할 고급스런 무엇 같다.(『바보들의 행진』, 20쪽.)

특혜 받은 소수 대학생에게도, 연극 구경은 영화 구경보다 비싸기에 "고급스런 무엇" 같아 경제적 허영심을 채워줄 뿐만 아니라, "무언지 모르게 어렵"기에 지적 허영심을 채워주

---

151) 1972년 『일간 스포츠』에 연재된 이 작품은 병태와 영자의 짤막한 이야기를 연작 형식을 빌려 엮어낸 소설이다. 이 책의 작품 인용 텍스트는 1987년 청호문화사 판이다.

고, 보는 재미를 충족시켜 주는 것이다. 산업현장에 얽매인 대다수의 노동자들은 여가 시간을 낼 엄두조차 갖지 못한다. 그러므로 『달이 뜨면 가리라』에서 성희는 가짜 대학생 상호에 이끌려 연극을 보러 처음 가서 "왠지 자꾸만 콧날이 시큰거린다." 152) 이 시큰거림은 계층적 위화감으로, 공장에 갇혀 연극뿐만 아니라 다른 여가생활도 향유할 수 없는 처지인 자신과 그렇지 않은 청년들과 비교한 결과이다. 그러나 평소에 성희가 '대학생'이 되고 싶어 했고, 언제나 '대학생'인 남성과 교제하려고 했고, '대학생'보다 높은 임금을 받는다는 것에 자부심을 가졌다는 사실을 상기하면 이 시큰거림은 계층적 위화감이 아니라, 그런 여가 생활을 즐길 수 있는 중산층이 되고 싶다는 욕망의 역반응이다.

> 저것이 바로 풍요를 사는 세대들, 가진 자의 딸들의 모습인지도 모르지. 그러나…… 그러나 저 모습이 전부도 아니고 실상도 아니다. 공장 안의 아이들, 어깨가 휘고 핏기 없는 얼굴…… 게딱지같은 방에서 합숙을 하는 아이들…… 언뜻 그런 얼굴이 스치고 지나갔다. 어쩌면 어느 한쪽도 바른 얼굴은 아닌 거겠지. 그 두 얼굴 사이의 먼 거리가 문제인 거고 아픔인 거겠지.(『달이 뜨면 가리라』, 174쪽.)

『달이 뜨면 가리라』에서 현미는 수영장에서 만난 살찐 고등학생을 보고 그녀는 "저것이 바로 풍요를 사는 세대들, 가진 자의 딸들의 모습"이라고 반응한다. 생산에서 제외되어 한가롭게 여가생활을 즐길 수 있는 계층153)에 속한 특혜

---

152) 『달이 뜨면 가리라』, 220쪽.
153) 한국사회에서 중산층의 정체성은 1980년대에 와서야 확인된다.

받은 여고생을 "게딱지같은 방에서 합숙을 하는 아이들"과 비교하면서 계층 간의 거리를 실감하는 부분이다. 그러면서 자신도 모르게 "물이란 얼마나 좋은 것인가", "사람을 행복하게 하는 걸까" 하고 예찬한다.[154] 또한 그녀는 "합숙을 하는 아이들"과 "가진 자의 딸들"을 비교하면서 제3자의 입장을 취하고 있다. 현미(주체)는 무의식적으로 자신을 "공장 안의 아이들"과 분리시키는 동시에 수영을 하고 있는 여학생(중개자)과 자신을 동일시하고 있는 것이다. 동일시의 환상으로 인해 현미가 평소 지녔던 부의 사회적 편중에 대한 비판 인식은 차단된다.

이와 같이 1970년대 대중소설에 등장하는 인물들은 대부분 중산층의 삶을 지향하는 도시적 여가생활을 누리거나 그것을 선망하고 있다. 그것과 거리가 먼 문화는 존재 기반을 상실하는 바, 『부초』[155]는 도시적 여가생활에 의해 밀려난 서커스단원의 비애를 담고 있다.

> 막연한 분노가 이빨 사이로 솟아올라왔다. 종자가 다른 게 아니다. 우리를 이렇게 밀어붙이고 있는 것은 다름 아닌 저것들, 죽순처럼 돋아나는 텔레비전 안테나며 등산객이며 하다못해 이런 주간지들까지야. 그들이 앞

그들은 정치적인 관심보다는 자신의 생활 주변에 대한 관심도가 높은 점이 특징이다. 따라서 여가 생활에 대한 관심, 특히 수영, 헬스, 골프 등 건강 내지 몸에 대한 개인 생활에 대해서 대단한 관심을 보인다.(강현두 외, 앞의 책.)
154) 위의 책, 175쪽.
155) 한수산의 『부초』는 1976년에 『세계의 문학』에 전재된다. 1977년 민음사에서 단행본으로 출간한다. 은 책은 민음사의 1996년 개정판을 텍스트로 삼았다.

뒤 가릴 것 없이 쳐들어와 우린 이 꼴이 돼버린 거지.
안방에 앉아 있어도 구경거리가 지천인 세상에서, 여름
엔 찜쪄 죽고 겨울엔 얼어터지는 천막 안까지 찾아와 지
린내 나는 가마니 위에 앉아 있겠다는 그 사람이 오히려
시러배아들이라구.(『부초』, 256쪽.)

　인용문에서 서커스 단원인 명수는 단장 준표의 병문안을
가다가 현란한 대중문화를 접하고 분노한다. 산업화 이후 대
중들은 "안방에 앉아 있어도 구경거리가 지천인 세상"에 살
게 되자, "가마니 위에 앉아" 한정된 구경거리만을 제공하는
서커스를 보려 하지 않는다는 것이다. 명수가 서커스를 하는
공연장은 쾌적하고 고급스런 문화 공간이 아닌 "지린내 나는
가마니 위에 앉아"서 늘 유사한 재주를 부리는 것을 관람해
야 하는 공간일 뿐이다.

　대중들은 라디오와 TV 등 대중매체의 보급으로 예전 같으
면 누릴 수 없었던 다른 지역이나 다른 계층의 풍부한 문화
적 혜택을 공유하고, 자신들이 체험하지 못한 것들도 체험한
것처럼 반응한다. 대중매체가 근본적으로 대중들을 낯선 모
든 것들과 친근감을 갖게 해주지는 않음에도 불구하고, 지식
인이나 향유할 수 있는 전문 잡지와 달리, 전국 나아가 전세
계를 연결시키며 저마다의 생각이나 기호의 차이를 넘어서
상당한 일체감 즉 '유사 친근성' [156]을 갖게 해 주기 때문이
다. 또한 대중매체를 통한 문화 소비를 통해 대중들은 가족
들과의 대화에서는 획득되지 못하는 교양을 전달받게 된다.
그에 따라 가족 구성원 간의 결속력은 약화되고, 문화 소비

---

[156] 강현두 외, 앞의 책, 127쪽.

도 점차 개인화된다. 산업사회의 소외감과 익명성이 가정이
라는 일차적인 공간까지 침투하게 된 것이다.[157] 문화 소비
의 고급화와 다양한 문화적 경험 제공, 개인화를 충족시키지
못하고 전근대적인 공연방식을 고집하는 서커스가 산업화 이
후 점차 대중들의 취향과 거리가 멀어지게 되는 것은 뻔한
이치이다. 즉 서커스는 TV나 라디오, 그리고 "한 움큼의 주
간지 같은" 대중매체에 의해 보급된 대중문화로 인해 "객석
을 이렇게 텅 비게" 된 것이다.[158]

> 오늘날 한국 써커스가 이 모양이 돼가는 큰 이유의 하
> 나도 그 점인데 서민과 멀어진다는 거야. 물론 구경꾼이
> 야 서민이지. 그런데 그 내용이 서민의 애환이랄까 그런
> 것을 담아주질 못하거든. 사당패의 어름산이나 써커스의
> 외줄타기나 다같이 줄을 타. 둘 다 줄을 탄다는 데는 일
> 치하는 것들이지. (중략-인용자)기술면에서야 단연 윗길
> 이지. 그러나 그들은 다만 줄을 타보일 뿐이야. 관객과
> 감정이 통하는 아무것도 없어.(『부초』, 302쪽.)

---

157) 1970년대 대중매체가 문화 소비의 '가사화(家事化) 또는 사사
화(私事化)'로, 나아가 개인화(個人化)로 향하게 했다면, 대중
스포츠 관람은 문화소비의 집단화를 유발하는 것이었다. 1970
년대 국가적 문화사업의 일환으로 스포츠 산업이 육성되어,
축구, 야구 외에도 레슬링, 복싱 등이 폭발적인 인기를 끌었
다. 스포츠는 대외적으로는 국력을 과시하는 수단이었으나, 대
내적으로는 과도한 민족주의를 조장하는 수단으로 활용되었
다. 즉 국가는 스포츠를 통해 대중적 연대감을 조성하여, 국가
권력에 대한 단일한 충성심을 유발시키고, 대중들이 현실에서
느끼는 빈부의 갈등이나 지배와 피지배의 갈등을 유화 시키려
했던 것이다.
158) 『부초』, 172쪽.

명수는 "오늘날 한국 써커스"가 "관객과 감정이 통하는" 대중들의 애환을 담아내지 못하기에 쇠퇴한다고 자인한다. 정확하게는 대중들의 취향이 달라졌기 때문에 서커스는 쇠퇴하는 것이다. 개인화되고 고급화되고 다채로워진 대중문화에 노출된 대중들은 자신들의 삶의 애환을 담아내는 서커스보다는 도시의 신화를 경험할 수 있는 문화를 선호하게 된 것이다.

이처럼 1970년대 대중소설 속에 나타나는 연극 구경, 스포츠, 대중매체를 통한 대중문화 등은 도시적 여가생활을 상징하는 기표들이다. 이들 기표들이 텍스트에서 '반복' 서술됨으로써 텍스트의 인물들은 도시적 삶이라는 기의를 인식하게 된다. 이러한 기표들에 의해서 도시의 신화라는 기호가 형성된다. 도시의 신화라는 기호는 경제적 풍요를 주는 부르주아적 삶이 도시에서 가능하다는 의미를 드러낸다. 따라서 도시의 신화가 '확실한 사실'이라는 환각에 빠지게 된다. 이 환각에 빠진 인물들은 도시에서 부르주아적 삶을 획득했거나 획득할 수 있을 것이라는 성공의 신화에 몰입하게 된다.

2. 신화 속에 생성되는 반신화

1970년대 대중소설은 내핍과 자제를 미덕으로 삼았던 이전 소설과 달리 새로운 소비 자본주의 정신을 구현한 물질만능주의에 대한 욕망의 간접화 현상을 심화시킨다. 그래서 텍스트의 인물들로 하여금 도시의 신화나 성장의 신화를 이룰 수 있다고 끊임없이 "환각을 일으키게(hallucinates)" 159)한다. 텍스트는 신화라는 문화적 코드를 아무 것도 숨기지 않고 존재하면서 환각을 불러일으키고 있지만 반(反)신화와 공존하면서 그것에 대한 반성적 계기를 동시에 부여한다.

『도시의 사냥꾼』160)에서 승혜는 도시를 "거대한 감옥"으로 인식한다. 이러한 도시에 대한 반성적 성찰은 도시의 거짓 이미지에 대한 반성으로 나아가게 된다.

> 도시는 그들이 벗어나야 할 거대한 감옥이었다. 춥고 황량하고 어두운 거대한 감옥이었다.
> 그들은 죄인이었으며, 마악 도시의 덫을 뛰쳐나온 탈옥수였다. 그들은 감시하던 간수의 눈길을 피해 때로는 어지며 때로는 싸우며 때로는 피를 흘리며 때로는 울면서, 도망쳐 나온 거대한 도시가 저만큼에서 집행유예 된 침묵 속에 누워 있었다. 그것은 늪이었으며 형벌이었다. (『도시의 사냥꾼』, 257쪽.)

역시 미경과 현국 부부에게도 도시는 개인의 꿈을 파멸시키고, 타인으로부터 소외당하고, 자신으로부터 소외되어 자신을 파멸시키는 공간으로 인식된다. 미경은 도시의 분위기와 그 화려함을 좋아하지만, 도시가 주는 억압을 견디지 못하고 자신의 아이를 죽게 만들고 정신병원에 입원하게 된다. 정신병원에 갇혀서 도리어 정신적 위안을 얻을 정도로 미경에게도 도시는 거대한 감옥이었던 것이다.

---

159) M. 칼리니스쿠(이영욱 외 역),『모더니티의 다섯 얼굴』, 시각과 언어, 1994. 309쪽.
160) 최인호의『도시의 사냥꾼』은『중앙일보』에 1976년 연재되었다. 이 책의 텍스트는 1977년 예문관 판이다.

『풀잎처럼 눕다』161)에서도 도시는 "황야"162)라고 표현
될 정도로 생물체가 살 수 없는 곳으로 인식된다.

> 이것이 우리들의 도시예요, 어머니. 도시의 강에선 물
> 고기도 살지 못해요. 난 물고기처럼 살고 싶단 말예요.
> 그 어디에도 내가 따뜻하게 지낼 곳은 없어요. 내겐……
> 내겐 아무도 없단 말예요. 어머니.(『풀잎처럼 눕다』 상
> 권, 90쪽.)

도시는 프랭크와 최 장군과 같이 탐욕스런 인물, 즉 인간
적 도리나 인간성을 상실한 인물들이 난무하는 곳이다. 도시
의 거대한 빌딩은 돈과 권력이 인간을 지배하는 도시의 황량
함을 상징한다. "거대한 괴물"로 인지되는 거대한 빌딩은
인간이 만든 것이지만 이제 인간을 지배하는 구조물이 된 것
이다. "벽돌을 쌓아올린 성의 있는 노동 따위는 아무런 의미
도 없"이 "빌딩을 짓는 건 인간이지만 일단 <4억짜리>하게
되면 <4억짜리>가 인간을 지배하기 시작하는 것"이다.163)

도시는 "돈"이라는 교환가치로만 인간을 취급하는 곳이며
인간을 소외시켜 궁극적으로 파멸시키는 공간이다. 도시에
가득 찬 꿈과 욕망은 경제적 능력을 수단 방법을 가리지 않
고 성취하려는 비열한 꿈이며 타인의 욕망을 따르는 가짜 욕
망일 뿐, 인간적 가치와 경제적 능력을 충족시키고자 하는
자신들 내부로부터 유발된 욕망이 아니다.

---

161) 『풀잎처럼 눕다』는 1979년에 중앙일보에 연재되었다가, 1980
   년 금화출판사에서 단행본으로 간행되었다. 은 책은 금화 출
   판사 1980년 판을 텍스트로 삼았다.
162) 위의 책, 하권, 225쪽.
163) 위의 책, 114쪽.

이상에서 볼 때, 1970년대 대중소설 텍스트의 인물들은 도시의 신화와 성장의 신화를 실현하기 위해서 지배 체제에 동의, 협조하고 자기 규율을 자발적으로 수행하는 동시에 그것에 저항하는 이중적 태도를 보인다. 이러한 이중적 태도로 인해 도시를 떠나 고향으로 회귀하거나 사회적 규범이나 가치를 초월하려는 인물들이 등장한다.

2-1. 삶의 뿌리로서 고향

근대화는 현대인에게 뿌리 없음을 자각하게 한다. 근대화로 인해 현대인은 전체 내지 공동체로부터의 개별자의 소외, 전통과 역사로부터의 단절, 고향 환경의 파괴, '아늑함' '작음' '아담함' 등과 같은 고향적 이미지의 손상, 고향적 공동체 형성에 중요한 끈끈한 정과 유대감의 박탈 등을 경험하게 된다.[164] 고향 이탈은 식민지 시대부터 진행되었지만, 뿌리 없음의 자각이 광범위하게 퍼지게 된 것은 60년대 이후부터이다. 급속하게 진행된 산업화로 인해 도시화 현상이 광범위하게 진행되면서 현대인은 자의에 의해서건 타의에 의해서건 고향을 떠나게 된다. 한편 산업화에 맞추어 개별화된 현대인은 자기 상실, 소외감, 빈부의 격차, 상대적 박탈감을 경험하게 된다. 그래서 도시에 유입되었건 그렇지 않았건 간에 도시에 거주하는 사람들은 뿌리 없음에 대한 보편적 감정구조를 경험하게 되고, 그들에게 고향은 늘 향수 어린 그리움의 대상이 된다.

---

164) 전광식, 『고향』, 문학과지성사, 1999. 86쪽.

그런데 1970년대 대중소설에서 고향에 대한 정서는 이중적이다. 즉 고향에 대한 대립적 이미지는 보편적인 감정구조로 공존한다. 일단 고향은 대를 이어 가난을 전수 받아야 하거나 공동체로부터 낙인찍힌 자들에게는 환멸의 장소가 된다. 1970년대 이미 고향은 청년들의 삶의 터전이 되지 못한다. 하지만 산업화로 인해 파편화된 현대인들은 도시의 규율로부터 자유롭고 싶다는 의도와 삶의 뿌리를 찾으려는 의도에서 고향을 떠올린다. 공동체적 유대감을 형성했던 고향의 이미지를 기억하고, 그 고향에서 자기 동질성을 찾고, 거기에서 인생의 의미를 발견하고, 자기 존재를 완성하고 싶어 한다. 다시 말해 1970년대 대중소설에서는 도시가 매혹과 거부라는 이율배반적 태도로 공존하는 것처럼 고향도 매혹과 거부라는 이율배반적 태도로 공존한다. 이를테면 『별들의 고향』의 경아는 고향을 삶의 뿌리이며 안식처로 인식하지만, 고향으로 회귀하지 못한다. 현실적으로 그녀에게는 회귀할 수 있는 구체적인 고향도 없을 뿐더러 고향이 삶의 터전이라는 기호로 인식되지 않기 때문이다.

반면에 문오는 고향의 부모의 기대 속에 도시로 유학을 와서 화가의 길로 들어섰지만 경제적 능력을 갖추지 못한 채 도시에서 부유 한다. 그는 도시에서 화가라는 문화적 자본을 가졌지만, 경제적 자본을 생산해 내지 못하는 경제적 약자에 불과하다.[165] 도시에서 건실하게 뿌리 내리고 사는 모성적

---

165) 여기서 김문오는 내적 위계화의 원칙에 지배 받기 때문에 경제적 자산을 획득하지 못하는 인물로 묘사된다. 그러나 그는 점차 외적 위계화의 원칙에 지배받게 되면서 경제적 자산을 획득하게 되고 속물적인 인간으로 변해간다. '외적 위계화의

본능을 지닌 혜정과 결혼하고 싶어 하지만 경제적인 무능력
으로 포기하고 만다. 대신 도시의 술집을 전전하다가 혜정과
는 달리 경제적 능력은 없으나 관능적인 아름다움을 발산하
는, 아이처럼 천진난만한 경아에게서 잠시 위안을 찾지만 곧
허무감에 빠져버린다. 그는 자신을 허무감에 빠지게 하는 도
시적 구속력과 경아로부터 자유롭기 위해 도시를 떠난다. 그
는 고향에서 삶의 뿌리를 찾고 "눈에 보이는 모든 고향의 사
람들이 소재" 166)라는 생각으로 왕성한 작품 활동을 전개한
다. 결국 문오에게 고향은 경아와 달리 정신적 안식처가 되
며, 자기 존재를 완성시킬 수 있는 공간이 되는 셈이다. 그러
나 화가로서 사회적 명성을 얻게 되고 다시 도시에 정착할
수 있는 여건이 마련되자, 그는 "도시에 대한 막연한 향수
심" 167) 때문에 다시 도시로 되돌아온다. 그가 다시 도시로
되돌아오는 이유는 고향에 대한 근본적인 인식이 전환되었기
때문이다. 즉 그에게 고향은 삶의 뿌리라는 상징적 기호이며
충전의 장소이지 더 이상 지속적인 삶의 터전이 아니었던 것
이다.

　『풀잎처럼 눕다』는 뿌리 없는 사람들의 사랑 이야기이

　　원칙'과 '내적 위계화의 원칙'이란 부르디외의 용어로서, 각
　　각 대량생산의 하위장과 제한 생산의 하위장의 지배를 받는다.
　　부르디외에 따르면 전자에서는 사회적 평판의 일시적인 성공
　　에 따라 대중에 의해 대중을 위한 작가로 인정받는다. 그러나
　　후자에서는 이익 추구를 배제하고, 생산자인 예술가를 중심으
　　로 하여 소수에게만 인정받고, 그것으로 자신의 위신을 유지하
　　려 한다.(현택수, 「문학예술의 사회적 생산」, 『문화와 권력』,
　　나남출판, 1999. 26-28쪽.)
166)『별들의 고향』 하권, 275쪽.
167) 위의 책, 276쪽.

다. 이 소설의 주인공 은지나 은지 어머니는 도시의 신화를
거부하고 고향으로 회귀하려 한다. 은지 어머니는 도시에 진
입한 후 향수병으로 자신을 소진해버리고 만다. 도시로부터
탈출하고자 하지만 그것 역시 실행하지 못하고 죽고 만다.

> 어머니는 이 세상에서 가장 자유로운 사람이었다. 그
> 런데도 아버지와 준민이는 어머니를 경멸하고 있었다.
> 누구보다도 그들이 어머니를 N차원의 세계로 내쫓았으
> 면서.(『풀잎처럼 눕다』 상권, 224쪽.)

은지는 어머니의 죽음을 기꺼이 받아들인다. 향수병에 걸렸
으나 아버지의 완강한 반대에 억눌려 고향으로 회귀하지 못
하고 죽어간 어머니를 "자유로운 사람"이라고 인식하기 때
문이다. 은지에게 어머니와 달리 "차갑고 강한 아버지"는 출
세하지 못했다는 "열등감"과 상대적 박탈감에 시달리는 부
자유한 도시인일 따름이다.[168] 은지의 아버지는 도시의 삭막
함에 적응하고 살아가기 위해서 늘 자신의 감정을 조절하고,
합리적 이성으로 판단하고 행동하려 하며 자기 규율과 자기
통제로 심신을 단련시킨다. 자신의 가족도 자신처럼 도시적
인간으로 만들려고 규율을 세우고 통제하려 한다. 딸 은지의
통금시간을 정해놓고 체크하고, 딸이 만나는 남성의 신상까지
조사하는 주도면밀함을 보여준다. 이 소설에서 아버지는 은지
와 어머니, 그리고 도엽과 경쟁관계에 놓이게 된다. 그래서
은지는 개인의 자유를 억압하는 권력과 도시적 비정함으로
상징되는 그러한 아버지 대신에, 모성적 감성과 "솜사탕을 움
켜 쥐"지도 못할 정도의 "순결성"[169]을 지닌 도엽을 선택

---

168) 『풀잎처럼 눕다』 상권, 205쪽.

한다. 은지는 어머니란 중개자를 통해 어머니가 '상상 속의 고향'을 형이상학적으로 욕망한 것과는 달리 도엽이란 중개자와 함께 아버지의 규율과 도시의 삭막함에서 벗어나 어머니의 '실제적인 고향'으로 내려갈 것을 욕망한다.

도엽 역시 힘과 권력에 의해 지배되고, 수직적 서열을 강조하는 도시에서는 자유로울 수 없음을 알기에, 은지라는 중개자와 함께 고향으로 회귀하려 한다. 은지를 만나기 전까지 그는 자발적으로 고향을 등지고 도시의 유민이 되었을 뿐이다. 그런데 그가 선택한 도시는 그에게 "허망함"[170]만을 안겨 주었다. 도시가 주는 허망함을 잊기 위해서 그는 폭력조직과 맞서 무의미한 폭력을 일삼았다. 도시가 새로운 삶을 부여할 것이라는 환상을 지니고 도시로 왔으나, 도시에서 현재를 살아갈 의미도 미래에 대한 뚜렷한 목표를 찾지 못했던 것이다. 도엽의 허무함은 실은 첩의 자식이라는 서자의식과 자신이 가고 싶은 학과에 지원하지 못한 울분에서 연유된 것이다. 자기 상실의 원인이 자신에게 있음을 깨달은 순간 그는 고향을 인간적 따스함이 살아 숨쉬는 곳으로, 삶의 뿌리로 새롭게 인식한다.[171]

---

169) 위의 책, 222쪽.
170) 위의 책, 234쪽.
171) 『풀잎처럼 눕다』는 고향 회귀로 인해 순환적 구조를 취한다. 즉 소설의 첫 부분에서 은지, 도엽, 동오는 눈이 오는 겨울에 고향을 떠났다가, 소설의 말미에서 세 사람은 눈이 오는 겨울에 동행해서 다시 고향으로 귀향한다. 이러한 서사 구조를 취하는 이유는 세 사람이 도시에서 일 년 동안 지냈어도 전혀 좀 더 나은 단계로(경제적으로나 지적으로) 발전하지 못했기 때문이다. 좀 더 정확히 말하자면, 도시를 발전 내지 개선될 여지가 없는 장소로 인식하기 때문이다.

　도엽은 비로소 깨달았다.
　남루하지만 스물여덟 살의 그가 껴안아야 할 재산의
전부가 그곳에 있음을. 그가 도심지를 부랑하며 목숨까
지 걸었던 그 무엇인가가 사실은 그곳의 부러진 갈대 한
줄기만도 못 하다는 것을. 그리고 그가 팽개치고 떠났던
그곳이 바로 그가 꿈에서도 소망하고 소망하던 삶의 뿌
리라는 사실을.(『풀잎처럼 눕다』 하권, 340쪽.)

　그런데 그가 회귀하고자 하는 고향은 그에게 자유와 안식
을 제공할 수 없는 곳이다. 그는 고향을 떠날 때 범죄를 저
질렀기 때문이다. 그의 향수는 도시가 주는 구속력으로부터
자유롭고 싶다는 열망에 다름 아니다. 그러나 그는 도시와
고향 어디에서도 현실적 구속으로부터 자유로워질 수 없다는
것을 깨달았기 때문에, 결국 고향 어구에서 죽음을 선택하게
된다.
　이와 달리,『죽음보다 깊은 잠』에서 고향은 "완벽한 자
유"를 주는 곳으로 인식된다. 다희가 현우의 고향에 내려가
서야 "죽음보다 깊은 잠"172)에 빠져든 것을 보고, 현우는
다희가 비로소 도시의 사슬에서 벗어나 "완벽한 자유"에 빠
졌다고 본다.

　　모든 욕망의 사슬에서 일시에 놓여난 빈 시간에 그녀
가 잠과 만나고 있음을. 잠이야말로 그녀의 휴식이며 또
한 그녀의 완벽한 자유임을…… (『죽음보다 깊은 잠』,
346쪽.)

　도시는 고향과 달리 늘 경쟁과 규격을 요구한다. 그런 공

---

172)『죽음보다 깊은 잠』, 346쪽.

간에서 도시인은 경쟁에서 낙오되거나 규격 미달이 될 경우 자기 상실감에 빠지게 된다. 다희의 경우도 도시에서 수직상 승에의 욕망을 추구하다가 좌절하고 고향에 내려가게 된다. 그녀의 귀향은 욕망을 부추기는 도시로부터 친구 현우의 고 향으로의 일시적 도피일 뿐이다. 귀향의 중개자인 현우는 경 민이나 영훈과 달리 도시적 지향성을 갖고 있지 않은 청년이 다. 더욱이 그는 경민과 달리 포용력이 있는 청년이며, 영훈 과 달리 현존하는 지배 이념에 정면으로 대결하지도 않는 순 응적 청년이다. 그런 현우에게 고향은 자기 동일성을 찾을 수 있는 공간이며 심신을 재충전할 수 있는 곳이다. 그러나 다희라는 주체는 도시적 향일성을 지닌 여자이기 때문에, 현 우의 고향에서 농사일을 도우면서 경민의 아이를 낳고 잘 지 내는 듯하지만 도시에 대한 미련(욕망의 대상)을 떨쳐버리지 못한다.

> 도시로 가는 기차가 그곳에서 울고 있었다. 카나리아 와 다람쥐가 죽어 넘어지는 도시, 콘크리트 빌딩 사이사 이에서 소리 없이 엘리베이터가 수직 이동해 가는 도시, 그리고 영훈과 경민의 희디 흰 뼈들이 바람처럼 외롭게 떠돌 그 불가사의한 도시……. 순간 도시가 햇빛 속의 꽃뱀처럼 다희를 향해 혀를 낼름 뻬물었다. 기적소리가 또 들렸다. 다희는 몸을 앞으로 밀어내는 듯하다가 한 차례 부르르 떨고, 짐짓 나이든 여자처럼 땅바닥을 치는 시늉(중략 - 인용자)을 해보았다.(『죽음보다 깊은 잠』, 364쪽.)

다희는 도시에서 사랑하는 사람들과 자기의 욕망마저 상실 하였기에 도시를 비인간적이고 생명력이 없는 공간이라고 인식하면서도 그곳으로 다시 진입하려고 시도한다. 이는 도시에 대한 매혹과 거부라는 이중적 감정이 그녀로 하여금 도시로부터 완전히 탈주하는 것을 막기 때문이다. 도시인들은 지향 없이 완행열차를 타고서 어디론가 떠나고 싶어 하면서도, 다시 도시로 돌아오는 도시 지향적 성향을 갖고 있다. 그럼에도 불구하고 『죽음보다 깊은 잠』의 결말에서 다희가 도시로 가지 못하고 고향에 주저앉아 통곡하는 이유는 중개자를 상실했기 때문이다.

　1970년대 대중소설에 나타난 고향은 도시의 구속력으로부터 벗어나 있는 자유로운 세계로 인식되는 한편, 지속적인 삶의 터전이 되지 못하는 곳, 단지 삶의 뿌리를 확인하거나 일시적으로 자기 동질성을 회복하거나 자기 존재를 완성하기 위해 잠시 머무르는 공간으로 인식된다. 고향에 대한 회상과 귀향은 급격한 사회 변동으로 인한 혼란과 이질감으로부터 탈주하고자 하는 형이상학적인 욕망을 상상적인 차원에서 충족시키는 몽상적 공간으로의 회피일 뿐이다.[173] 그러기에 텍스트의 인물들은 도시에 대한 환멸을 '반복'적으로 거론하지만, 도시에서 완전히 탈주하지 못한다. 고향의 이미지나 귀

---

173) 이는 프롬식으로 표현하면 소극적 자유에 해당한다. 프롬은 자유를 소극적 자유와 적극적 자유로 분리하고 있다. 소극적 자유는 자유를 구속하는 상태로부터의 자유로서, 이로 말미암아 현대인은 합리적인 삶을 살아가는 듯하지만 무력하고 고독한 존재로 살아가는 것이다. 따라서 그는 '…… 로부터의 자유'라는 소극적 자유보다 '…… 에로의 자유'라는 적극적 자유의 실현이야말로 인간에게 가장 중요한 것이며 자유의 완성태로 인식하였다.(프롬(이규호 역), 『자유로부터의 도피』, 삼성출판사, 1982.)

향에 대한 '반복' 서술을 통해, 도시의 신화를 해체하려고
시도하지만 도시의 신화가 주는 '확실한 사실'이라는 허구
적 이미지의 매혹으로부터 완전히 벗어나지 못하기 때문이
다. 도시는 환상과 환멸이 공존하면서 부르주아적 이데올로
기를 재생산하는 곳이기 때문에 여전히 매혹의 장소로 남게
된다. 다만 고향 회귀를 통해 신화의 억압으로부터 잠시 일
탈하고자 할 뿐이다. 그러므로 텍스트의 청년들은 고향에서
삶의 뿌리를 확인하지만 그곳에서 지속적인 삶의 터전을 내
리지는 못한다.

2-2. 사회적 규범과 가치에 대한 도전

1970년대 대중소설에는 자신의 신체에 대한 자유마저 보장
받지 못하지만, 그것에 항변하기에는 너무나 무기력한 존재
들이 자주 등장한다. 그런 대중들은 정치권력이 원하는 일사
분란한 규율에 따르지 않을 경우 "황야의 무법자"[174]처럼
나타난 순경에게 '혐오감'을 주는 인간으로 매도당하기도
한다.

> 순경 나으리는 병태의 머리가 남에게 혐오감을 준다
> 고 말을 했다. 혐오감이라니, 도대체 혐오감이 뭔데.
> 머리를 깎이고 송충이가 솔잎 갉아먹듯 드문드문 깎인
> 머리를 하고 파출소를 나왔을 땐 이미 영자는 도망치고,
> 병태는 쓸쓸한 헛기침을 하면서 병신처럼 눈물을 뚝뚝 흘
> 리며 길거리를 내려갈 때였다.(『바보들의 행진』, 17쪽.)

---

174) 『바보들의 행진』, 16쪽.

『바보들의 행진』의 주인공 병태는 순경에 의해 머리를 "송충이"처럼 깎이고도 제대로 항변하지 못하고 "눈물"만 "뚝뚝 흘린다." 평소에 자유분방한 병태이지만 순경에 의해 신체의 자유를 박탈당하고도 말 한 마디 하지 못한다. 자유를 박탈당하고도 저항하지 못하는 병태를 이해하기 위해서는 장발, 미니스커트 단속이 사회 질서를 수호하는 행위라고 개인에게 규율로서 강요되는 시점으로 되돌아가 볼 필요가 있다. 1960년대부터 한국사회는 한편으로는 자유민주주의 국가의 수호라는 정치적 이념을 내세우면서, 다른 한편으로 국가 주도적 성장의 신화를 중심으로 일사불란한 국민동원체제가 가능한 "환상의 공동체"175)를 형성, 강화시켜나간다. 도시의 신화나 성장의 신화는 본질적으로 소외를 만들고 개인의 '자율성'과 언론 출판의 자유를 억제하고, 나아가 정치적인 자유를 억누르는 문화적 코드로 작용하였다고 할 수 있다. 지배 권력은 신화를 통해 자연스럽게 국가 권력을 절대화하고 저항세력을 동시에 통제하려 한 것이다.176) 이 시기는 개인의 자유뿐만 아니라 대중문화마저도 정치권력에 의해서 조종

---

175) 이마무라 히토시에 의하면, 국민국가는 환상의 공동체이다. 왜냐하면 국민국가가 동질화하는 것이 근본적으로 불가능한 이질적인 개인들 혹은 민족성이라는 동질적인 시민으로 개조한다고 하는 그런 성과를 수행하기 때문이다.(이마무라 히토시(이수정 역), 『근대성의 구조』, 민음사, 1999.)

176) 김은실은 개발 독재 시대로 불리는 1961-1980년까지 이루어진 근대화의 담론이 환상의 공동체를 만들었다고 주장한다. 즉 근대화의 담론은 한국 사회 내의 성별·계급·국적·세대와 같은 차이들을 이데올로기적 상징체계로 전이시켜 동질적인 문화 구조로 통합시키는 것이다.(김은실, 「한국 근대화 프로젝트의 문화 논리와 가부장성」, 『우리 안의 파시즘』, 삼인, 2000.)

되고, 양산되던 시기였다.

하지만 이런 '전방위적'인 국가 통치체제에 대한 저항도 만만치 않았다. 1970년대 초 유신헌법으로 개정된 후 획일적 지배 이념체제가 강력한 힘을 발휘하는 가운데, 그러한 지배 체제에 저항하는 학생 데모가 소수자 문화로 정착하게 된다. 그리고 당시의 텍스트 곳곳에 지배 체제에 대한 저항적 메시지가 숨어 있다.

> 데모 해봤자 말짱 헛거야. 난 요새 젊은이들을 이해할 수 없어. 우리들 대학 다닐 때는 안 그랬어. 요새 대학생들은 너무 무분별해. (중략─인용자)사회 나와 봐. 넥타이 매봐라. 조국과 민족을 사랑하려면 죽은 듯 공부나 해. 학생은 모름지기 공부부터 하는 거야.(『바보들의 행진』, 58쪽.)

병태는 회사에 취직한 선배가 학생 데모는 "조국과 민족"을 사랑하지 않는 것이라고 기성세대처럼 말하자, 그 선배에게 정면으로 맞서는 대신에 속으로 구역질을 느낀다. '구역질'을 느끼는 이유는 병태가 데모를 하건 안 하건 그건 개인의 선택이어야 한다고 생각하는 자유분방한 청년이지만, 지배 체제의 억압성에 대한 비판 의식과 저항 의식을 지니고 있기 때문이다.

> 「나는 나, 너는 너다. 〈그건 너〉라는 노래가 왜 유행했는 줄 아니. 그건 너 하면 책임은 다른 사람 아닌 너에게 전가시킬 수 있고 우리들의 가치관이 〈그건 우리〉라는 개념에서 그건 너라는 단수 개념으로 변했기 때문이다. 병태는 병태, 나는 나다.」(『바보들의 행진』, 201쪽.)

위 인용문에서 보면 청년들은 자신들의 가치관이 〈그건 너〉라는 단수 개념으로 변했다고 주장한다. 이는 국민국가 속의 국민으로서의 '나'가 아니라 개인적 가치를 지닌 '나'라는 존재를 탐구하고 싶다는 의미 있는 발언이다. 이 발언은 획일화된 집단적 주체를 거부하고 개별적인 주체로서의 '개인의 자율성'을 신장하겠다는 청년들의 선언인 셈이다. 그러나 이런 선언은 의미 있는 실천행위로 나아가지 않고 술집에서 몇몇 대학생의 한담으로 끝나 버린다.[177]

『겨울여자』[178]는 다른 대중소설과는 달리 성장의 신화와 도시의 신화에 정면으로 도전하는 청년들의 삶을 보여준다. 이 소설에서 요섭은 부패한 정치가인 아버지를 부정하기 위해서 세상과 단절했다면, 광준은 부패한 정치인과 결탁하여 부를 축적한 대사업가인 아버지를 부정하기 위해 세상에 정면 도전한다. 광준은 아버지와 같은 성장의 논리에 젖어 있는 도시 건설자나 자본가들 때문에 도시 빈민이 대량 속출했다는 사실에 분노하면서 도시 빈민의 권익을 찾으려는 운동에 투신한다. 한편 우석기는 성장논자들에 대항하여 학생 데모를 주도한다. 그는 자유당의 부정선거에 협조하지 않았다는 이유

---

177) 『도시의 사냥꾼』에서 승혜와 현국, 『풀잎처럼 눕다』에서 동오나 도엽, 『별들의 고향』의 영훈 등이 자유를 '반복'적으로 언급한다. 이러한 자유에 대한 '반복'적 언급은 획일화된 국가 통치제제로부터 벗어나 개인적 일상의 자유(사생활의 자유)를 회복하고 싶다는 욕망의 표현이다.

178) 조해일의 『겨울여자』는 1975년에 중앙일보에 연재되다가, 1976년 문학과 지성사에서 상·하권으로 출간되었다. 은 책은 1996년에 간행된 『겨울여자』 상·하권(솔출판사)을 텍스트로 삼았다.

로 빨갱이가 된 아버지 때문에 불우한 어린 시절을 보내야했다. 그래서 "가수조차 돈으로나 가능" [179]한 세계이며, 지배체제에 의해서 한순간에 개인의 운명이 달라질 수 있다는 사실을 일찍부터 깨닫는다. 이들은 기성세대에 저항해 보지만, 요섭과 석기는 죽게 되고, 광준은 아버지에 의해서 끊임없이 활동을 저지당한다. 궁극에는 이들의 정치적 신념 내지 행동은 이화와 만나게 되면서 제도로부터의 자유라는 광범위한 의미로 타협적 균형을 찾아간다.

이화는 부모가 외국 유학생인 안세혁과 결혼하라고 권유하자, 자유롭게 살고 싶다고 말하고 나서 가출한다. 이런 이화의 자유 선언은 가족으로부터 탈주하려는 욕망임에 틀림없다. 이는 이화의 가족들이 가지고 있는 상식이 "자기의 정직한 양심을 가지고 판단해서 옳다고, 또는 할 만하다고 생각하는 일을" [180] 하지 못하게 하는, 개인의 자유를 억압하는 비도덕적 사회적 관습임을 지적하는 것이다. 이화의 자유 선언은 개인의 자유를 회복하고자 하는 선언이며, 이를 통해 새로운 시대의 여성상을 제시하고 있다는 점에서 의의가 있다.

그러나 이와 같이 이화가 자유 선언을 하기까지, 이화를 주체로 한 삼각형의 욕망 구조는 네 단계에 걸쳐 변모한다. 즉 중개자—욕망의 대상이 제1단계에서는 민요섭—소외된 자에 대한 사랑, 제2단계에서는 우석기—한국의 불쌍한 사람에 대한 사랑, 제3단계에서는 최민—사회적 관습에 의해 억제된 성적 욕망을 풀어줌, 제4단계에서는 김광민—도시빈민에 대한 사랑으로 변화된다. 이렇듯 그녀의 자유 선언은 네 단계

---

179) 위의 책, 상권, 91쪽.
180) 위의 책, 하권, 471쪽.

를 거친 결과 실행된 것이다. 이 자유 선언을 통해, 이화는 주체적인 여성상을 선도적으로 보여주고 있다. 하지만 이 선언이 남성을 중개자로 하여 타율적으로 형성되었다는 점과 성적 개방으로 기호화됨으로써 사회적 규범이나 가치에 대한 도전 의식을 약화시키고 있다는 점은 문제이다. 다시 말해 이 소설은 획일화된 사회적 이념으로 인해 인간이 어떻게 고통 받고 그 고통으로부터 벗어나기 위해서 도전 양상에 대한 성찰 등에 대해서 충실하게 표현하지 못하고, 이화 개인의 성적 개방을 표현하는데 치중하는 한계를 노정하고 있다.

3. 타협적 균형으로서의 자유

1970년대 대중소설 텍스트에서 한 인물의 욕망은 끊임없이 텍스트 안의 다른 인물의 욕망이나 다른 텍스트의 인물의 욕망으로 전염되면서 지속된다. 그리고 그 욕망은 자유의 신화를 토대로 한 성공의 신화와 도시의 신화가 서로 상보적 관계를 형성하면서 더 심화된다. 도시의 신화는 도시가 문화적 생활방식을 누릴 수 있는 경제적 능력이나 사회적 지위를 쉽게 확보할 수 있는 공간이라는 허구적 이미지를 끊임없이 생산하고, 성공의 신화는 도시로 진입해야만 성공할 수 있다는 허구적 이미지를 끊임없이 생산한다. 그러므로 1970년대 대중소설의 인물들은 도시의 신화와 성공의 신화의 자장 속에 머물러 있게 된다. 역사를 자연으로, 우연성을 영원으로 변형

시키는 것이 부르주아 이데올로기의 방식이라면 이는 1970년
대 대중소설에서 신화의 의미작용과 동일하다고 할 수 있다.

> 부르주아 계급의 이 익명성은 이른바 부르주아 문화
> 에서 그 문화의 확대되고 대중화되고 활용된 형태로 이
> 행될 때, 즉 대중철학이라 부를 수 있는 것으로 이행될
> 때 두터워지는데, 이 대중철학은 곧 일상적인 도덕, 시민
> 의례들, 세속적인 의식들, 간단히 말해 부르주아 사회 속
> 의 상호 관계적인 삶에 대한 불문율을 유지하게 하는 것
> 이다. 이것은 지배적인 문화를 그 문화의 창조적인 핵심
> 으로 되돌리려는 환상이다. 또한 순수 소비의 부르주아
> 문화가 있다.181)

1970년대 대중소설 텍스트에서 도시의 신화와 성장의 신화
는 구체적인 역사와 현실 상황과 연관되면서 이데올로기로서
기능하게 된다. 신화에 작용하는 부르주아 계급의 이데올로
기는 "익명성"이 보장되는 탈명명(ex-nomination)과 "문화의
창조성" 내지 "순수 소비성"을 강조하는 탈정치화 작용을
겪게 되면서, 신화는 거부감 없이 "대중철학" 및 "대중문
화"로 자연스럽게 변형된다. 이러한 신화는 역사를 자연으
로 변형시킴으로써, 현실을 변화시키는 것이 아니라 영원히
반복되는 동일성 속에 유지되는 이미지로 탈바꿈시키는 기능
을 수행한다. 자연화 과정을 통해, 신화는 부르주아 계급의
역사적 특수성을 은폐하고 그들의 규범이 다른 계급의 구성
원들에게도 자연적 질서로 이해하고 그 자연적 질서에 순응

---

181) 롤랑 바르트, 앞의 책, 310-311쪽.

하도록 강요하는 것이다.

1970년대 대중소설 텍스트의 인물들 역시 신화를 거부감 없이 받아들인다. 텍스트의 남성 인물은 산업 사회가 요구하는 기술이나 지적 능력을 갖추고 있으며, 여성 인물은 지적 능력과 뛰어난 외모를 갖추고 있다. 그런 자질을 토대로, 남녀 인물들은 대부분 경제적 지위를 향상하려고 욕망하기에, 삼각형의 욕망 구조 안에 있게 된다. 그들은 신화에 매달려서 욕망의 대상에 대해 직접 돌진하는 것이 아니라 중개자를 향해 돌진함으로써 대상에 간접적으로 접근하려고 한다. 특히 이러한 욕망의 간접화 현상이 여성인물들에게 더 심각하게 드러난다. 그 이유는, 여성 인물들이 스스로의 능력에 의해 욕망을 직접 성취할 수 없는 사회구조인 데다가, 주로 소비에 관여하는 중산층 여성이거나 중산층이 되기를 소망하는 여성이기 때문이다. 이들 여성들은 자신의 허영심이나 타인의 욕망, 그리고 대중매체가 허구적으로 만들어낸 욕망에 따르는 경우가 허다하다. 그들은 자신들의 욕망을 감추기 위해서 위선적 행동도 서슴지 않는다.

그런데 텍스트는 기성세대의 부조리나 비도덕을 답습하고 욕망 하는 인물의 행위를 위선으로 규정하고, 그리고 그러한 인물이 결국 좌절하게 하는 서사 구조를 취하고 있다. 이러한 서사구조를 통해, 텍스트는 경제력과 도덕성을 청년의식의 핵심으로 삼고 있는 바, 기성세대의 비도덕성이나 부조리를 거부하고 정당한 경쟁과 지적 능력, 건전한 정신과 순결한 육체의 소유자만이 성공할 수 있다는 부르주아 이데올로기를 자연적 질서로 이해하고 그것에 순응하도록 강요한다. 이는 자유를 추구하려는 청년의식과도 맞물린다. 하지만 문

제는 그것이 자유의 추구라는 외연적 의미를 지니고는 있지
만 참다운 자유라는 내포적 의미와는 합치하지 않는다는 사
실이다. 신화의 추구 자체가 참다운 자유의 추구와는 배치되
기 때문이다.

한편 1970년대 대중소설 속에 드러나는 반신화라는 문화적
코드에는 신화에 대한 환멸과 저항을 담고 있다. 텍스트에서
신화는 소설 밖 현실과 동일한 의미작용을 하거나 동일한 지
시 체계로 구성되지 않기 때문이다. 텍스트에서 신화라는 문
화적 코드는 끊임없이 새로운 이미지로 활성 되며 반(反)신화
에 의해서 견제 당한다. 반신화의 문화적 코드를 통해 텍스
트의 인물들은 자신들의 경험과 가치, 생각, 활동, 소망을 실
현할 수 있는 새로운 문화적 경험 공간을 형성하고 싶어 한
다. 그 공간에서 대중들은 대리 체험/일탈, 질서에의 순응/저
항, 현실로부터의 탈주/현실에의 순응, 공포/연민 등의 대립
적 가치 속에서 갈등한다. 이러한 갈등은 타협적 균형의 원
리인 자유에 의해서 조정된다. 텍스트의 인물들은 노예의 자
유에서 벗어나 참된 자유를 회복하고자 욕망 한다. 사회적
규범과 가치의 필연성과 강제를 통해 노예의 자유는 도리어
참된 자유로 전환할 조짐을 보인다. 따라서 텍스트에서 표현
되고 있는 자유라는 문화적 코드는 신화에 대한 저항적 성격
즉 반문명, 반도시, 반성장의 성격을 띠게 된다. 1970년대 대
중소설 텍스트에서 자유의 구체적인 기표는 '고향 회귀'나
개인의 자율성을 구속하는 '사회적 이념에 대한 도전'으로
'반복'적으로 서술된다. 신화를 '확실한 사실'로 인식하
게 했던 '반복'이라는 서술 방식은 도리어 신화를 해체하는
도구가 된다. 이를테면 『풀잎처럼 눕다』에서 도엽과 은지는

고향으로 회귀하려고 한다. 그리고 『겨울여자』에서 민요섭, 우석기나 김광준, 이화는 사회적인 통념 내지 사회 체제에 대해 비판한다. 고향 회귀나 사회적 이념에 대한 도전을 통해, 이들은 비도덕적이며 부조리한 사회의 근본 원인 즉 현대인의 소외감과 사물화의 근원적인 요인에 대해 항거하고 있는 것이다.

> 직접적인 자연적 욕망과 표상의 정신적 욕망의 결합으로서의 사회적인 욕망에 있어서는 정신적 욕망이 일반자로서 보다 주된 것이기 때문에, 이 사회적 계기 속에는 해방의 측면이 있다. 이 해방이란, 욕망의 엄정한 자연 필연성이 은폐되고 인간이 자신의 의사와 나아가 일반적인 의사에 따라 행동하며, 또한 단지 외적 우연성이나 내적 우연성, 즉 자의가 아니라, 오로지 자신에 의해 창조된 필연성에 따라 활동하는 것을 뜻한다. (중략 - 인용자)자유 속에서 사는 셈이 아닐까 하는 (중략 - 인용자) 자연적 욕망 자체와 이것의 직접적인 충족은 단지 자연 속에 매몰된 정신 상태, 따라서 조야성과 부자유의 상태에 지나지 않을 것이기 때문이며, 또한 자유란 오직 정신적인 것이 자신 속으로 반성하며 자연적인 것과 자기를 구별하고 이것에 대해 반사하는 가운데만 있기 때문이다.[182]

그러나 1970년대 대중소설에서 고향 회귀나 사회적 규범과 가치에 도전을 통한 자유의 행위는 참된 자유를 찾으려는 목적으로 시도된 것이었으나 사적 이익을 추구하는 양상이나 일시적인 도피의 양상, 또는 개인적 차원의 도전의 양상으로

---

182) G. W. F. Hegel, Die Bürgerliche Gesellschaft § 194(*Philosophie des Rechts*). 황태연 편역, 『주인과 노예의 변증법』, 지양사, 1983. 240쪽.

드러난다. 이러한 양상을 펼칠 수 있다는 것에 만족한 작중 인물들은 "자유 속에서" 산다고 느낄 수도 있지만, 실제로 "부자유한" 상황 속에 산다고 할 수 있다.

1970년대 대중소설에서 기표의 '반복'적 서술에 의해서 신화의 해체라는 의미를 내포하게 된 자유는 이상을 향해 끝없이 전진하는 양상을 띠지도 않으며, 각 개인의 내면에서 우러난 감정을 윤리적 생활의 기반으로서 국가 속에서 실현하려는 의지를 강력하게 시사하지도 않는다. 텍스트에서 자유라는 반신화는 획일화된 체제, 국가가 요구하는 인간형에 동조하도록 자기 규율을 요구하는 체제에 대한 일시적인 회피로 그치게 됨으로써, 참된 자유를 찾는 행보는 더 이상 진전되지 않는다.[183] 인물들의 반신화적 의식과 행동들은 일시적이며 신화를 해체시킬 정도의 힘을 발휘하지 못한다. 하지만 1970년대 대중소설 텍스트가 타협적 균형으로 모색한 자유는 일시적이고 빈약하지만 획일적 체제를 안으로부터 해체시킬 가능성을 내재한 이념이라 할 수 있다.[184]

---

183) 반신화는 신화처럼 사물에 실제 의미를 비워내고 그 사물에 거짓 자연으로 이행하지 못한다. 반신화는 신화를 신화화함으로써 신화에 대항하고자 하는 '**인위적인 신화**(mythe artificiel)' 로서, 빈곤하고 천편일률적이고 즉각적이다. 그러므로 반신화는 "**빈약한, 일시적**이거나 혹은 상당히 **경솔한** 신화" 가 된다.(인용자 강조: 위의 책, 298-306쪽. /319-323쪽.)

184) 사회적 규범과 가치에 대한해 도전하여 개인의 일상을 회복하고자 하는 소망이 1970년대 대중소설에서는 주로 성과 사랑으로 환기되고 있는 바, 이를 제4장과 제5장에서 구체적으로 논의하려고 한다. 이는 사회 현실에 대한 종합적 인식을 보여주는 황석영의 『객지』(1971)나 윤흥길의 『황혼의 집』(1976)이나 조세희의 『난장이가 쏘아올린 작은 공』(1978) 등과 대중소설

요컨대 1970년대 대중소설 텍스트는 부르주아 이데올로기를 지배적인 양상으로 드러내면서도, 이와 동시에 아직은 미약하지만 그 이데올로기를 전복할 가능성도 내포하고 있다. 텍스트의 서사 구조나 논리는 독자들에게 텍스트의 인물과 심리적 통일성을 유도하고, 수용자인 독자 역시 그러한 텍스트를 통해 텍스트의 인물과 심리적 통일성을 확인하려고 하기 때문에, 텍스트의 경험 공간은 한편으로 안정과 질서를 원하면서도 역동적인 변혁을 소망하는 '일상적인' 대중들의 이중적 감정구조와 맞물리는 곳이 된다.[185] 따라서 1970년대 대중소설 텍스트의 인물들이 삼각형의 욕망 구조를 지니듯이, 대중소설 독자 역시 삼각형의 욕망 구조를 갖게 된다. 독자는 스스로가 욕망의 주체가 되고, 텍스트의 인물을 중개자로 삼아 텍스트의 인물이 추구하는 욕망을 욕망의 대상으로 소유하고자 한다. 그러므로 성장의 신화와 도시의 신화를 자신의 것으로 소유하고 싶은 독자 대중은 국가가 요구하는 근대화에 적합한 새로운 인간형이란 획일적이고 집단적이고 체계적인 인간형이 되고자 한다. 그러기 위해서 자신의 자율성과 정치적 자유를 억제하고 자기 규율을 강화해야한다는 사

이 달라지는 지점이기도 하다.

185) 이런 점에서 대중소설은 '이데올로기에 대한 순응과 저항'이 공존한다고 할 수 있다. 그런데 아도르노는 "사회가 점점 더 적나라하게 총체적인 상태로 되고 다른 모든 것들과 마찬가지로 예술도 그 사회가 지정하는 위치를 지니게 될수록 그만큼 예술은 더 완전하게 이데올로기와 저항으로 양극화된다"고 주장한다. 아도르노의 입장에서 보면, 1970년대 대중소설은 이데올로기에 순응하는 문화 산업이 된다.(T. W. 아도르노(홍승용 역), 『미학이론』, 문학과지성사, 1995. 362쪽.)

실도 인정하게 된다.[186] 그러면서도 그러한 규율에 의해서 왜소해진 독자, 특히 청년 독자는 상상으로나마 그런 억압으로부터 자유로워지고 싶어 한다. 이러한 청년 독자에게 1970년대 대중소설 텍스트는 신화의 매혹에 지배적으로 묶여있으나 내면적으로 신화를 해체하고 동시에 참된 자유를 형이상학적으로 욕망할 수 있는 문화적 경험 공간을 제공한다.

---

186) 신형기는 이 시기를 "자본주의 세계 체제와 국제 분업에 종속적으로 편입되는" (「신동엽과 도덕화의 문제」, 『당대비평』 제16호, 2001년 가을호) 개발의 시기라고 규정한다. 나아가 「총력전과 멜로드라마」 (『당대비평』 20호, 2002년 가을호)에서 1970년대가 집단적 복속의 논리가 지배하는 시기이며, 그런 논리가 개인의 욕망까지도 통제하고 있는 시기임을 다음과 같이 설명하고 있다. "남한의 1970년대는 다시금 총력전 체제를 조인 시기였다고 보인다. 개발은 민족중흥의 수단이자 과제로 도덕화되었는데, 이 새로울 것 없는 혁명 역시 정신 혁명을 요구했다. (중략-인용자)전락은 자본주의와 도시의 주제다. 개발의 시대는 전락의 공포를 더욱 증폭시킨 때였다. 근면과 내핍 등이 중요한 덕목으로 요구되었음에도 불구하고 개발이 이익을 위한 것이고 또 그것이 누군가에게 편중될 것이었던 한, 개발의 시대는 본질적으로 투기의 시대일 수밖에 없었다. (중략-인용자) 출세의 꿈은 전락의 공포에 의해 추동되었던 것으로, 둘은 국민의 대열을 유지시킨 실제적 요소들이었다." (신형기, 『민족 이야기를 넘어서』, 삼인, 2003. 158-159쪽.)

제 4 장

여성의 육체,
보는/보이는 즐거움의 대중화

성(sexuality)[187]이 한국 사회에 일상적이면서 대중적인 담론으로 형성되기 시작한 시기는 1970년대라 할 수 있다. 이 시기의 대중 매체를 통한 대중문화의 보급은 성의 보편화와 담론화에 크게 기여했다고 할 수 있다. 대중문화 중에서 소설, 특히 대중소설은 성 담론을 대중적으로 확산시키는데 중요한 역할을 담당하게 된다.

전통적으로 여성은 남성보다 열등한 존재로 차별 받아 왔다. 그리고 사람들은 그 차별을 당연시하였으며 더욱이 규범화해 왔고 그것을 남성과 여성이라는 성(sex)의 생물학적인 차이로 자연스럽게 받아들이도록 훈육 받고 해 왔다.[188] 또한 전통적으로 육체는 정신과의 통일체로 인식하여 윤리적 주체로서의 육체를 강조해 왔기 때문에, 육체의 감각적 쾌락은 열등한 것이며 억제되어야 할 것이라고 여겨 왔다.[189] 특히 가부장적 이데올로기가 지배적인 사회에서는 남성은 정신

---

187) 성(sexuality)이란 용어는 성적인 것을 모두 지칭한다. 다시 말해 성은 생물학적인 차원에서의 성(sex)과 사회 문화적인 의미에서의 성차(gender)를 의미하기도 하고, 성 행위(sex acts)를 포함한 성적 행동(sex behavior)을 의미하기도 한다.

188) 이숙인, 「유가의 몸 담론과 여성」, 한국여성철학회 편, 『여성의 몸에 관한 철학적 성찰』, 철학과 현실사, 2000.

189) 오생근, 「데카르트, 들뢰즈, 푸코의 '육체'」, 『사회비평』 제17호, 1997.

과 보다 가까운 존재로, 여성은 남성에 비해 육체와 보다 가
까운 존재로 인식되어 왔다. 즉 "여성의 체현 상태는 임신,
출산 및 월경과 같은 자연적 주기에 의해 지배되는 반면, 남
성들의 체현 상태는 정신을 좀 더 자유롭게 함으로써 그들을
문화의 영역에 참여할 수 있게 한다" 190)는 것이다. 이러한
이유로 여성은 이성적 사고 능력이 결여되어 있기 때문에 남
성과 사회적 정치적으로 평등해질 수 없다는 사회적 통념이
형성되어 왔던 것이다. 따라서 성과 육체를 토대로 구성된
남성/여성이라는 대립구도는 긍정적/부정적 가치 평가가 수반
된다.191) 이런 관점에서 볼 때, "성이란 근본적으로 '자연
적'인 현상이 아니라 사회적, 역사적 힘의 산물" 192)이라
할 수 있다.

　이렇듯 성(sexuality)에 관한 담론은 여성이나 육체193)와 불

---

190) Laqueur, T. *Making Sex: Body and Gender from the Greeks to Freud.* Cambridge. Mass: Harvard Univ Press. 1989.(크리스 쉴링(임인숙 역), 『몸의 사회학』, 나남출판, 1999. 72쪽 재인용.)
191) 식수스는 여성=자연, 열정/남성=역사, 예술, 정신, 행동으로 남성/여성을 대립시키는 전통적인 성차 구조를 발전시켜, 여성=수동성, 달, 자연, 밤, 어머니, 감정, 감성, 파토스/남성=능동성, 해, 문화, 낮, 아버지, 머리, 지성, 로고스라는 '가부장적 이항대립적 사유' 틀을 구성했다.(Toril Moi(임옥희 외 역), 『성과 텍스트의 정치학』, 한신문화사, 1994. 121-2쪽.)
192) 제프리 웍스(서동진 외 역), 『섹슈얼리티: 성의 정치』, 현실문화연구, 1999. 18쪽.
193) 후설은 경험된 그대로의 육체와 과학적 연구대상으로서의 육체를 확연하게 구분하여, 각각 '신체(Lieb)'와 '육체(Körper)'라는 용어를 사용했다.(Edmund Husserl, *Ideen zu einer reinen Phäno-menologie*, 제2부, 1913(스티븐 컨(이성동 역), 『육체의 문화사』, 의암출판문화사, 1996. 309쪽 재인용) 그러나 이 책에

가분의 관계를 이루면서 사회적·역사적 맥락에서 구성해 왔
으며 자본주의 사회에서도 끊임없이 생산·재생산되고 있다.

> 성의 근대적 억압에 관한 그 담론은 진정 효력을 잃지
> 않고 있다. 그 이유는 틀림없이 그것을 지지하는 것이
> 쉽기 때문일 것이다. 그것은 엄연한 역사적·정치적 담보
> 에 의해 보호되고 있다. 수백 년에 걸친 대담하고 자유
> 로운 표현의 시기에 뒤이어 17세기에 억압의 시대가 출
> 현했다고 판단함으로써, 사람들은 그것을 자본주의의 발
> 전과 일치시키기에 이른다. 그것이 부르조아적 질서와
> 한 몸을 이룬다는 것이다.194)

따라서 현대인은 자기 자신의 성과 육체에 도취하여 자신을
인식하기도 하지만, 이와 동시에 "하나의 정치적 장치로 이용
하는 체계의 이데올로기"를 무의식중에 수용하기도 한다.195)
푸코는 산업 사회에서도 성 내지 육체에 대한 담론이 계속
되고 있지만, 중요한 점은 성과 육체에 대한 긍정/부정, 금기
/허용 등이 아니라 "전반적인 〈담론의 진상〉(fait discursif)과
성의 〈담론화〉(mise en discours)"와, 개인의 일상적인 쾌락
까지 침투하는 "〈권력의 동질이상적 기술들〉(techniques

서는 '육체(Body)'라는 용어로 통칭하려고 한다. '육체'라는
용어를 사용하면 도리어 생물학적 개체, 정신적·성적 구성물,
문화적 산물 등의 여러 의미를 포함할 수 있기 때문이다.
194) 미셸 푸코(이규현 역), 『성의 역사: 제1권 앎의 의지』, 나남출
판, 1995. 26쪽.
195) 보드리야르는 "성을 「이용」하는 광고업자들의 배후에는, 인간
의 전면적 해방으로 향하는 위험한 변증법에 대항해서 성해방
을(도덕적으로는 비난하기도 하지만) 「이용」하는 기존의 사회
질서가 기다리고 있다"고 지적한다.(장 보르리야르(이상률
역), 『소비의 사회』, 문예출판사, 1992. 219쪽.)

polymorphes)"을 파악하는 일이라고 지적하고 있다. 그리고 그러한 담론이 지닌 의미를 파악하는 것이 마지막으로 행해 져야 한다고 주장한다.[196] 결과적으로 성과 육체에 대한 담론에서 가장 중요한 일은 성과 육체 그 자체가 아니라 그것이 어떻게 사회·역사적 맥락에서 구성되는가를 추적하는 일이라 할 수 있다.

산업 사회에서 성과 육체에 대한 담론은 학교나 가정에서뿐만 아니라, 소설, 광고, 영화 등의 다양한 기제를 통해 생산·재생산된다. 소설 텍스트는 남성성, 여성성에 대한 사회적 통념, 그리고 어떤 이데올로기를 생산 또는 재생산하고 있는 현장이라 할 수 있다. 그러나 소설 텍스트는 단지 그러한 권력을 생산·재생산하고 유지하는 능력을 가지고 있는 것이 아니다. 주변화되어 있거나 너무나 국지적이어서 인식되지 않는 상태이기는 하지만 그것에 도전하는 담론도 구성되어 있는 것이다.

> 질문하고 감시하고 숨어서 노리고 엿보고 뒤지고 만져보고 밝혀내는 권력을 행사하는 쾌락이 있고, 다른 쪽에는 그 권력의 손아귀에서 벗어나고 그것을 피하고 속이고 우습게 만들어야 한다는 것 때문에 자극되는 쾌락이 있다. 스스로를 추적의 대상인 쾌락에 의해 침입 당하도록 내버려두는 권력이 있고, 그것의 맞은편에는 모습을 나타내어 빈축을 사거나 저항하는 쾌락 속에서 스스로를 확인하는 권력이 있다.[197]

---

196) 푸코는 성을 둘러싼 권력―지식―쾌락 체제의 기능과 존재 이유를 결정하는 양상을 계보학적으로 구성하고자 했다. 이러한 시도는 성에 대한 고정된 지식을 전복시키려는 의도라 할 수 있다.(미셸 푸코, 앞의 책, 32쪽.)

성과 육체가 지배 권력이 행사되는 전략적 거점이라고 상정한다면, 당연히 성과 관련된 담론 분석은 성과 육체를 통해 지배 권력이 어떻게 형성되고 있는지 그리고 그 안에서 어떻게 균열이 생기는지를 고찰해야 한다. 또한 텍스트가 성과 육체라는 문화적 코드를 통해 대중의 실존을 표현 내지 생성하고 있으며 대중의 실존은 텍스트를 통해 그 문화적 코드를 선택적으로 수용하고 있다는 점을 감안해야 한다.[198] 이 점 때문에 성과 관련된 담론 분석은 당연히 독자 대중의 성과 관련된 의식을 규명하는 시도여야 하는 것이다.

한국사회에서 1970년대 성과 육체의 담론은 산업화와 더불어 진행되면서, 성과 육체의 상품화와 그것에 대한 비판의 논의가 동시에 진행된다. 이러한 논의는 성과 육체를 사적 관심사로 부각시키는 대중적 분위기를 조성하게 된다.

한국에서의 성 상품화가 비대해진 요인으로, 이영자는 첫째 "중소기업형의 자본이 소비성 서비스 산업으로 이전되는 경향", 둘째 "한국 특유의 접대 경제", 셋째 "국가적 관광 사업의 일환으로 기생관광"의 증진, 넷째 "장기간의 독재정치와 군사문화"를 유지하기 위한 "성 향락 풍조"의 조장과 부정부패로 인한 "향락산업의 번창"을 들고 있다.[199] 성 상품화를 주도한 매춘의 확대는 급격한 산업화의 의도하지 않은 결과라 할 수 있다. 이는 산업화로 인한 대규모의 이농

---

197) 위의 책, 63쪽.
198) 리차드 M. 자너(최경호 역), 『신체의 현상학』, 인간사랑, 1994. 295쪽.
199) 이영자, 「성의 시장, 매매춘」, 『성과 사회 – 담론과 문화』, 나남출판, 2000. 259-260쪽.

현상, 새로 개발되는 도시의 노동력 과잉 공급 현상이 야기한 결과이다. 산업화의 첫 단계에서 여성은 가정에서 시장으로, 지방에서 도시로 이동하는 과정에서 남성보다 불리한 임금 노동자가 된다. 임금을 받는 대부분의 여성들은 저임금의 하찮은 직업에 배치되며 그 결과 가난과 궁핍 상황에 처하게 된다. 절대적인 빈곤에서는 벗어날 수 있었으나, 궁핍한 삶에서는 벗어날 수 없기에 자발적으로 창녀가 되기도 했다. 다시 말해서 경제 발전이 전체 사회의 물질주의적 수준 향상을 가속화할수록, 특별한 기능을 습득하거나 물질적 혜택을 받지 못한 여성들은 물질적 이익을 얻을 수 있는 쉬운 수단으로 매춘을 선택하게 된다. 특히 매매춘이 산업화되고 전지구적으로 확산되는 시기는 경제 발전이 고도화되는 1970년대이다.[200] 매춘이 집단적으로 성행하기 시작한 것은 해방 이후 미군 부대 주변에 기지촌이 생기면서부터지만, 창녀촌이 도시 곳곳에 산재하게 된 것은 1973년부터 정부가 외국인 관광객을 상대로 하는 여성에게는 공식적인 허가증을 내주면서부터라 할 수 있다.[201]

---

200) 캐슬린 배리는 매매춘의 산업화는 근대 대춘을 위한 대규모 여성 배치, 외화 소득을 위한 관광 산업의 발전, 수출 지향적 경제 발전에 뒤이어 일어난다고 보았다.(캐슬린 배리(정금나·김은정 역), 『섹슈얼리티의 매춘화』, 삼인, 2002. 161쪽.)

201) 가와무라 미나토에 의하면 외국인 관광객을 상대하는 창녀에게는 1973년부터 한국 관광공사가 '유흥업소 취업 증명서'를 발행하였다. 이 증명서가 없으면 호텔 출입도 불가능하였으므로 사실상 매춘 행위를 허가하는 증서인 셈이었다. 이 증명서를 받기 위해서는 관광공사가 실시하는 '강습'에 참가해야 하는데, '여성이 버는 외화가 국가 경제 발전에 얼마나 귀중한가'라든가, '외국인고객 접대 방법' 등에 관한 강의를 의무적으로

　매춘과 관련된 소설이 대거 등장하면서 1970년대 대중소설은 흔히 창녀 소설 내지 호스티스 소설이라고 명명된다.[202] 고전소설에서 기생이나 1930년대 김유정과 박태원 소설에서 들병이나 여급이 등장하는 것을 보면, 성과 육체가 교환가치로 상품화되고 있음을 보여주는 소설이 등장한 것은 오래된 일이라 할 수 있다. 그럼에도 불구하고 유독 1970년대 대중소설을 호스티스 소설이라고 하고 "불순한 취향"을 조장하는 소설이라고 매도당하는 이유는 도시 창녀를 주인공으로 삼아 성과 여성의 육체를 노골적으로 묘사하고 있으며 성 상품화를 이전 시기와는 달리 보다 생생하고 적나라하게 보여주고 있기 때문이다. 그러나 이러한 호스티스 소설에 대해 부정적인 반응을 보이는 근본적인 이유는 육체적 '쾌락'이나 관능의 감각을 죄악시하는 전통적인 사회적 관습과 그것을 거부하는 정통적인 미학적 관점이 독자나 연구자들의 심리 속에 내재되어 있기 때문이다. 이러한 관습과 심리로 인하여 육체적 쾌락과 자연 취향, 신체, 감각 등을 거부하고 그것과의 차별성을 강조하기도 한다.[203] 1970년대 대중소설을

들지 않으면 안 되었다.(가와무라 미나토(유재순 역), 『말하는 꽃 기생』, 소담, 2002.)

202) 김미경은 1970년부터 1985년까지 7개 문학잡지에 게재된 총 2,918편 중에 매춘 종사자를 등장시킨 소설이 무려 102편이었으며, 그중 43편은 매춘 종사자가 중심인물이었다고 지적했다. (김미경, 「'매춘'을 통해서 본 성통제 구조 일고찰 ─ 문학작품 분석을 통하여」, 이화여대 석사학위 논문, 1986. 29-31쪽.)

203) 부르디외는 정통적인 미학은 '순수 취향'을 강조하는 대신에, '불순한 취향'에 대한 거부를 기본 원리를 한다고 주장한다. '불순한 취향'이란 칸트가 혀, 입천장, 목구멍의 취향이라고 부른 것처럼 직접적인 감각의 쾌락으로 지각되는 단순

객관화하고 대중소설의 문화적 의의를 복원하기 위해서는 이러한 관점을 초월할 필요가 있으며, 1970년대 대중소설에 나타난 육체적 쾌락 내지 관능의 감각을 구체적으로 살펴보고 그 의미 작용을 살펴볼 필요가 있다.

도시 창녀를 주인공으로 삼은 소설이 대거 등장한 관계로, 1970년대 대중소설 텍스트에서 여성의 육체는 이상화된 육체의 이미지와 훼손된 육체의 이미지로 기호화되어 있으며, 그것이 여성성에 대한 긍정/부정의 패러다임을 구성하는 것으로 작용하고 있음을 쉽게 발견할 수 있다.[204] 대립적인 여성

한 형태를 말한다. 순수 취향은 향락을 강요하는 폭력에 굴복하지 않고 재현 대상으로부터 '거리'(칸트는 이 거리를 사물의 현존에 대해 감각적인 욕구능력을 떠나 있는 무관심한 관조라고 설명한다.)를 두게 되는데, 이 거리로부터 '자유'가 나타난다고 한다. 그러나 '불순한 취향'은 폭력으로 강요된 향락, 즉 공포를 일으키는 향락은 재현과 재현 대상 사이의 거리를 폐기하며, 그 거리의 폐기로부터 공포가 나타난다고 한다. 부르디외가 보기에, 이 양자의 대립은 '반성의 취향'과 '감각의 취향'의 대립이며, 야만스런 환상의 주체인 대중과 교양화된 부르주아 사이의 대립이라고 할 수 있다. 따라서 타자와의 차이를 강조하는 철학적 토대나 미학적 관점은 특정한 관점에서 열등하다고 간주되는 모든 지적, 예술적 활동의 형식을 배제하고, 사회적 관계를 부인하는 차별화의 전략에 불과한 것이다.(부르디외, 앞의 책, 하권, 792-820쪽.)

204) 피터 브룩스는 "육체는 우리 자신임과 동시에 남이기 때문에 우리는 육체에 대해 사랑이나 혐오와 같은" 이중적 감정을 갖는다고 말한다. 그는 육체가 나르시시즘의 제 일차적인 대상이기도 하지만, 종교적 금욕주의자에게는 정신적 안정을 위협하는 위험한 적으로 판단되기 때문에 육체에 대한 이중적 감정이 생기게 되었다고 설명한다. 그래서 대부분의 경우 육체는 이러한 양극단 사이의 불안정한 위치에 있으며, 쾌락의 주체인

육체 이미지를 토대로, 이 장에서는 1970년대 대중소설 텍스트에서 성을 어떻게 구성하고 있으며, 사회·역사적 맥락에서 성과 육체를 어떤 의미 작용으로 구성하고 있는지를 분석할 것이다.

1. 이상화된 육체

산업사회에서 성을 찬미하고, 상상력을 통해 성적 소유 욕망을 충족하는 것은 성뿐만 아니라 모든 것을 소유할 수 있다는 윤택한 생활의 상징이기도 하다. 경제력을 가지고 물건을 구입할 수 있다는 것과 성적 매력을 느낀다는 것이 동일시되는 것은 산업사회의 징후이다. 그러므로 산업사회에서 여성의 육체는 더욱더 이상화되는 경향이 있으며 이상화된 육체(idealized body)는 자본주의 체계처럼 통제될 가능성을 지니고 있다.

1970년대 대중소설에서 여주인공은 독자에게 친숙한 인물이기 때문에 실제감을 주고 있으며 그런 여주인공의 이상화된 육체는 상세하게 묘사됨으로써 말초적인 감각을 자극한다. 이때 이상화된 여성의 육체는 쾌감을 주는 육체, 관능적 상상력을 자극하는 육체, '보는 자'와 '보이는 자'의 시선 등의 기표에 의해서 지시된다.

동시에 대상이 되며, 제어할 수 없는 고통의 주체가 된다고 주장한다.(피터 브룩스(이봉지 외역), 『육체와 예술』, 문학과지성사, 2000. 21쪽.)

1-1. 쾌감을 주는 육체

1970년대 대중소설의 여주인공들은 대부분 젊고 아름다운 육체의 소유자이다. 이들의 아름다운 육체는 육체의 소유자이든 타인이든 간에 쾌감을 불러일으킨다. 여기서 쾌감이란 칸트가 말하는 공통감에 기초한 쾌감과는 달리 상대에 대한 욕구능력과 관계된 주관적 판단에 의한 것이다. 쾌락의 감각을 불러일으키는 상쾌하고 좋은 느낌을 의미한다.

박범신의 『죽음보다 깊은 잠』에서 보면, 주인공의 육체는 쾌감을 불러일으키는 육체로서 신의 혜택을 받은 것처럼 아름답게 묘사되고 있다.

> 어디를 만져도 뼈는 잡히지 않았다. 살진 것도 아닌데 안으면 쏘옥 담겨 드는 작은 체구가 토실토실했다. 뛰쳐나가려는 어린 양을 안았을 때처럼 싱싱한 탄력이 마디마디 닿았다. 살갗은 차고 투명한 게 유리그릇이었다. (『죽음보다 깊은 잠』, 65쪽.)

인용문에서 보면 영훈은 다희가 자고 있는 모습을 상세하게 묘사하고 있다. 영훈은 다희를 보고 "싱싱한 탄력"을 지닌 "작은 체구", 그리고 "차고 투명한 게 유리 그릇" 같은 살갗을 지녔다고 찬미한다. 이런 찬미는 심오한 인식에 의해서 도출된 것이 아니라 극히 말초적인 감각, 시각 체험에 의해서 도출된 것이다. 이러한 상세한 묘사는 우리가 일상에서 지나쳤던 여성의 육체보다 더욱 인상적으로 여성의 육체를 음미하게 하는 효과를 낳는다. 이 소설에서 이러한 상세한 묘사는 행위와 소유라는 두 측면에서 볼 때, 영훈이 다희의 육체를 소유하고 그녀에게 절대적으로 헌신하게 행위를 유도하는 의미 있는 서술이 된다.

『별들의 고향』의 주인공 경아는 "눈에 띄게 예쁠"[205] 정도로 자연적인 아름다움을 타고나 자신은 물론 타인들에게 쾌감을 준다. 그녀의 "키는 155cm를 넘지 못하였고 가슴둘레는 78cm가량, 몸무게는 44kg"[206]라고 상세하게 묘사되는 바, 이러한 상세한 묘사는 주인공이 소설 속에만 있는 인물이 아니라 소설 밖 현실에서도 실제 하는 인물임을 보여줌으로써 대중 독자와의 친숙한 소통을 하게 해 주는 효과가 있다.

이처럼 쾌감을 주는 육체의 강조는 "몸의 '내면'"이 아니라 "몸의 표면과 관계 맺고 그 표면에 몰두하도록" 유도한다.[207] 따라서 표면을 관리하기 위해서 소비문화를 조장한다. 자연적인 아름다움을 타고났다고 끊임없이 관리를 하지 않는다면 여성의 육체는 지속적으로 쾌감을 유지할 수 없다. 이때 화장은 빈틈없이 육체의 아름다움을 창조하고 관리하는 기본적인 수단이지만, 자기를 은폐하는 수단이기도 하다.

> 그녀의 손놀림은 확실하고도 완전하다. 활짝 열린 채 피곤을 내뿜던 털구멍이 해면처럼 걸신스럽게 갖가지 크림과 화장수를 빨아들인다. 살갗이 다시 꽃잎처럼 얇고 향기로워진다. 그녀는 당장 온 세상을 상대로 엄청난 사기라도 칠 수 있는 것처럼 자신만만해진다.(『휘청거리는 오후』, 42쪽.)

---

205) 『별들의 고향』 상권, 85쪽.
206) 위의 책, 76쪽.
207) 크리스 쉴링(임인숙 역), 『몸의 사회학』, 나남출판, 2000. 143쪽.

『휘청거리는 오후』의 초희가 이렇듯 "걸신스럽게" 화장을 하고 화장을 한 후에 "엄청난 사기라도 칠 수 있다"는 자신감이 생기는 이유는 "미모를 밑천으로 물질적인 풍요를 얻으리란 꿈" 때문이다. 그녀는 "자기의 미모를 자각하고 나서부터 그 미모를 헛되이 하면 안 된다는 굳은 결의" [208]를 했던 것이다. 그러나 거듭 맞선을 보면서 그녀는 "엷은 화장을 하고 있기가 불안"해서 "좀 두껍게" [209] 화장을 하는데, 이것은 맞선 시장에 상품으로 내놓은 것 같은 불쾌감을 은폐하려는 시도이다. 그녀에게 화장은 경제적 능력을 갖추었으나 전혀 친밀감을 느낄 수 없는 대상조차 결혼 상대자로 기꺼이 만나기 위한 자기 은폐의 수단이다. 그녀는 화장을 하지 않으면 자신의 내면이 폭로될까봐 '목숨 걸고 화장'을 하는 것이다.

『별들의 고향』에서 경아는 영식과 처음 만난 후 "비상금을 털어 루즈를" 사고, "루즈를 발라야겠다고 여인이 느끼는 바로 그 순간이 여인이 새로 태어나는 출생일"이라고 생각한다. [210] 이는 경아가 영식에게 관능적인 성적 대상이 되고 싶다는 욕망에서 비롯된 행동이다. 쾌감을 주는 아름다운 육체를 유지하고 싶어 하지만, 경아 역시 화장을 통해 경제적 빈곤을 은폐하려고 한다. 이렇듯 화장을 하게 되면 아름다워진다고 생각을 하게 된 이유는 인공적인 미에 대한 미적 가치가 인식되었기 때문이다.

---

208) 『휘청거리는 오후』, 340쪽.
209) 위의 책, 188쪽.
210) 『별들의 고향』 상권, 104쪽.

갓 씻은 얼굴이 싱싱하게 빛나고 있었다. 조그마한 손
거울로 얼굴을 비추면서 경아는 지워진 화장을 정성 들여
꾸미기 시작하였다. (중략—인용자)사나운 거리로 꿀벌처
럼 꿀을 모으기 위하여 짙은 화장과 고운 옷을 입고 껌을
씹으면서 떠나기 시작한다. (중략—인용자)화장을 끝낸 경
아의 얼굴을 요정처럼 요염하게 보이고 있었고, 아주 뻔
뻔스럽게 보이고 있었다.(『별들의 고향』 하권, 112쪽.)

그러므로 경아는 화장을 하고선 "요정처럼 요염하게 보
이"는 자신의 모습에 경탄한다. 이처럼 화장은 여성의 경우
관능적인 즉 시장성 높은 여성이 되고자 하는 열망의 표현인
것이다. 마치 돌이 보석으로 가공되어 상품으로서의 가치를
가질 수 있듯이 피부도 치밀하게 계산되고, 빈틈없이 창조되
고, 지속적으로 관리되어야 하는 대상이 된 것이다. 지속적으
로 관리해야 자연의 상태처럼 전혀 손질하지 않은 것처럼 보
일 수 있는 것이다. 요컨대 화장은 젊음과 아름다움을 간직
하려는 욕망에 대한 자기 검열이며, 자기 노력인 것이다.

1970년대 대중소설 텍스트는 쾌감을 주는 육체는 주로 시
각의 쾌락을 불러일으키는 기표로서, 주로 남성의 시선에 의
해서 쾌감을 느끼게 된다. 여성의 육체는 남성의 시선에 의
해 남성의 성적 대상으로 포착되고 있는 것이다. 더욱이 자
연적인 미에 머물러 있지 않고 인공적인 미를 통해서라도 쾌
감을 주는 육체로 변신하고 싶고 변신할 수 있다는 믿음으로
화장품과 구두, 옷을 사느라고 쥐꼬리만한 월급의 상당액을
투자하는 여성 인물을 1970년대 대중소설 텍스트에서 자주
발견할 수 있다. 이는 여성들이 자신의 능력을 인정받고 자
신감을 가질 수 있으며, 빠르게 성공할 수 있는 길이 육체의
아름다움이라는 집단적 무의식에 자발적으로 동조하는 것이

라 할 수 있다. 그러므로 화장을 포함하여 여성의 외모 가꾸기는 스스로 남성의 쾌감의 대상이 되기 위해 상품성 있는 자아 만들기이며 자기 은폐의 수단이 된다. 또한 많은 상품을 사도록 유도하는 소비문화에 여성을 자발적으로 진입하게 하여 부단히 자기 감시의 관행을 조장하게 하는 일이라 할 수 있다.

1-2. 관능적 상상력

쾌감을 주는 여성의 육체는 자연스런 연상에 의해서 관능적 상상력을 유발시킨다. 관능성은 암시의 수단을 끊임없이 증가시키고 있으며, 순전히 상상적인 것 속으로 점차 빠져들게 한다. 그래서 타인들이 그것을 모방하게 만들고 싶어 한다.[211] 1970년대 대중소설은 관능적 상상력을 통해 성적 열망을 유발시키는 한편, 자기 외부에 있는 타인 즉, 너와 나누는 사랑의 가능성을 상상적으로 확장시키고 있다. 따라서 시각적 쾌락은 접촉에 의한 쾌락으로 자연스럽게 이동한다. 텍스트에서 접촉에 의한 쾌락은 입술과 성기 등 육체의 접촉을 통해서 유발된다. 타인과 접촉할 수 있는 육체의 부분은 주로 입술과 뺨, 성기 등의 피부이다.[212] 피부는 나와 너, 나와 세계와의 경계선이다. 따라서 바깥 세계 내지 타인과의 육체

---

211) 르네 지라르(김치수·송의경 역), 『낭만적 거짓과 소설적 진실』, 한길사, 2002. 231-233쪽.
212) 생물학적으로 피부는 털이 있는 부위를 지칭하므로 입술과 성기는 피부가 아니라 점막이다. 그러나 이 책에서는 입술과 성기가 타인과 접촉하는 대표적인 부위이기 때문에 피부로 간주한다.

의 접촉은 피부의 접촉으로 인한 감각이 중심이 된다. 피부의 접촉에 의한 감각이란 주로 촉각을 의미한다.

최인호의 『별들의 고향』은 감각 특히 촉각을 자극하는 언어를 동원하여, 관능적 상상 속에 빠져들게 한다. 아이같이 천진난만한 성격에 아름다운 육체를 가진 여성인 경아의 키스 장면은 입술과 가슴의 접촉을 통해 관능적 상상력을 자극하고 있다. 키스는 타인의 생식기를 촉각으로 먼저 접하는 행위로서 남녀 간의 호흡을 공유하고 굳게 닫힌 성을 개방하게 하는 성행위의 전단계이다.[213]

> 그 최초의 키스하던 날 밤 하늘의 별이 온통 깨어져 입 안으로 빨려 들어오던 신선한 키스가 후에는 영석의 입술이 끈적끈적 경아의 입안으로 버릇없이 넘나드는 집요하고 속셈 검은 키스로 변하고 말았다.
> 그리고 키스할 때마다 영석의 손은 능숙하게도 경아의 화재를 알리는 비상벨처럼 작고 예민한 젖가슴을 향해 달려들었고, 점점 노골적으로 경아의 맨살을 낱낱 털어 내리는 탈곡기처럼 세차게, 혹은 부드럽게 비벼대기 시작했던 것이다.(『별들의 고향』 상권, 106쪽.)

위 인용문에서 경아와 영석의 키스 장면에서 입술의 접촉과 여성의 육체를 더듬는 남성의 손길에 의한 접촉이 또한 세밀하게 묘사되고 있다. 이렇게 세밀하게 묘사하고 있는 타인과 접촉하는 부위인 입술과 가슴은 관능을 지시하는 육체의 일부분이다. 이러한 부위의 상세한

---

213) 키스는 관능의 절정이며 달콤하게 일구는 낭만, 정신의 무한한 팽창이라고 할 수 있다.(Diane Ackerman(임혜련 역), 『열린 감각』, 인폴리오, 1995. 80-81쪽.)

촉각 묘사의 자극성이 지나칠 경우 도리어 관능적 상상력을 위축시킬 수 있다. 그러므로 소설은 이러한 외설로 비춰질 수 있는 성적 자극을 중화시키기 위하여 주인공의 성격을 병치한다. 어린아이와 같이 천진스런 여성 주인공의 성격 때문에 관능적 자극이 중화되고 용인되도록 유도한다.

박범신의 『풀잎처럼 눕다』의 여주인공은 도시의 황폐함을 치유할 수 있는 순수하고 신성한 내면의 소유자이다. 그러므로 최인호의 『별들의 고향』보다 성행위는 촉각에 의한 관능적 쾌락을 더 자극하지만 주인공의 신성한 성격에 의해서 그 자극성은 중화된다.

> 눈바람소리도, 기적소리도 더 이상 도엽에겐 들리지 않았다. 그녀야말로 수많은, 빛나는 소리, 빛나는 색깔, 빛나는 언어를 육체라는 그녀의 땅에 모아 갖고 있었다. 짧은 듯하면서도 길고, 살찌지 않았으나 토실토실했으며, 또한 본능적인 두려움으로 굳어 있으면서도 그녀의 피부는 금방 깎은 생밤이었다.
> 팔은 팔대로 다리는 다리대로 가슴은 또 가슴대로 도엽은 그녀의 육체를 열고자 최선을 다했다. 그녀는 처음부터 마음의 빗장을 풀고 있었지만 육체의 빗장은 풀지 않고 있었다. 육체는 마음보다 느리게 움직였다. 왜냐하면 그녀의 육체는 스물세 해 동안 한번도 열려 본 적이 없는 미지의 땅이었으니까. 그걸 알고 있었으므로 도엽은 서툰 장인(匠人)처럼 서두르지는 않았다. 그는 끈기 있게 그녀의 육체를 구워냈고 이윽고 그 육체를 자신의 살 속으로 집어넣었다.(『풀잎처럼 눕다』 하권, 111-2쪽.)

인용문은 은지와 도엽이 처음 성행위를 하는 장면으로, 피부를 통해서 모든 감각이 외부로부터 내부로 전달되고 있는 것을 느낄 수 있다.214) 폐쇄되어있던 육체가 성교를 통해서 열려지는 육체로 변화되고 있는 것이다.『별들의 고향』에서 관능적 사랑의 묘사가 감각적으로 다루어진 반면에, 이 소설은 그것을 적나라하고 세밀하게 노출하고 있으나 여주인공의 성처녀와 같은 내면을 소유했다는 이유로 그것이 주는 자극은 중화된다. 또한 도엽과 은지의 성행위는 둘의 친밀한 관계를 확인하고 그 관계를 지속하게 하는 힘을 제공한다는 측면에서 이해할 때, 이러한 상세한 성행위의 묘사는 단순히 장식적인 차원이 아니라 의미 있는 서술행위이라 할 수 있다. 산업사회의 주변부에서 소외 받고 상처받은 도엽에게 은지와의 성행위는 은지를 삶을 지탱하게 하는 특별한 존재 곧 절대자로 인식하는 계기가 된다. 그에게 은지는 "무릎 관절에 성감 (性感)의 소중한 맥(脈)을 감춰 가진 여자" 215), 관능적인 여자이기도 하지만, "황야에 등불" 216)처럼 자신의 삶에 희망을 갖게 해주는 성처녀와 같은 여자이기도 한 것이다. 가부장적 이데올로기의 관점에서 보면 그녀는 순결성과 모성성, 그리고 관능미마저 구비한 가장 완벽한 여성인 셈이다.

성행위 묘사가 말초적인 감각을 직접적으로 자극하지 않고 다음의 인용문처럼 비유적인 묘사를 통해 감각을 자극할 경우 더 관능적 상상 속에 몰입하게 하는 효과를 발생시킨다.

---

214) Andrea Dworkin(홍영의 역),『여자는 무엇으로 사는가: 페미니스트가 말하는 여자』, 문학관, 1990. 41쪽.
215)『풀잎처럼 눕다』 하권, 280쪽.
216) 위의 책, 257쪽.

　　월광(月光)은 넘실대는 파도와 단숨에 교접(交接)하지
못하고 잠깐 그 기슭에서 미끄럼을 탔다. 바다는 부풀어
오를 대로 올라서 이제 만조(滿潮)가 시간문제인 것처럼
보였다.
　　도엽의 전신이 서서히, 그러나 점점 **빠르게** 바다 한가
운데로 밀려 나갔다. 그리고 한 순간, 그는 음울한 달빛
이 물결과 완전히 교접하며 환히 빛나는 것을 보았다.
　　만조였다.
　　몸 전체가 해파리처럼 납작하게 내려앉는 것 같았다.
　　쏴, 쑤와아······.
　　모래 언덕을 핥고 **빠져** 나가는 바닷소리가 들려왔다.
　　한번 **빠져** 나가기 시작하자 썰물은 금방이었다. 달빛
은 어느새 우연하게 수면을 쓸어 덮고 모래밭은 포그락
포그락, 최후의 물방울까지 흡수해 들였다.(『풀잎처럼
눕다』 하권, 280-1쪽.)

　　도엽과 은지의 성행위 장면은 바다의 간조처럼 대지를 끌
어안은 성스러운 행위로 묘사되고 있다. 비록 육체와의 접촉
을 직접적으로 서술하고 있지는 않지만, 육체와 접촉을 인식
할 수 있는 서술이고 촉각을 간접적으로 자극하여 관능적 상
상력은 더욱 고양시키고 있다. 한편 성행위를 성스러운 제의
처럼 묘사함으로써 도엽과 은지의 성행위를 부도덕한 행위로
인식되는 것을 차단하고 있다. 그래서 둘의 결합을 자연스러
운 사랑의 행위이며 합법적인 행위로 인식하게 하면서, 둘이
느끼는 성적인 즐거움과 관능적 만족에 공감하게 한다.
　　한편 도전적 이념과 관능미가 결합된 경우를 『겨울여자』
에서 발견할 수 있다. 주인공 이화는 가족 이데올로기에 저
항하는 의미에서 베풂의 사랑을 실천하는 것이기 때문에,
"갈증에 목이 탄 사람"에게 온몸을 던져 "한 방울의 수

원"까지 스승 허민에게 나눠주려고 노력한다. 피부의 접촉을 통해 타인의 내면과 접촉하기 위해서 온 몸을 던져 노력하고 있는 것이다.[217] 이 소설은 피부의 접촉을 통해 관능적 상상력을 유발하고 말초적인 감각을 자극하지만 사회적 관습을 깨기 위한 경건한 의식처럼 묘사함으로써 그 자극을 중화시킨다. 따라서 편안한 마음으로 자유롭게 관능적 상상력에 빠져들게 한다.

이화와 달리 한수산의 『달이 뜨면 가리라』에서 성희는 사회적 규범과 가치에 순응하여 살아가려는 '바른 생활'을 고집하는 여성이다. 그래서 평소에 노동자였다가 창녀로 전락한 여성이나 남성과 자고 다니는 여성 노동자에 대해서 냉정한 태도를 보인다. 그들의 행위는 사회적 규범이나 가치로 수용할 수 없는 타락한 여성의 행위이기 때문이다. 그러나 정작 그녀는 대학생이라고 자처하는 가난한 청년(민재)과 성행위를 하는 모순 된 행동을 취한다.

> 무엇 하나 가려지거나 숨겨진 것 없이 낱낱이 드러나면서 그녀의 몸은 하얗게 타오르고 있었다. 숨소리와 숨소리가 섞여 갔고, 한 남자의 손이 입술이 되어 그녀의 살을 핥아 갔고, 한낮에 뜨거워진 바다에서 불어오는 저녁 해풍 같은 열기가 그녀의 숨구멍마다에 피어올라 작은 솜털 하나까지 떨게 했고, 겨드랑이에서는 어둠보다도 더 짙게 어두운 털들이 순하디 순하게 쓰러지며 꿈없는 잠이 들 듯 땀에 젖어 갔으며, 조금씩 벌어지는 입술 사이에서 흰 치아는 긴 침묵을 깨며 열리기 시작해서 피빛의 혀를…… 달디 단 침 속에서 몸을 뒤치고 있은 혀를 가만히 어둠 속에서 드러내주고 있었다.

---

217) 『겨울여자』 하권, 324쪽.

　　　그리고……　한　아픔이　찾아왔다.　그러나　그것은　아픔
　이기보다는　어떤　탄생에　가까운　고통이었다.(『달이　뜨
　면　가리라』,　284-5쪽.)

　　평소에　‘바른　생활’을　강조하는　성희가　“무엇　하나　가려
지거나　숨겨진　것　없이”　알몸의　상태가　된다는　것　자체가　자
극적이다.　더욱이　그녀의　육체는　“숨구멍마다에　피어올라　작
은　솜털　하나까지”　떨어댄다.　육체의　움직임과　타인과의　육
체　접촉,　즉　성행위를　하는　장면이　상세하게　묘사됨으로써,
말초적　감각을　직접적으로　자극한다.　그러나　이　소설　역시
성희가　평소　사회적　규범에　어긋난　행동을　통제하는　바른　여
자였기에　그녀의　성행위가　주는　자극성은　중화된다.
　　이와　같이　1970년대　대중소설　텍스트에서　육체의　접촉을
통한　타인과의　접촉은　관능적　상상력을　유발하고　있다.　또한
주인공의　이념적　지향이나　계급적　차이와는　무관하게　대담하
면서도　상세하게　묘사하고　있다.　이러한　관능적　상상력에　초
점을　맞춘　상세한　묘사는　말초적인　감각을　자극하지만,　주인
공의　성격이나　신념에　의해서　그　자극은　상쇄된다.　여주인공
은　한결같이　아이처럼　천진스럽고　순수하고　정숙하거나　사회
에　대한　도전적　신념을　갖고　있기에　관능적　상상력은　중화되
는　것이다.　또한　말초적인　감각을　자극하는　묘사는　한　소설
텍스트　안에서　자주　반복　서술되거나　다른　텍스트로　답습되
는　경향이　있어서　여러　텍스트를　오가는　사이에　자극적인　내
용이나　묘사가　주는　자극성은　점차　중화된다.

1-3. 보는 자와 보이는 자

미적 쾌감을 자극하며 관능적 상상력을 확장시켜주는 여성의 육체는 '보는 자'와 '보이는 자' 모두에게 이상적인 육체로 매혹의 대상이 된다. 이때 여성의 육체를 '보는 자'는 대부분이 남성이고, '보이는 자'는 대부분이 여성이다. 심지어 여성의 시선에도 여성은 남성의 성적 욕망의 대상, 감상의 대상이라는 남성의 시선이 내면화되어 있다.218) 남성은 시선을 조직하고 지배하는 권력의 담지자이다. 따라서 여성 스스로 자신의 육체를 통해 쾌락을 느끼거나 도취된다고 하더라도, 그것은 자기를 대상화하는 것으로써 남성의 성적 욕망의 자극제로서 표출하는 매력을 확인하는 것에 불과하다. 심지어 여성은 남성에게 보이기 위해 육체를 과시하여 남성의 욕망에 따라 움직이고 의미를 생산한다.

다시 말해 가부장적 이데올로기가 확고한 사회에서 여성의 육체가 대상화된다는 의미는 곧 여성 자신의 고유한 육체를 공적 영역에서 타자인 여성에 의해 삼상하는 것이 아니라, 공적 영역의 주체인 남성의 입장에서 경험한다는 의미가 된다. 게다가 산업사회에서 여성의 육체는 자본주의 생산과 소비체계에 흡수되면서 상품의 형식을 띠게 되고, 가부장적 이데올로기가 결합되면서 남성의 시선을 생산·재생산하는 대상이 된다.

---

218) 시선은 시각과 동일한 의미는 아니다. 시각이 단지 보는 감각에 한정되어 대상을 지각하는 작용이라면 시선은 시각이 중심이 되지만 다른 감각(청각, 후각, 미각, 촉각 등)도 동원하여 대상을 지각하고 인식하는 작용을 의미한다.(리차드 M. 자너, 앞의 책, 390쪽.)

로라 멀비는 산업사회에서 두 가지 모순 되는 형태가 시각적 쾌락을 만든다고 했다. 남성의 절시증[219]과 여성의 나르시시즘[220]이 그것인데, 남성의 시선은 '보는 자'의 즐거움, 즉 절시증(scopophilia)에 해당하며 자신의 욕망의 대상으로 여성을 대상화한다. 반면에 여성은 자신의 육체를 보는/보이는 즐거움, 일종의 나르시시즘(nar- cissism)에 빠져 도리어 자신을 남성의 대상으로 통제한다.[221] 따라서 여성은 자신의 육체에 가해지는 보는/'보이는 자'의 시선이나 통제하는/통제받는 시선을 통해 자신의 경험을 축적하고 자신을 인식한다. 육체를 통해 세계와 접촉하게 되므로 여성은 육체를 매개로 하여 타인과 세계와 관계를 맺게 된다.[222]

---

219) 프로이트의 정신분석학에서 절시증은 관음증 내지 관찰 망상증으로도 불리는 것으로 자신을 드러내지 않고 타인을 훔쳐봄으로써 성적 쾌감을 느끼는 이상 심리를 말한다.(지그문트 프로이트(임홍빈 외역), 『정신분석 강의(하)』, 열린 책들, 2002. 605쪽.)

220) 프로이트에 의하면 나르시시즘은 성 도착증의 일종으로 분리하면서, 성장한 개인이 자신의 몸에 대해서 가능한 한 모든 섬세한 방법을 동원해서 배려하는 이상 심리이다.(위의 책, 588쪽.)

221) 존 스토리(박모 역), 『문화연구와 문화이론』, 현실문화연구, 1999. 192쪽.

222) 절시증과 나르시시즘은 쾌락의 심리이다. 그런데 호르크하이머와 아도르노는 쾌락을 단순한 심리적 차원으로 보지 않고, 그것이 소외로부터 나온 것이며, 이데올로기의 작용이라고 보았다. 즉 쾌락은 자기가 범한 것이 무엇인지 모를 때조차 문명으로부터, 즉 확고한 질서로부터 나온 것으로, 이 질서로부터 빠져 나와 자연으로 돌아가기를 갈망한다. 바로 이 자연에 쾌락이 접근하는 것을 문명의 확고한 질서는 막으려 한다. 노동의 강압으로부터, 특정한 사회기능에의 속박, 그리고 궁극적으로는 자아에의 속박으로부터, 인간의 꿈의 지배 없고 훈육 없는

『별들의 고향』의 경아는 아버지의 죽음, 대학 포기 등 인생의 시련을 겪으면서 자신의 육체에 대해 나르시시즘에 빠진다. 경아처럼 내세울 집안이나 학력이 저급한 하층 여성에게 육체의 아름다움은 경제적 능력을 획득할 마지막 자산이므로 그녀와 같은 여성이 나르시시즘에 빠지는 이유는 삶의 원동력과 현실의 고통을 이겨내는 힘을 얻고자 하는 욕망 때문이다. 그러므로 경아는 나르시시즘을 통해 자신의 육체가 남성의 성적 대상으로써 교환가치를 지니고 있으며, 사회적 지위와 물질적 풍요를 보장해 주는 유일한 도구라는 점을 발견한다. 이러한 발견 이후 경아의 육체는 더 이상 생산에 투여되는 노동력으로서 가치를 지닌 것이 아니라, 삶의 목표 그 자체가 되고, 남성의 성적 대상물로서 타자성을 능동적으로 수용한다.

남성의 타자로 적극적으로 반응하는 듯하지만 내면에는 나르시시즘을 통해 현실로부터 도피하고자 하는 심리가 깔려있다. 나르시시즘에 도취됨으로써, 그녀는 가난한 현실의 고통과 남성에게 버림 빋은 고통으로부터 쉽게 벗어나기 때문이

과거의 선사시대로 돌아가려고 할 때 인간은 쾌락의 마술을 느끼는 것이다. 반면에 지배자들은 쾌락을 합리적인 것으로서, 즉 완전히는 제압되지 못한 자연에 바치는 공물로서, 용인한다. 그들은 스스로를 위해 쾌락의 독성을 제거하며 동시에 좀 더 발달된 문화 형태 속에서 쾌락을 보존하기 위해 쾌락을 추구하는 것이다. 그럼으로써 쾌락으로부터 완전히 빠져 나올 수 없는 피지배자들에게 약간의 자유를 제공하는 것이다. 결과적으로 쾌락은 지배자에게는 조종의 대상이 되지만 피지배자에게는 그들을 조종하는 문화산업이 된다.(M. Horkheimer und TH. W. Adorno(김유동 외역), 『계몽의 변증법』, 문예출판사, 1995. 151-152쪽.)

다. 인성이나 경우에 따라서 차이가 있겠지만, 당장은 벗어날 수 없을 것 같은 현실의 중압도 시간에 의해서 자연스럽게 망각되고 그 현실적 중압으로부터 벗어나게 마련이다. 그러나 경아는 심리적인 요인에 의해서 시간을 조작하고자 하는 것이다. 그래서 현실적 중압을 망각하고자 하는 심리가 나르시시즘을 통해서 발현된다.

> 자신이 보아도 눈부시게 아름다운 여인이 그곳에 서 있었다. 고운 빛깔의 손수건이 맑은 물속에서 더욱 투명해지듯, 지는 햇빛 속에서 풀잎들이 오히려 더욱 빛나오고 타오르듯 경아의 온 몸은 한결 돋보여 수면을 향해 튀어 오르는 비늘 돋친 물고기처럼 팽팽한 생동감으로 넘쳐오고 있었다. 그녀는 참으로 오랫동안 잊어버렸던 자신의 아름다움에 대해 마치 다른 사람을 보듯 감탄하고 있었다.(『별들의 고향』 상권, 195쪽.)

위 인용문은 경아가 강영석으로부터 버림 받은 고통으로부터 벗어나 홀아비인 이만준과 맞선을 보기 위해 집을 나서기 전에, 자신의 모습을 거울을 통해 바라보는 장면이다. 경아가 거울을 통해 자신의 육체를 바라보고선 "자신이 보아도" 아름답다고 느낀다. 그녀가 이미 익숙하게 보아왔던 자신의 육체를 한번도 본 적이 없는 것처럼 새롭게 바라보는 이유는 다른 자아로 변화되고 싶다는 내면적 욕망 때문이다. 그러므로 "다른 사람을 보듯" 거울 속의 자신을 타인의 시선을 의식하며 보고 감탄한다. 경아는 자신의 아름다움을 객관화하기 위해 경아 자신의 시선과 다른 사람의 시선을 무의식적으로 교차하고 있는 것이다. 그러나 남성을 의식한 여성의 육체에 대한 경아의 시선은 결코 주체적인 시선이라 할 수 없다. 실제로 경아의 육체를 서술하고 보는 사람은 은폐된 남성이다. 그녀가 자신의 육체적 아름다움에 대해 예찬하지만, 실은 그 예찬은 남성의 성적 대상 즉 교환가치에 대한 예찬인 것이다. 그런 관점에서 보면, 거울은 경아 자신이 남성의 대상화가 되는 것을 묵인하게 하는 매개체이며, 도리어 그런 대상화가 된 육체를 과시하도록 하는 도구이다. 그러므로 경아가 자신의 육체에 대해서 쾌감을 느끼는 것은 스스로는 인식하지 못하지만 자신의 육체를 타인에게 '보이는 자'로서의 쾌감인 것이다.

> 새로운 사람에게 사랑을 느껴서 과거를 잊는다는 것은 경아가 새로운 '처녀의 방'으로 들어서고 있다는 것을 의미한다.
> 왜냐하면 여자의 처녀성은 얼마든지 재생되는 것이니까. 여자는 자기가 사랑한다고 느끼는 바로 그 순간부터 처녀로서 부활하니까.(『별들의 고향』 상권, 222쪽.)

이상적인 육체를 소유했다고 스스로 판단한 경아는 다시 자신이 "처녀로서 부활"할 수 있다고 자기 최면을 건다. 그것은 한편으로 여성은 남성에게 이상적인 육체로 보이기 위해서는 순결성을 지녀야한다는 사회적 통념에 대한 순응적 표현이며, 다른 한편으로는 순결성을 회복할 수 있다는 적극적인 조작 심리의 표현이며 개인적 행복과 경제적 지위를 확보하고 싶다는 욕망의 우회적 표현인 것이다. 그러므로 그녀는 자신의 가치에 자신감을 갖게 되어, 내면적 가치보다 아름다운 외양에서 여성적 매력을 찾는 듯한 중년의 홀아비 이만준과 자신 있게 결혼을 할 수 있었던 것이다. 즉 경아는 자기 최면을 통해, 자신의 육체적 아름다움이 순결 상실을 상쇄할 만큼 가치가 있다고 판단했기 때문이다.

순진한 경아는 육체의 아름다움과 젊음 외에 순결성마저 소유하고자 한 이만준의 욕심 많은 속내를 제대로 파악하지 못했던 것이다. 실제로 '보는 자' 이만준에 의해서 '보이는 자'는 판단되기 때문에 '보이는 자' 경아의 주관적 판단은 무의미한 것이다. '보는 자' 이만준은 '보이는 자' 경아의 주인이기 때문에 '보는 자'가 독단적이고 변덕스러울지라도 그의 판단에 따라 '보이는 자'의 인생은 뒤집혀질 수 있었던 것이다. 아름다움은 '보는 자'의 권력이라는 입장에서 재인식할 수 있기 때문이다. 본다는 것은 단순히 물리적이고 시각적인 것이 아니라 대상에 대한 '보는 자'의 인식, 관념이 개입되는 것이다.

'보는 자' 이만준의 결정에 의해서 순결성을 문제시되고 그로 인해 이혼을 당한 후, 가진 것이라고는 몸밖에 없는 경아는 술집을 전전하다가 화가인 김문오를 만난다. 순결성과 모성성을 모두 상실한 경아였지만, 미적 감식안을 가지고 있는 문오에게는 그녀는 여전히 의미 있는 존재 즉 아름다운 육체의 소유자로 인식된다.

> 여자의 몸은 남자에 의해서 길들여지는 것으로 믿고 있는 나는 몸을 파는 여자에게서 언뜻 느끼곤 하는 그런 메슥하고 때 묻은 냄새는 아니지만 무언가 조금 무너져 있는 흔적. 표피를 벗긴 과일이 공기에 의해 착색되는 듯한 흔적, 그러나 차라리 그런 흔적으로 더욱 풍요로운 점액질과 같은 육체를 경아에게서 보고 있었다.
> 집요한 남자들의 손으로 각(角)이 드디어는 부드럽게 마멸된 것처럼 그녀의 어깨는 춤추듯 흘러내리고 있다. 피부는 잘 빚어진 자기의 표면처럼 아른거린다.(『별들

의 고향』 하권, 106쪽.)

　'보는 자' 문오의 눈에 '보이는 자' 경아는 "부드럽게 마멸된" 듯한 육체를 지닌 즉 성적 쾌락을 유발하는 관능미를 지닌 의미 있는 존재였던 것이다. 게다가 다른 창녀처럼 "메슥하고 때 묻은 냄새"를 풍기지 않지만 지속적인 책임을 지지 않을 만큼의 "조금 무너져 있는 흔적"이 있으므로, 문화자본 외에는 경아처럼 가진 것 없는 문오는 경아와 선뜻 동거를 시작한다. 이렇듯 '보는 자'의 시선에 따라서 '보이는 자' 여성의 육체는 존재의 의미가 달라지는 것이다.

　경아가 환경에 내몰려서 수동적으로 자신의 육체를 교환가치로 활용하였다면, 보다 적극적으로 육체도 교환가치임을 인식하고 그에 따라 자신의 육체를 물질과 교환하려고 하는 허영심에 가득 찬 여성 초희가 박완서의 소설 『휘청거리는 오후』에 등장한다. 이 소설에서는 산업사회에서 대부분의 사람들은 사용가치를 추구하는 것이 아니라 교환가치를 추구함으로써 가짜 가치의 지배를 받는다는 사실을 결혼과 관련된 사건을 통해서 적나라에게 묘파하고 있다. 즉 『별들의 고향』의 경아가 생존 욕구 때문에 자신의 육체를 이용하였다면, 초희는 허영심의 충족 때문에 교환가치에 자신의 육체를 이용했다고 볼 수 있다.

　　　초희는 아름답고 편안한 주택과 고가한 보석과, 더 고가한 보석을 살 수 있는 돈을 주는 공회장의 애무에 어떻게 반응해야 된다는 걸 알고 있다.
　　　그녀는 남자들 사이에 특히 공회장같이 여자에 대해도 도통하고 있는 것으로 믿고 있는 정력적인 남자들 사

이에 떠도는 여자에 대한, 아니 여체(女體)에 대한 소문
에 대해 알 만큼 알고 있었으므로 그 소문대로만 반응하
면 되었다. 그 소문은 모든 소문이 그렇듯이 아주 근거
없는 것도 아니면서도 진실과는 동떨어지는 것이었지만
그대로 충실히 반응해 줌으로써 공회장으로 하여금 자기
의 정력과 정력제의 효험에 대한 한층 두터운 자신을 갖
게 해줄 수 있다는 걸 초희는 알고 있었다.(『휘청거리
는 오후』, 450쪽.)

이와 같이 초희는 허영심 때문에 사랑 대신에 물질적 안정
을 욕망하고, 그것을 적극적으로 획득한다. 물질적 안정이 자
신의 육체와 교환되는 것이라는 사실을 충분히 인지하고 있
었던 것이다. 따라서 그녀는 자신의 육체에 대해서 '보이는
자'의 시선으로 관찰하는 동시에 의식적으로 '보는 자'의
시선으로도 관찰한다. '보이는 자' 여성은 남성의 시선을 의
식하여 자기를 남성의 대상으로 삼고, 자기 연출에 노력한다.
따라서 초희는 "아름답고 편안한 주택과 고가한 보석과, 더
고가한 보석을 살 수 있는 돈을 주는 공회장"에게 "정력적
인 남자들 사이에 떠도는 여자"처럼 반응한다.

그녀 역시 『별들의 고향』의 경아처럼 자신의 육체를 보고
자기도취적 쾌락에 빠지지만 그것은 시장성 높은 자아 만들
기이며 신데렐라적 환상을 성취하려는 노력의 일환이다. 그
러나 초희는 경아와 달리 자신의 시선 안에 남성의 시선을
의식하고 있으며, 남성의 시선을 즐기고 남성을 유혹하는 공
모 관계에 있다. 이것은 초희 스스로 가부장적 이데올로기에
종속되어 주체적인 시선이나 육체적 경험 내지 욕구를 통제
하고, 자신을 남성의 성적 욕망의 대상 또는 감상의 대상으
로 취급하는 것이다. 이는 남성에 종속되고 대상화되는 것을

초희 자발적으로 동의하는 것이다. 초희처럼 『죽음보다 깊은 잠』의 다희도 남성의 대상화에 자발적으로 동의 동조하는 인물이다.

전통적인 가치관에 따르자면, 성적 욕구나 성적 억압의 주체는 언제나 남성이었다. 여성은 성적 욕구에 있어서 타자로서 존재해왔다. 남성은 여성의 육체를 관람하는 주체이고, 여성은 자신의 육체를 관람하게 하는 대상에 불과했던 것이다. 산업사회가 되면서 더 문제적인 것은 초희나 다희처럼 여성 스스로 자신을 상품화하는데 자발적으로 나서게 된다는 점이다. 즉 관능적인 매력을 더 강화하기 위해 자신의 육체를 신비화하고, 자신의 육체를 통해 타인과 차별성을 내세우고 경쟁한다. 여성의 육체가 주는 여성에 대한 환상과 성적 상상력은 남성들의 감성을 자극하는 한편, 여성들에게 그런 남성들의 시선을 의식하게 하고 더 가꾸도록 유도한다.

이처럼 1970년대 대중소설 텍스트에서 시선의 대상으로서의 육체는 남성의 육체와 여성의 육체를 모두 포함하고 있지만 시선이 매혹 당하는 대상은 여성의 육체에 국한된다. 이는 시선이 전적으로 남성적인 특권으로 인식되는 사회적 관습의 현존 때문이다. 따라서 여성의 육체가 유발하는 아름다움을 통해 쾌감을 불러일으키는 한편, 여성의 육체와의 피부 등 육체 접촉을 상세하게 묘사함으로써 관능적 상상력을 유발시키고 있다. 하지만 이러한 여성의 육체는 남성들의 사회적이고 환상적인 구성물에 불과한 것이다. 이때 타자인 여성의 나르시시즘은 대부분 자신의 타자성을 능동적으로 수용하는 행위이며, 현실에 대한 깊이 있는 통찰을 회피하는 행위가 되고 만다. 나르시시즘에 몰입하는 타자로서의 여성은 자

신의 육체를 '보는 자'와 타인에게 '보이는 자'가 되지만,
스스로 남성의 대상화가 된다. 이는 여성의 정서와 심리 속
에 가부장적 이데올로기가 내면화되어 있기 때문이다. 그런
데 문제는 여성이 남성의 성적 대상으로 물화될 때, 여성은
자신의 육체가 지닌 구체적인 가치를 도외시하고 표면적인
가치 즉 기능적인 교환가치에 매달리게 된다는 사실이다.[223]
그래서 여성은 자신의 육체를 보는 시선을 의식하고 끊임없
이 자신의 육체를 관리한다. '보는 자'인 남성의 시선이
'보이는 자'인 여성의 육체에서 사라졌을 때, 여성은 도리
어 자기 소외에 빠지는 상황이 전개되기도 한다.

그럼에도 불구하고 여성이 자신의 육체에 대한 나르시시즘
에 빠지는 행위는 타인의 시선과 자신의 시선을 동시에 의식
하면서 여성 스스로 쾌락의 육체적 경험과 욕구를 가지는 행
위로서, 타자가 존재하는 방식이며, 타자로부터 탈출할 가능
성을 내포한 방식이라고 할 수 있다. 예컨대 남성의 시선에
공모관계에 있는 여성은 '보는 자'의 시선을 의식하지만
'보는 자'의 관점에 일방적으로 지배당하지 않는다. 즉
『별들의 고향』의 경아는 '보는 자'의 관점이 변화되었을
때 쉽게 버림을 당하지만 '보는 자'의 시선을 의식하고 그
시선과 공모 관계에 있었던 『휘청거리는 오후』의 초희는
'보는 자'와 공모 관계에 의해 결혼을 했던 자신의 행동을
반성하고 주체적으로 이혼을 결심하고 이혼 후의 삶을 설계
하려고 한다는 사실이다.

---

223) 장 보드리야르, 앞의 책, 196쪽.

2. 훼손된 육체

이상화된 육체는 훼손된 육체가 주는 혐오감과 대비되면서, 그것의 고결함과 미적 쾌감이 더 돋보이게 된다. 남성이 여성의 관능적 육체를 찬미하고 그 육체를 소유하게 되면 관능성은 훼손되지 않고 지속되지만 순결성은 당연히 훼손된다. 그런데 가부장적 이데올로기와 자본주의 체제가 결합된 사회에서는 남성에 의해 순결성을 훼손한 여성은 또한 남성에 의해 통제되는 모순적 상황에 처하게 된다. 다만 여성이 순결성을 훼손했더라도 관능적 육체를 지속적으로 보존할 수 있도록 끊임없이 관리하거나 재생산의 기능을 수행하는 모성성을 지니게 되면, 이 모순적 상황에서 벗어날 수 있다. 모성성이 순결성을 대체함으로써 여성의 존재 가치는 지속되고 순결성의 훼손으로 인해 부여될 수 있는 사회적 지탄을 모면하게 된다. 그렇지 못할 경우 창녀와 같은 통제되는 존재로 전락하게 된다. 그러므로 1970년대 대중소설에서 순결성을 훼손한 육체, 즉 남성에 의해서 훼손된 육체는 혐오감을 주는 육체, 불모성, 통제하는 시선과 통제 받는 시선 등의 기표로 지시된다.[224)]

---

224) 훼손된 육체에 대한 담론 역시 성을 억제하려는 담론이 아니라 성에 대해 말하기 위한 담론이라 할 수 있다. 푸코는 이러한 언어활동을 "성에 대해 말하기 위해, 그것에 대해 말하게 하기 위해, 그것이 스스로에 대해 말하리라는 약속을 받기 위해, 그것에 대해 말해지는 것을 듣고 기록하고 베껴 쓰고 재분배하기 위해 사람들이 발명한 도구들의 다양성"이라고 규정했다.(미셸 푸코, 앞의 책, 52쪽.)

2-1. 혐오감을 주는 육체

급속한 산업화로 인해 가족 구조가 변화됨에 따라, 가족과 이탈된 삶을 살아가는 또는 그럴 수밖에 없는 여성이 확대된다. 그들 중 일부는 자신의 의도와 무관하게 육체를 훼손당하기도 하고, 자발적으로 육체를 훼손하기도 한다. 훼손된 여성의 육체 즉 순결을 잃은 여성의 육체 특히 창녀의 육체는 훼손된 육체의 상징물처럼 되고 극단적인 혐오의 대상이 된다. 이러한 여성의 육체에 대한 극단적인 감정의 대립은 여성의 육체를 통해 사회적·문화적 통제를 수행하고 있음을 알려주는 것이다.

1970년대 평범한 여성이 창녀로 전락하는 과정을 사실적이면서도 비극적으로 형상화하고 있는 소설 작품이 바로 조선작의 「영자의 전성시대」이다. 이 소설의 주인공 영자는 "가난한 시골 농삿집"에서 태어나서, "오로지 배불리 먹어보기 위해서" 225) 서울로 올라왔다가 창녀로 전락한다.

> 식모살이를 네 군데나 옮겨 다니며 살았지만 모두가
> 그 모양이었노라고 말했다. 대학생들을 하숙치는 집에도
> 좀 살아봤는데, 배웠다는 사람들이 이건 뭐 더 악마구리
> 떼 같았노라고 말했다. 그래서 식모살이를 그만 둔 것이
> 라고 말했다. 다 팔자 소관이겠지만, 기왕 이렇게 알몸뚱
> 이로 벌어먹어야 할 줄 진작에 알았더라면 곧바로 이리
> (창녀촌―인용자)로 찾아왔지 미쳤다고 여차장은 뛰어들
> 었느냐고 아주 탄식어린 어조로 말했다. 여차장을 하다
> 가 만원 버스에서 떨어져 마침 달려든 삼륜차 앞바퀴에
> 팔 한 짝을 바쳤노라고,(「영자의 전성시대」, 66쪽.)

225) 「영자의 전성시대」, 66쪽.

위 인용문을 보면 영자의 창녀로의 전락 과정이 짤막하게
서술되어 있다. 작가는 일부러 영자의 전락 과정을 간략한 서
술로 표현하고 있다. 이러한 서술방식은 하층 여성의 육체적
전락을 냉혹하게 보여주는 효과를 드러낸다. 이 소설에서 가
진 것 없고 배운 것 없는 여성인 영자는 가족이나 공동체를
떠나 여러 직업－식모살이, 여차장－을 전전하면서도 꿈을 잃
지 않고, 전셋집을 얻어 사람답게 살고 싶어 하는 소박한 꿈
을 가진 평범한 여성이다. 남성의 육체적 욕구를 만족시키고
경제적 보상을 받는 직업인 창녀가 되는 것도 그러한 소박한
꿈을 실현하기 위해서이다. 그러나 그녀는 여차장 시절 한쪽
손을 잃어서 일반 남성들에게 관능적인 육체의 매력을 주지
도 못할 뿐 아니라, 순결성도 상실한 여성이다. 특히 한 팔도
없는 그녀는 남성들에게 "꿈에라도 뵐까 무서워 그 근처로는
발걸음도 얼씬 아니 할" 226) 정도의 혐오감마저 준다.

박범신의 『풀잎처럼 눕다』에서 도엽의 태도를 보면 창녀
에 대한 일반 남성의 생각을 읽을 수 있다. 즉 도엽은 그 당
시 다른 일반 남성들과 마찬가지로 가정부나 창녀에게 혐오
감을 느낄 뿐만 아니라 그들을 사물처럼 대해도 상관없는 존
재, 인간적 가치를 존중받을 자격을 상실한 존재로 치부한다.

  1) 착각하지 말렴, 정화야. 이것은 사랑이 아니다.
  소스라쳐 깨어나면서 팥알만한 유두가 손가락을 마중
나왔다. 오랜 비바람에 풍화된 무덤같이 유방이 그 아래
누워 있었다.(『풀잎처럼 눕다』 상권, 29쪽.)
  2) 너는 좋아하는 게 아니다. 단지, 넌 급하게 뜯어 맞
춘 장난감 같았어. 내가 하고자 하는 대로 넌 쉽게 부서

---

226) 위의 책, 61쪽.

졌으니까.(『풀잎처럼 눕다』 상권, 35쪽.)

　　3) 그녀(마담 윤주-인용자)의 어깨는 푸르게 반사되고
있었으나 건강하고 싱싱한 느낌은 전혀 들지 않았다. 햇
볕 아래에서는 잠시도 살아 있지 못하는 이끼라도 한 움
큼, 그 어깻죽지에 얹혀 있는 것 같았다.(『풀잎처럼 눕
다』 상권, 296쪽.)

　인용문 1)과 2)는 도엽이 형의 돈을 훔쳐 달아나기 위해서,
일부러 가정부와 정사를 하면서 가정부의 육체를 묘사하는
대목이고, 3)은 도엽이 오주호의 명령으로 윤주라는 다방 마
담과 정사하면서, 윤주의 육체에 대해서 묘사하는 대목이다.
그들의 육체는 "비바람에 풍화된 무덤" 같은 유방, "장난
감", "이끼" 낀 어깨 등으로 묘사되고 있다. 이런 육체는 살
아있는 인간의 생동하는 이미지가 아니라, 사물처럼 정체된
이미지이며 나아가 죽어있는 이미지이다. 이러한 이미지는
상대 여성에 대한 도엽의 혐오감에서 비롯된 것으로 도엽의
여성 취향을 드러낸다. 그는 가정부와 같은 하층 계층이나
윤주와 같은 창녀를 인간적 존엄성을 상실한 '사물' 같은 여
성, 그래서 거부해야 할 여성 내지 타락한 여성으로 무의식
중에 규정하고 있는 것이다. 그런 여성은 도엽에게는 성적
유희의 대상이지 친밀감을 소통하고 싶은 대상이 아닌 것이
다. 훼손된 여성에 대한 도엽의 태도나 시선을 『별들의 고
향』에서도 쉽게 발견할 수 있다.

　　경아다. 경아가 저기 앉아 있다 하는 확신을 가졌을
때 나(문오-인용자)는 첫눈에도 너무 변해버린 그녀의
모습에서 얼핏 그냥 술집을 나가버려야 할 것 같은 느낌
을 받았던 것이다.

　　경아는 한 마디로 미워지고 추해져 있었다. 도저히 예
전의 그 경아라고 생각이 들지는 않았다. 얼굴과 몸에는
불필요한 살들이 붙어 있었고, 얼굴의 화장은 짙기만 할
뿐 군데군데 도금이 벗겨진 낡은 철제 그릇처럼 그녀의
얼굴은 화장과 땀으로 뒤범벅되어 있었다.(『별들의 고
향』 하권, 282쪽.)

　위 인용문에서 『별들의 고향』의 주인공 경아는 세상 남성
들에게 버림받고 "낡은 철제 그릇처럼" 추하게 묘사되어 있
다. 소설의 후반부에서 귀향해서 도리어 사회적으로 성공한
김문오는 다시 서울로 되돌아온다. 다시 돌아와 한때는 사랑
했지만 자신이 버린 경아를 술집에서 우연히 만나게 되는데,
자신과 헤어진 후 망가진 경아를 보고 "첫눈에도 너무 변해
버린 그녀의 모습"을 보느니 차라리 "술집을 나가버려야 할
것 같은 느낌"이 들 정도라고 표현한다.
　이렇듯 훼손된 육체를 가진 여성에게 혐오감을 갖는 이유
는 훼손된 육체의 소유자인 여성은 더 이상 남성이 보호해야
할 존재나 배려해야 할 존재가 아니기 때문이다. 그러므로
훼손된 육체를 가진 여성은 『별들의 고향』의 경아처럼 *스스*
로 삶을 포기하거나 다음 인용문처럼 악다구니로 생을 버텨
나가야 한다.

　　『아니 왜 그러니, 영자야. 이 말뼉다귀 같은 새끼가 뭘
어떻게 했어?』
　　『처먹고는 그냥 달아나려잖아.』
　　영자가 식식거리며 말했다. 춘자는 사내 앞으로 돌진하
여 삿대질을 하며 말했다. 『처먹고 그냥 달아나? 그리고
도 뻔뻔스럽게 약한 여자를 쳤어. 여기가 어딘 줄이나
알아?』

『어디긴 어디야. 오팔팔이지.』구경꾼들 틈에서 어떤
되바라진 창녀의 목소리가 말했다.
『맞다 맞아. 창녀들의 창녀들에 의한 창녀들을 위한 오
팔팔공화국 아니가.』(「영자의 전성시대」, 68쪽.)

위 인용문은 「영자의 전성시대」의 부분으로, 영자와 다
른 창녀들이 영자가 외팔이라고 화대를 내지 않고 도망가려
는 남성을 붙잡고 닦아세우는 대목이다. 이 대목은 순결한
여성이 남성의 보호나 배려의 대상이 되어 남성의 힘에 의존
해서 살아가는 반면, 순결하지 못한 여성은 자신의 힘으로
현실의 역경을 헤쳐 나가야 하는 현실을 보여준다.

훼손된 육체의 이미지에 대해 혐오감을 갖는 근본적인 이
유는 여성의 육체를 통제하는 가부장적 이데올로기 때문이
다. 가부장적 이데올로기가 지배하는 사회에서 '순결=처녀
성 보호'는 남성의 배려의 대상인 여성이 지녀야 할 주요한
덕목이다. 그러므로 1970년대 대중소설에서 남성에게 아름다
운 여성의 육체는 찬미의 대상이 되지만 일단 순결성을 잃게
되면 혐오의 대상이 된다. 다음에 인용한 『별들의 고향』을
보면, 남녀간의 성행위는 남녀 서로 간의 합일의 감정을 확
인하는 과정이 아니라, 도리어 단절감을 확인하는 지점임을
알 수 있다. 성행위는 남녀간의 단절을 가져오며 그 단절은
수직적인 관계를 형성하게 한다. 즉 '통제하는 자' 남성과
'통제당하는 자' 여성으로 규정하게 된다. 그 결과 '통제하
는 자' 남성의 일방적인 판단에 의해서 순결성의 훼손은 혐
오라는 감정을 유발하게 된다.

1) 모든 여자에게 최초가 있듯이 모든 남자에게도 최초

가 있다. 그러나 이 최초의 행위엔 뚜렷한 표시가 없다.
　시트를 더럽히는 몇 방울의 출혈, 혹은 싸구려 창녀에
게 돈을 주고 산 모멸감뿐이다.
　그것이 그토록 조바심과 조바심, 초조심과 안간힘 속
에 행해진 정사 끝에 얻어지는 것이라면 너무도 어이없
다.(『별들의 고향』 상권, 114-5쪽.)

　2) 그녀는 언뜻 으슥으슥하고 어둡고 축축한 여관방에
서 자기를 더듬던 영석의 손과 그리하여 영석의 손끝에
모든 슬픔을 잊어버리고 달아오르던 자신의 모습을 상기
해 냈다.
　밖으로는 거리를 활보하는 발자국 소리 어지러운데
일이 끝난 뒤 망연히 천장의 무늬를 세던 자신의 모습을
생각해 내자. 경아는 자신에 대해 혀를 빼물고 싶은 혐
오감을 느꼈다.(『별들의 고향』 상권, 128쪽.)

　인용문 1)은 경아와 처음 성행위를 치루고 난 다음에 영식
이 한 독백이다. 영식은 시트에 묻어 있는 출혈을 보고, "싸
구려 창녀에게 돈을 주고 산 모멸감"을 느낀다. 인용문 2)는
경아가 영식과 처음 성행위를 하고 난 다음의 느낌을 고백한
대목이다. 경아는 "일을 끝난 뒤" "자신에 대해 혀를 빼물고
싶은 혐오감을" 느낀다. 영식과 경아의 독백에서 순결 이데올
로기가 작동하고 있음을 알 수 있다. 자의에 의해서 영석은
성행위를 했지만, 자신들도 모르게 '순결＝처녀성', '순결
잃음＝혐오감'이라는 순결 이데올로기가 작동하고 있는 것
이다. 반면에 경아는 자신의 행위가 순결 이데올로기에 의해
재단 받을지도 모른다는 두려움과 영석에 의해서 강요된 성
행위를 하였기 때문에 더 강한 혐오감을 맛보게 된다.

162

> 남성에게 있어서 여자의 편력은 어느 정도 훈장이 될
> 수 있을지도 모르지만 여성에게 있어서 과거는 그녀가
> 숨겨야 할 일급비밀인 것이다. 가사 남자가 감언이설로
> 속이려 든다고 할지라도 현명한 그대는 묵비권을 행사하
> 여야만 할 것이다.(『별들의 고향』 상권, 221쪽.)

가부장적 이데올로기에 의해서 남성은 여성의 주인이고 판
단의 주체가 된다는 사실이다. 이런 사회에서는 여성의 순결
잃음은 숨겨야 할 "일급비밀"이지만, 남성의 순결 잃음은
"훈장"이 된다. 순결을 잃은 여성은 가부장적 이데올로기
가 존속하는 사회에서는 용납되지 않는 여성이 된다. 이 소
설의 화자인 문오가 경아와 동거만 하고 결혼을 하지 않는
이유도 여기에 있다. 그는 경아가 성적 유희의 대상이기에
선뜻 동거를 하지만, 바로 그 이유 때문에 즉 순결하지 않은
여성이라는 이유 때문에 경아를 버린다.

다음 인용문에서는 여성의 순결성 상실이 혐오감 내지 남
성의 권력과 직결된다는 사실이 동일한 여성에 대한 남성의
이중적 태도에서 적실하게 드러난다.

> 1) 「아니, 첫 경험이었잖아!」
> 침대 위에 번진 선혈을 내려다보며 경민은 그렇게 충
> 격과 당혹이 뒤범벅된 얼굴로 다희를 빤히 올려다봤었
> 다. 너무도 팽팽히 당겨진 표정이어서 다희는 하마터면
> <생리 중>이었다고 서둘러 고백할 뻔했던 것이다.
> 경민의 입술이 다시 배와 가슴을 거슬러 귓부리로 왔
> 다. 다희의 속눈썹이 파르르 떨었다.
> 「넌 아침 안개와 같애」(『죽음보다 깊은 잠』, 189쪽.)

> 2) 그녀의 여린 피부엔 시퍼렇게 멍든 자죽이 월세계
> 의 분화구만큼이나 늘어갔다.

「그도 물었니?」
아랫배를 이로 물면서 경민은 신음하듯 물었다.
「너랑 함께 살았다는 그치도 이렇게 네 배를 물어뜯었
니?」(『죽음보다 깊은 잠』, 292쪽.)

  인용문 1)은 『죽음보다 깊은 잠』에서 다희와 성행위를 한
후에, 그리고 2)는 다희가 다른 남성과 동거했던 과거가 들통
난 후에 다희에게 보여주는 경민의 발언이다. "아침 안개"처
럼 순수하게만 보였던 여인이, 그렇지 않은 여성이었다는 사실
이 밝혀지면서 분노한 경민은 다희의 몸에 "월세계의 분화구"
처럼 "시퍼렇게 멍든 자죽"을 만들면서 다희를 학대한다. 순
결하지 않은 여성이라는 이유로 경민은 다희를 다른 남성과의
공유물이며 남성의 성적 유희 대상으로 생각하려고 한다.[227]
  이처럼 순결하지 않은 여성은 남성에게 더 이상 보호의 대
상이나 배려의 대상이 아니며 단지 혐오의 대상이 되어 버린
다. 강간범조차 순결하지 않은 여성에게 혐오감을 느끼는 것
을 박범신의 『풀잎처럼 눕다』에서 발견할 수 있다. 이 소설
에서 농오는 자동차를 강탈한 후 자동차 안에 있던 여성을
강간하려고 한다. 그런데 그 여자는 "어서 만신창이로 상처
받기를 기다리고 있는" 듯한 아무래도 좋다는 태도를 취하자
성욕이 "더 이상 끓어오르지 않아" 포기하고 만다.[228]
  이처럼 1970년대 대중소설에서는 순결성을 상실한 여성의
육체는 남성이나 여성 모두에게 혐오감을 주고 있다. 이들
여성의 육체는 외부와의 경계를 유지시켜주는 기능을 상실하
고 외부의 압력에 무기력하게 노출되거나 침투 당하는 육체

---

227) Andrea Dworkin, 앞의 책.
228) 『풀잎처럼 눕다』 하권, 194쪽.

가 된다.

2-2. 불모성

가부장적 이데올로기가 지배하는 사회에서, 훼손된 육체를 가진 여성을 혐오의 대상으로 급전직하하는 순간으로부터 구제할 수 있는 마지막이며 유일한 방법은 모성성밖에 없다. 가부장적 이데올로기 하에서 여성성은 모성성과 순결성, 관능미로 구성되는 바, 관능적인 매력이나 순결성을 상실했더라도 모성성을 가지면 남성의 배려 대상이 되기도 하기 때문이다. 전근대 사회에서 아이가 없는 여성은 칠거지악으로 치부하고 실패한 여성 내지 불필요한 여성으로 간주되었던 것도 그러한 이유에서이다. 결혼한 여성의 가치는 언제나 어머니의 역할에 충족될 수 있느냐에 따라 재규정 되었던 것이다. 그래서 여성은 결혼 후 가정 내적 존재로서 확고하게 자리 잡기 위해서 모성을 확보하려고 애썼던 것이다.

1970년대 대중소설 텍스트에서 모성성을 지닌 여성은 아이에 대한 절대적인 희생을 하는 존재가 아니라 합리적인 교육을 행할 수 있는 존재로 표현되고 있다. 산업화로 인해 경제적으로 안정된 가정에서는 더 이상 여성이 생산 활동에 참가하지 않아도 되고, 육아에 전담하는 것이 윤택한 생활의 상징적 기호가 된다. 가사 일도 도시로 상경한 하층 계급 여성 즉 가정부가 담당함에 따라, 소설 속에 나타난 여주인공들은 대부분 가사 일에서 해방된다. 또한 고등교육을 받았기 때문에 아이에게 유모와 같은 단순 양육자가 아니라 가정교사로서의 역할을 할 수 있는 양육자가 된다.

『휘청거리는 오후』나『별들의 고향』,『풀잎처럼 눕다』,
『강변부인』229) 등에서 모성성을 가졌거나 그것을 가지려는
여성들은 대부분 경제적으로 여유가 있는 여성들이다. 이들
여성은 가사 일과는 무관하게 살아간다. 그래서 문화 활동에
많은 시간을 투자할 듯하지만 실제로 많은 시간을 육아에 투
자한다. 여성이 아이를 낳고 합리적인 가정교육을 시키는 것
이 새로운 시대의 여성의 역할로 인지되면서, 육아에 대한 책
임감을 갖게 된 것이다. 따라서 결혼한 여성은 아이가 있든
없든 간에 육아를 전담해야하거나 할 준비를 해야 하기 때문
에 가정 내 영역에서 벗어나 공적 영역에 참가하지 못하게 된
다. 이러한 사회에서 불임의 여성은 존재의 의미를 상실한 여
성이 된다. 그러므로『휘청거리는 오후』에서 결혼에 대한 환
멸과 일상의 권태로움에 의해서 무력해진 초희에게 임신은
자신의 존재를 확인시켜주는 신선한 충격이 된다.

> 집에 돌아온 초희는 오월의 눈부신 햇살 속에 제각기
> 의 싱싱하고 앳된 생명력을 자랑하는 뜰의 잔디와 초목
> 들을 바라보며 처음으로 아름답다고 생각했다.
> 공회장이 이른 봄에 정원사를 데려다 미리 비료를 주
> 고 손질을 한 잔디는 엊그저께 내린 비로 더욱 예쁘게
> 돋아나 깜짝 놀라도록 정결한 푸른색을 하고 있었다.
> 저 위에서 아기가 뒹굴고 걸음마를 탄다. 갑자기 떠오
> 른 이런 상상이 그녀로 하여금 눈앞의 정원의 아름다움
> 에 눈뜨게 하고 처음으로 정원을 자기 것으로 받아들이
> 면서 정(情) 들게 했다.(『휘청거리는 오후』, 479쪽.)

---

229) 김승옥,『강변부인』,『독서신문』, 1973.(1977년 한진 출판사에
     서 소설집『강변부인』 출간, 이 책의 텍스트는『김승옥 소설
     전집 4-보통여자/강변부인』(문학 동네, 2002)임.)

초희는 임신 사실을 확인하고 "아기가 뒹굴고 걸음마를" 할 것을 기대하며 삶의 활력을 되찾는다. 그녀 역시 가정 내에서 가족 구성원에게 정서적 안정을 주며, 아이를 양육하는 것이 여성이 해야 할 임무로 교육받은 여성이다. 그러므로 대학 졸업 후 다니던 은행도 결혼을 앞두고 "집에서 일 좀 배우"[230]기 위해서 그만 두는 것이 당연하다고 생각하는 여성이다.

가정부가 집안일은 하고, 남편의 아이들은 자신의 보호를 필요로 하지 않을 정도로 성장했으므로 그녀는 가정 내에서 남편의 관능적인 성적 파트너 외에는 가정 내 존재로서 자신의 정체성을 찾지 못한다. 보석 등 사치스런 물건을 사들이거나 약물로 무료함을 달래는 것으로 만족해야 했던 그녀는 임신을 하자 "처음으로 정원을 자기 것으로 받아들이면서 정들게 했다"고 고백한다. 초희는 모성을 통해 결혼 생활의 환멸과 권태를 극복하고 가정 내에서 자신의 존재를 확인하려 한 것이다.

그런데 초희가 임신 사실을 남편에게 말하자, 남편은 자신이 이미 불임 수술을 했다고 냉담하게 응답한다. 임신한 아이가 남편의 아이가 아니라 다른 사람의 아이라는 사실이 밝혀지면서, 그녀는 남편의 강압에 의해 낙태를 하게 된다. 낙태 후 초희의 남편은 아내의 부정을 덮어주고 결혼 생활을 유지하려 한다. 그는 초희에게 자신의 아이를 낳아줄 모성적 아내를 바랐던 것이 아니라, 성적 파트너로서 젊음을 보상할 수 있고 관능적인 여성을 바랐던 것이기 때문에 아내의 부정

---

230) 『휘청거리는 오후』, 78쪽.

을 용서할 수 있었던 것이다. 그러나 초희는 공회장과 달리 결혼 생활에서 행복을 얻을 수 있는 기본 조건은 물질적 충족이지만, 그 외에도 가정 내에서 현모와 양처로서 역할을 통해 행복을 얻고 싶었던 것이다. 그러므로 초희는 비록 "결혼 생활에서 엘리베이터 속처럼 사람 그 자체만을 강렬하게 의식하는 동안보다도 물질적인 생활환경을 의식하는 동안이 훨씬 더 길" 231) 것이라고 예상하고 한 결혼이지만, 모성을 확보할 수 없기 때문에 자의에 의해서 이혼을 결심한다.

한편 『별들의 고향』의 경아는 『휘청거리는 오후』의 초희와 달리 불모성을 지닌 여성이라는 사실을 확인한 후에 남편에게 버림 받는다. 그녀의 불임은 첫사랑 강영석과 혼전정사로 잉태한 영석의 의견을 따라 불법시술소에서 낙태를 하게 된 것이 원인이다. 그런데 낙태 이후에 낙태에 대한 책임은 오로지 여성 즉 경아가 모두 안아야 하는 것이 당대 현실임을 여기서도 보여주고 있다.

영석의 아이를 낙태한 후 경아는 잠시나마 "자기 몸에는 관심이 없어" 했으며 "자신을 부도덕하고 죄 많은 여자로 간주" 232)하고선, "자기의 내면을 드러내 보이지 않겠다는 눈물겨운 생각으로" 곧 부도덕을 은폐하려는 생각으로 "눈에 띌 정도로 화장을" 한다.233) 그러나 영석에게 버림 받고서는 더욱 자신의 부도덕성을 자책하게 된다. 그래서 자신처럼 순결하지 않은 남성, 즉 나이 많고 상처한 남성 이만준과 결혼한 것이었다. 그런데 결혼 후 그녀는 전부인의 환영과 여성

---

231) 위의 책, 32쪽.
232) 『별들의 고향』, 상권, 149쪽.
233) 위의 책, 152쪽.

의 순결성에 집착하는 남편과 냉담하기만 한 전부인의 소생 사이에서, 그녀는 의미 없고 무기력한 나날을 보낸다. 가사 일은 가정부가 담당하고, 남편의 아이는 남편의 철저한 통제 하에서 양육되고 있으므로 그녀는 가사 일이나 양육으로부터 해방되었으나 가정에서 뿐만 아니라 사회에서도 자신의 정체 성을 찾지 못해 늘 불안하고 초조해 한다. 해방된 자유를 제 대로 누리지 못하던 그녀는 자신의 존재 가치를 가정 내에서 그것도 모성에서 찾으려한다.

> 경아는 잔디밭 위에 흰 냅킨처럼 무너져 앉았다.
> 그토록 오랫동안 기다려왔던 것이, 그리하여 마침내 자 기를 기쁘게 하고 가슴 설레게 하고 이제는 애를 배어서 무언가 자랑스럽기도 했던 여성 특유의 기대감이 일순에 아무것도 아닌 착각에 불과한 것으로 무너지고 말았을 때, 경아는 너무나 놀랐고 충격적이었다.(『별들의 고 향』, 357쪽.)

경아는 가난 때문에 산업사회에서 의미 있는 개인으로 성 장할 수 있는 제도교육을 제대로 받지 못했을 뿐만 아니라 혼전에 이미 순결성을 상실했기 때문에, 모성을 통해서 가정 내에서 의미 있는 존재로 인정받기를 원했던 것이다. 그녀는 모성을 통해 인생에서 참된 의무와 역할을 수행하는 여성으 로 타인에게 인식되고 싶었던 것이다.[234] 그러나 임신의 기 대에 부풀어 남편과 함께 병원을 갔다가 전에 낙태했던 사실 이 남편에게 알려지고, 한번의 낙태로 불모성의 여성이 되었

---

234) 다이애너 기틴스(안호용·김홍주·배선희 역), 『가족은 없다-가족 이데올로기의 해부』, 일신사, 1997. 159쪽.

다는 사실을 경아도 알게 된다. 경아는 불모의 몸이라는 말을 의사에게서 전해 듣고는 사회적으로 인정받을 수 있는 마지막 희망마저 사라졌다는 사실 때문에 절망한다.

불임과 혼전 관계가 알려진 경아는 불모로 인한 자신의 절망감을 추스린 시간적 여유도 없이 남편에게 이혼 당하고 위자료도 없이 남편의 집에서 쫓겨난다. 그래서 경아는 술집을 전전하다가 만난 김문오에게 자신이 "애를 뱈 수 없"는 "병신" 같은 여자라고 고백하면서 오열한다.[235) 경아가 이런 자책에 시달리는 이유는 파경의 원인을 자신에게 돌리기 때문이다. 실은 파경은 이만준과 경아의 결혼관과 재생산에 대한 입장 차이에서 비롯된 것이다. 남편 이만준에게 결혼은 규칙적이고 배타적인 성관계를 지속할 수 있는 관계를 형성할 수 있는 조건인데 반해, 경아에게 결혼은 경제적 안정과 자신의 사회적 지위의 안정을 주는 조건이었던 것이다. 결혼에 대한 입장의 차이는 재생산에서도 드러난다. 이만준에게 아이는 배타적인 성관계의 결과인데 반해 경아에게 아이는 자신의 존재 그 사체인 것이다. 그러므로 이만준은 경아가 순결하지 않은 여성이라는 이유로, 자신의 보호 대상에서 배제한 것이다. 경아 역시 아이를 잉태할 수 없기 때문에 이만준과의 결혼을 지속할 수도 없으며 자신이 또 다른 남성의 보호 대상이 될 수 없다는 사실을 자각한다. 그래서 이만준과 이혼 후 그녀는 술집을 전전하게 되는 것이다.

낙태는 『별들의 고향』과 『휘청거리는 오후』에서는 남성에 의해서 강요된 것으로, 남성과의 관계를 유지하기 위한

---

235) 『별들의 고향』, 하권, 303쪽.

수단으로 행해진다. 결국『별들의 고향』의 경아와『휘청거리는 오후』의 초희는 불모의 몸이 되고, 남성과의 관계 역시 회복되지 않는다. 그런 점에서 볼 때, 이들 소설에서 낙태는 가부장적 이데올로기에 의해서 여성의 육체가 학대당하고 있음을 뚜렷하게 보여주는 의미 있는 지점이라고 할 수 있다. 혼전정사나 혼외정사를 한 남성에게는 물리적 제제를 가하지 않는 한편 여성에게만 일방적으로 물리적 제제를 가하고 있는 현실을 여실히 보여주고 있기 때문이다.

『별들의 고향』과『휘청거리는 오후』과는 달리『도시의 사냥꾼』에서는 낙태는 여성의 선택 권한이며 남성에게서 독립하기 위한 수단으로 묘사된다는 점에서 1970년대 대중소설의 일반적 경향과는 다른 지점에 있다고 할 수 있다. 이 소설의 주인공 노승혜는 남편의 아이를 잉태하지 않으려 한다. 주인공은 남편과의 결혼 생활을 유지하고 싶지 않다는 자의적 판단에 의해서 남편의 아이를 지워버린다. 그러나 그녀의 결정에 의해서 가정은 붕괴된다는 점에서 1970년대 대중소설의 범주에서 벗어나지 않는다. 즉 과거 대가족 제도 하에서는 불임의 여성은 가정 내에서 개인적 고통을 감수하거나 가정 밖으로 내쫓겼지만 가정은 유지되었는데 반하여, 1970년대 대중소설에서는 그런 여성으로 인해 가정이 붕괴된다.[236] 여성＝사적 영역이 사회적 통념이 된 사회에서 불모성＝가정 파괴라는 공식은 여성에게 공포심을 유발한다는 점에서, 불모성의 공포는 결국 여성을 자발적으로 가부장적 이데올로기

---

236) 미셸 푸코는 부르주아 사회에서 불임의 행동이 지속적으로 분명하게 드러날 경우 응분의 법규에 적용되어 합당한 제재를 받아야 했다고 설명한다.(미셸 푸코, 앞의 책, 24쪽)

가 형성한 여성성에 종속하도록 유도한다고 할 수 있다.

2-3. 통제하는 시선과 통제 받는 시선

가부장적 이데올로기가 지배적인 사회에서는 성적 욕구의
자유로운 발현 주체나 성적 억압의 주체는 남성이라 할 수
있다. 남성은 여성의 육체를 욕망의 대상으로 택하고 그들을
보고 쾌감을 느끼거나 즐거워하는 동시에 통제하는 데서 쾌
락을 구하는 능동적인 주체가 된다. 그러므로 라이히에 따르
면 성의 억압은 모든 문화적 형태 속에서 나타나는 특정한
부권주의적 문화라는 대중심리학적인 토대를 형성시킨다고
했다.[237] 정확히 말해서 1970년대 대중소설 역시 그 자장 안
에서 움직이고 있다. 여성의 육체는 남성에 의해서 관람되고
통제되는 이중의 시선에 의해 포착된다. 이때 간혹 여성들
중에는 자신이 자신의 육체를 스스로를 본다고 착각하는 경
우도 있지만, 본질적으로 남성의 시선에서 벗어나지 못한다
고 할 수 있다. 이러한 남성의 여성에 대한 독점적 소유욕과
통제를 최인호의 『별들의 고향』에서 살펴 볼 수 있다.

> "난 그 남자 때문에 망쳤어요. 난 그 남자에게 모든
> 것을 줬어요. 우스운 얘기지만 한때 있던 재산도, 내 몸
> 까지도 모두 바쳤어요. 그런데 보세요."
> 경아가 불쑥 팔뚝에 그려져 있는 문신을 내 눈앞으로
> 내밀었다.
> "언젠가 아저씨가 나를 처음 봤을 때 그 문신이 무엇
> 인가고 물었죠. 이게 바로 그거예요. 그 남자가 내게 강

---

237) 빌헬름 라이히(윤수종 역), 『성혁명』, 샛길출판사, 2000.

제로 그려준 표시예요. 내가 맨 처음 그 남자에게서 도
망쳤다가 붙잡혀서 강제로 자기의 표시를 남겨둬야 한다
면서 그런 문신이에요." (『별들의 고향』, 167쪽.)

이 소설의 주인공인 경아의 세 번째 남성인 이동혁은 경아
에게 돈과 몸을 바치기를 요구한다. 위 인용문에서 그런 자신
을 피해 경아가 "도망쳤다가 붙잡"히자 "강제로 자기의 표
시를 남겨둬야 한다면서" 문신까지 새긴다. 순결성을 상실하
고 술집을 전전하는 여성은 '아무래도 좋은 여성'이기에 이
동혁은 자신의 의사에 따라 경아를 독점적으로 소유하고 '통
제'하려고 하는 것이다. 여성의 관능적 육체가 남성에게 관
능적 환상과 관능적 상상력을 주었다면, 훼손된 육체는 권위
적인 남성의 시선에 의해서 통제 받기 때문이다. 통제하는 자
는 통제 받는 자를 사회적 통념에 의해서 비판하고 자신의 통
제를 정당화한다. 다시 한번 강조하건대, '육체적 순결성+모
성성'을 여성성으로 규정하는 사회적 통념에 의해서, 여성은
결혼 전에는 '순결=처녀성'을 결혼 후에는 '모성성'을 지
키지 못하면, 남성의 보호에서 '배제'되어 사회의 주변부로
밀려나는 것을 감수해야 하는 것이다.

만준은 대답도 없이 무표정하게 경아를 쳐다보고 있
었다. 경아는 그의 눈을 마주보았는데 그의 눈은 강렬하
게 타오르고 있었고 자기의 내부를 구석구석 뚫어져라
응시하고 있는 것 같아서, 경아는 기름독에 빠진 날 곤
충처럼 그의 시선을 피할 수 없는 듯한 느낌을 받았다.
(『별들의 고향』, 362쪽.)

위 인용문은 경아의 두 번째 남성인 이만준이 경아가 임신

중절 수술을 한 적이 있다는 말을 의사에게 듣고서, 경아를 "뚫어져라 응시"하는 부분이다. 이 응시는 '육체적 순결성 +모성성' 지키지 못한 자에 대한 통제하는 자의 질책인 것이다. 따라서 통제 받는 자는 배려의 대상에서 이제 하찮은 "곤충"처럼 대우해도 무관한 존재로 순식간에 전락한다.

> "지쳤어. 이젠 정말 지쳤어. 당신의 눈물을 하루에도 수십 번 보는, 보는 일에 지쳤소."
> 만준의 말이 경아를 향해 차디차게 던져졌다.
> "저두 술 한 잔 주세요."
> 경아가 불쑥 눈물이 번진 얼굴을 들어 남편을 쳐다보았다. 이제는 내가 이렇게 울고 앉아 있어도 이미 남편은 알아차린 것이니까.(『별들의 고향』, 366쪽.)

인용문에서 "눈물이 번진 얼굴"을 보는 것은 경아가 아니라, 경아 앞에 있는 이만준인 것이다. 이만준은 "눈물을" 흘리는 애처로운 얼굴의 아내가 아니라 "눈물이 번진" 지저분한 얼굴의 창녀에게 던지는 시선으로 경아를 바라보고 있는 것이다. 평소에 이만준은 경아가 눈물로 호소하면 무조건 경아의 부탁을 들어주었던 자상한 남편이었다. 그런데 그는 경아가 혼전에 이미 순결성과 모성성을 상실했다는 사실을 알고 난 후에는 눈물어린 경아의 호소를 외면한다.

결혼 전에 육체적 순결을 잃은 딸에게 아버지의 시선 역시 통제하는 자의 시선이 된다는 사실을 『휘청거리는 오후』에서 읽을 수 있다.

> 허성 씨는 지금 우희에게 얼마나 따뜻한 마음과 도움이 필요한가를 안다. 그러나 조금도 따뜻한 마음이 우러

나지 않는다. 자기 가슴에서 파동 치는 커다란 몸뚱이가
싫고 징그럽다. 따뜻하게 어루만지고 위로해 주기는커녕
떠다밀고 싶은 걸 참는 것만도 겨우겨우다.
　이미 반 이상 눈치 채고 있었던 딸의 육체적인 변화가
막상 명백해지고 나서 허성 씨에게 최초로 온 것은 심리
적 충격 이전에 거의 육체적인 혐오감이었다.(『휘청거
리는 오후』, 151쪽.)

　아버지 허성 씨는 "딸의 육체적 변화"를 감지하고 즉각적
으로 "육체적 혐오감"을 느낀다. 허성 씨는 딸의 "커다란
몸뚱이가 싫고 징그럽다"고 느끼는데 이것은 육체적 순결을
잃은 자에 대한 통제하는 자의 시선이며 "떠다밀고 싶은" 배
제의 심리이다. 이런 심리는 시각에 대한 즉각적인 반응인
것 같지만 내면화된 가부장적 이데올로기에 의한 통제인 것
이다. 그는 잠깐 동안 감정에 휩싸여 일반 남성의 시선으로
딸을 바라보다가 잠시 후 이성을 되찾고 다시 부성의 자리로
되돌아와 딸 우희의 문제를 사회적 관습에 따라 처리하려 한
다. 육체적 순결을 훼손한 딸의 결혼을 서두르는 것이다. 이
는 딸의 사회적 지탄을 모면하게 하려는 아버지의 배려이지
만, 결과적으로는 가부장적 이데올로기에 의해 딸의 행동을
비판하고 그의 관리 대상에서 사위의 관리 대상으로 딸을 넘
기려는 시도인 것이다. 결혼 전에 순결을 상실한 우희는 결
혼 후에도 가족으로부터 배려 대상이 되지 못하고 대가족의
시집살이와 권위적으로 돌변한 남편의 폭행을 감내하면서,
살아가는 처지가 된다. 대학까지 졸업한 합리적 사고를 훈련
받은 여성인 우희는 대가족제도의 비합리적인 요구에 쉽게
순응해 들어간다. 그 이유는 그녀도 모르는 사이에 가부장적

이데올로기가 내면화되어 있기 때문이며 '취직의 문은 바늘
구멍보다 더 답답' 할 정도로 여성의 사회 활동이 제약되어
있는 사회이기 때문이다.

　여성에게 혼전의 '순결' 이 통제되듯이, 결혼 후의 '혼외정
사' 도 통제된다.

　　　1) 김상기가 그랬던 것처럼 거울 앞에 서보고는 못 본
　　것을 본 것처럼 얼른 거울을 외면했다.
　　　그 속에서 만난, 낯선 방에 서 있는 자기 모습에 무서
　　움증을 느꼈기 때문이다. 미구에 자기 얼굴이 석고처럼
　　창백하게 경화될 조짐을 보았기 때문이다.
　　　그녀는 큰 거울을 피해 콤팩트를 보며 입술, 볼, 연지
　　등을 칠하나 잘 되지 않는다. 손끝도 손끝이지만 시각조
　　차 믿을 수 없어진다.(『휘청거리는 오후』, 474쪽.)
　　　2) 웨이터가 별난 여자 다 보겠다는 듯이, 그러나 귀
　　찮다는 듯이 무뚝뚝하게 초희를 밀어내면서 계단 쪽을
　　손가락질한다.(『휘청거리는 오후』, 476쪽.)

　인용문 1)은 『휘청거리는 오후』의 초희가 남편 모르게 혼
외정사 직후, 큰 거울에 비친 자신의 모습을 보고 외면하는
장면이다. 큰 거울에 비추어진 자신의 육체를 보고 "못 본
것을 본 것처럼" 외면하는데 자신도 모르게 통제 받는 시선
을 느낀 것이다. 통제 받는 시선을 의식하고 그녀는 콤펙트
의 거울에 비친 자신의 얼굴에 화장을 한다. 화장품을 "칠하
나 잘 되지 않는" 것은 창백한 얼굴의 은폐가 아니라 그녀의
부도덕한 내면의 은폐가 잘 되지 않는다는 것을 의미한다. 2)
는 혼외정사 직후 호텔방을 나서자 자신에 대해서 "웨이터가
별난 여자 다 보겠다는 듯이" 반응한다고 그녀는 의식한다.

이것은 실은 웨이터의 반응이 아니라 통제 받는 시선을 의식한 초희의 반응인 것이다. 타인의 시선에 "무서움증" [238]마저 느끼는 것 역시 타인이 주는 시선 때문이 아니라 통제 받는 시선을 의식한 초희의 반응이다. 무서움증이란 내면화된 가부장적 이데올로기에 의해서 그녀 스스로 혼외정사를 도덕적으로 단죄한 결과이다.

> 미소를 띠고 자기를 올려다보고 있는 여섯 개의 눈동자 앞에서 민희는 온몸이 굳어지며 얼굴이 새빨개졌다.
> 그들의 미소가 공범자끼리의 친밀감에서 나온 미소라고 민희는 생각할 수 없었다. 이 바보야! 하는 비웃음처럼 보였다.
> 아까 양일이라는 청년과 알몸으로 뒹굴 때는 그 자체로 사회적 모든 인연을 초월한 순수한 세계에서 헤매고 있는 듯한 느낌이었는데, 옷들을 갖춰 입은 그들과 마주치고 보니 민희는 자기가 그들에게 무력한 노리개로서 실컷 휘둘림을 당한 느낌이 왈칵 들었다.(『강변부인』, 263쪽.)

김승옥의 『강변부인』의 주인공 민희 역시 혼외정사 직후, 자신이 "무력한 노리개"로 타인에게 비쳐진다는 생각에 부끄러워한다. 부끄러움은 민희 스스로 통제 받는 시선을 의식하고 가부장적 이데올로기에 의해서 자신의 행동을 단죄한 결과이다.

이처럼 훼손된 육체를 기호화하는 혐오감을 주는 육체라는 기표는 관능성과 순결성의 상실에 의해서 규정되며, 불모성은 모성성의 상실로 규정된다. 결국 훼손된 육체에 대한 통

---

238) 『휘청거리는 오후』, 476쪽.

제의 시선에는 여성성을 관능성, 순결성, 모성성으로 규정하
는 가부장적 이데올로기가 작동하고 있는 것이다. 이러한 여
성성의 규범에 어긋나는 여성에게는 가부장적 이데올로기에
의해 가차 없이 통제되는 바, 1970년대 대중소설 텍스트는
이러한 통제의 원리를 훼손된 육체의 소유자를 성처녀로 승
화시키거나 배제시키는 방법으로 형상화하고 있다.

(1) 거짓된 희망의 환상

이상화된 육체이든, 훼손된 육체이든 1970년대 대중소설에
나타난 여성의 육체는 언제나 남성의 시선으로 조망된다. 보
통 성이란 용어에는, 재생산의 기능 외에 관능적 기술과 그
로부터 얻는 성적 쾌락을 포함하고 있다.[239] 남성의 시선에
의해서 여성성은 재생산의 기능에서는 모성성으로, 관능의
기능에서는 성적 유희의 대상이 지닌 관능성으로 분리되고
있다. 이런 기준과 더불어 여성을 다시 아내가 될 여성과 아
내가 되지 못할 여성으로 구분하고 있다.
1970년대 대중소설에서 여성성 내지 여성을 이러한 기준에
의해서 분리시키려는 시도는 창녀를 성처녀로 승화시키고 있
는 소설에서 더욱 두드러진다. 예컨대 『별들의 고향』에서
주인공 경아는 회사 동료인 강영석, 홀아비 이만준, 그리고
기둥서방인 이동혁, 화가인 김문오과 차례로 성적 관계를 맺

---

239) 그람시는 근대 이후 '재생산기능으로서의 성욕과 유희로서의
    성욕, 여성에 대한 '미학적' 이상형은 '씨암말' 개념과 '인
    형' 개념에서 왔다 갔다 한다'고 주장한다.(안토니오 그람시
    (이상훈 역), 『그람시의 옥중수고』 1, 거름, 1997.)

178

을 정도로 관능적인 여성이다. 경아는 이들 모두에게 관능적인 여성으로 인지되지만 아내가 될 자격이 없는 여성으로 간주되어 버림받는다. 이러한 편견의 전제 하에서, 이 소설은 그런 경아를 성처녀로 승화시킴으로써 대중문화에 견지되는 타협적 균형을 찾아간다.

> 1) 아직 어딘가에 한 가닥 남아 있는 의식을 보면서 여인은 흰 눈과 같은 체념을 하였다. 그러자 일체의 저항감이 사라져 버리고 깊은 잠이, 그리고 황홀한 꿈이 여인의 의식을 향해 젖어들고 있었다.(『별들의 고향』 하권, 322쪽.)
> 2) 경아의 뼈를 안고 강은 너울너울 흘러가고 있었다. 나는 골똘히 나의 빈 손, 그 빈손에 무수히 그어진 나의 손금을 타인의 손처럼 들여다보았다. 그리고 눈물이 그친 얼굴을 들었다.
> 그때였다. 노랑나비 한 마리가 흰 눈발 사이로 돌연 솟아오르는 환영을 나는 보았다.(『별들의 고향』 하권, 331쪽.)

인용문 1)은 「성처녀」라는 부제가 달린 대목의 결미로서 경아가 자살하는 장면을 묘사한 대목이다. 2)는 경아의 시신을 화장한 후 김문오가 그 뼛가루를 강물에 띄어 보내는 장면을 묘사한 대목이다. 화자는 경아의 죽음을 도리어 "황홀한 꿈"으로 향해 가는 여행으로 묘사함으로써, 비극적 죽음을 환상적으로 기술하고 있다. 이 소설은 경아가 가부장적 이데올로기에 수렴될 수 없는 여성이기 때문에, 성처녀로의 승화라는 환상적인 결말구조를 선택함으로써 경아를 소설과 독자 간에 합일 관계를 추구한다. 이 지점에서 보여주는 환상성(fantasy)이란 순수한 상상의 발현으로서 비합리적인 성격을 띠지만 정서적으로 그것이 실제로 일어난 것처럼 포장한다.240) 환상적으로 처리된 경아의 죽음은 사회로부터 버림받은 자의 최후라는 상식적인 기대를 뒤집고 남성의 보호를 받을 연약한 "나비"와 같은 성처녀로 부활한다는 거짓된 희망을 심어준다.

『별들의 고향』은 거짓된 희망의 개연성을 높이기 위해, 즉 남성 편력이 화려한 경아를 성처녀로 승화시키기 위해 몇 가지 소설적 장치를 취하고 있다. 첫 번째 장치는 모성성의 회복이다. 경아는 모성성과 순결성을 상실한 여성이기에 외적 조건만으로는 성처녀가 될 수 없는 여성이다. 그녀는 낙태 후 더 이상 아이를 생산할 수 없는 '불모성'의 여성이 되었기 때문이다. 그로 인해 모성성을 소유할 수 없는 여성이 된 것이다. 그러나 소설은 '고백'이라는 방식을 통해 그녀가 모성성을 지닌 여성임을 알려준다.

> "나는 아무런 도움도 줄 수 없는 사람이에요. 그것을 알고 있어요. 한때 모든 사람들은 내게 위안을 받아요. 내 무릎에 몸을 누이고 편안한 것처럼 보여요. 그러나 그러다가는 하나 둘 내 곁을 떠나고 말아요. 난 그것을 알고 있어요. 결국엔 우리가 혼자뿐이라는 것을 나는 알아요." (『별들의 고향』 하권, 221쪽.)

사회적 통념 상, 모성성이란 자신을 이기적으로 돌보기보다는 자신의 아이(자식)에게 조건 없이 사랑을 주는 것을 의

---

240) 로즈메리 잭슨(서강여성문학연구회 역), 『환상성-전복의 문학』, 문학 동네, 2001.

미한다. 다시 말해 모성을 지닌 여성은 자식으로부터 되받을 것을 염두에 두지 않고, 자신이 베풀 수 있는 모든 것을 주지만 혹여 베풀지 못한 사랑이 있을까봐 조바심을 내지 않는다. 그런데 경아는 아이를 생산할 수 없는 육체의 소유자이지만, 모든 남성들에게 어머니와 같은 안식을 주는 모성성을 지닌 여성이다. 위 인용문에서도 알 수 있듯이 그녀는 모든 남성들에게 "위안"을 주고, "편안"함을 주는 여성이다. 그들 남성들이 그녀의 곁을 모두 떠난다는 것을 알면서도 그녀는 남성들에게 위안과 편안함을 주고, 오히려 아무런 도움을 주지 못했다고 스스로 후회하고 자책한다. 그녀는 비록 육체적으로 재생산을 할 수는 없는 여성이지만 정신적으로는 그 누구보다도 모성을 베풀고 있고 베풀 수 있는 심성을 가진 여성인 것이다.

성처녀로 승화시키기 위한 두 번째 소설적 장치는 순결성의 회복이라 할 수 있다. 모성성을 지녔다고 하더라도 경아는 육체적 순결을 상실하였기에 '순결=처녀성 보호'라는 전통적인 윤리관의 보호밖에 있다. 그러나 그녀가 성처녀로 전통적인 윤리관의 보호권 안으로 흡수될 수 있는 것은 순결한 영혼을 지녔기 때문이다.

> 경아는 한숨쉬는 일이 많아졌으며 어느 틈엔가 자기 자신을 죄 많은 여자, 지독스럽게 부도덕한 여자로 간주하고 있었다.(『별들의 고향』 상권, 175쪽.)

경아는 육체적 순결을 상실했으므로 스스로 "부도덕한 여자"라고 생각한다. 죄의식을 가지고 있다는 고백은 실은 그녀의 영혼이 순결하다는 것을 반증하는 근거가 된다. 또한

그녀의 고백을 빌어 화자는 그녀의 영혼이 순결 한다고 간주
한다. 위 인용문은 경아의 독백처럼 서술하고 있지만, "간주
하고 있었다"라는 말에서 추측하건대 화자의 시선 안에서
행해진 고백이다. 그러므로 이 고백은 경아의 고백이지만 화
자의 주관이 개입되어 있다. 이러한 이중적 시선에 의해서
그녀의 영혼이 순결하다는 사실이 객관화된다. 경아가 순결
한 영혼을 가진 여성이라는 사실은 그녀를 거쳐 간 남성들의
고백에서도 찾을 수 있다.

> 1) 이 비겁한 자식아, 행여 그 여자가 널 괴롭히고 너
> 한테 자기를 책임져 달라고 그러지는 않을 테니까 안심
> 해라. 왜냐하면 그 여자는 착하고 아름다운 마음씨를 가
> 졌으니까.(『별들의 고향』 상권, 169쪽.)
> 2) 당신과의 추억은 얼마나 즐거웠는지 모르겠소. 하
> 지만 한 가지 못내 두려워지는 것은, 당신은 자칫하면
> 남자에게 너무 속기를 잘하는 것 같은 성품이라는 것이
> 오.(『별들의 고향』 하권, 33쪽.)
> 3) 경아의 얼굴은 이 세상 사람들의 얼굴이 아냐. 경
> 아의 얼굴은 맑아. 아냐. 얼굴뿐 아니라 마음속까지도 이
> 세상의 얼굴이 아냐. 우리들 마음속에 들어있는 요정의
> 얼굴이야. 자 얼굴을 이리로 돌려봐요.(『별들의 고향』
> 하권, 221-2쪽.)
> 4) 나는 네 곁을 떠났고 모든 사람처럼 네 곁을 떠나
> 려 한다. 너(경아─인용자)는 이미 내 마음속에 숨겨진,
> 그리고 아직은 조금 남아 있는 젊음, 사랑, 순결, 그 모
> 든 것으로 내가 네 곁을 떠난다는 것은 이젠 영원히 젊
> 음과의 이별이야.(『별들의 고향』, 하권, 307쪽.)

인용문 1)은 경아의 첫 번째 남성인 강영석이 경아를 버리
려고 할 때, 영석의 친구가 영석에게 해 준 말이다. 여기서

그녀가 다른 여자들과 달리 "착하고 아름다운 마음씨"를 가진 여자라는 사실을 알 수 있다. 인용문 2)는 경아의 두 번째 남성인 이만준이 경아에게 이혼을 요구하는 편지의 일부분인데, 여기서 경아가 천진난만한 아이처럼 "속기를 잘 하는" 성품을 지녔음을 알 수 있다. 인용문 3)과 4)는 경아의 세 번째 남성인 김문오가 그녀를 떠나면서, 경아에게 한 말이다. 여기서 그는 경아에게 그녀가 "요정의 마음과 얼굴"을 지닌 여성이라고 고백한다. 그리고 "경아는 내 내부에 숨어 있는 집요하고, 그러면서도 등불을 밝힌 따스한 도시의 그림자였다"라고 자인한다. 이런 남성들의 고백을 정리하면 경아는 순결한 영혼을 가진 여성이다. 경아는 순결한 영혼을 지녔기에, 육체적 순결의 상실은 성처녀로 추앙되는데 문제가 되지 않는다.

이러한 두 가지 소설적 장치에 의해서, 경아는 관능성을 지닌 창녀에서 모성성과 순결성을 지닌 성처녀로 승화할 수 있었던 것이다. 이는 순교자라는 낭만적241) 형식 속에서 고귀하고 성스럽게 채색되어 있으나, 자본주의 체계와 결합된 가부장적 이데올로기의 도덕적 규범을 강화시켜 주는 장치이다. 경아의 삶을 가부장적 이데올로기에 수렴시키지 못하고 고귀하게 희생시키는 것으로 매듭짓는 소설의 결말은 관능/순결, 모성성/불모성 등 여성성의 극단적인 분열과 통합을 보

---

241) 낭만적이란 용어는 18세기 말부터 19세기 초까지 유럽에서 일어났던 낭만주의의 문학적 경향을 지칭하는 용어이기도 하고, 예술사에서 보편적으로 발견되는 스타일과 세계관을 지칭하는 용어이기도 하다. 이 책에서 사용하는 낭만적이라는 용어는 후자의 의미로, 현실에서는 가시화될 수 없는 '어떤 것'을 의미한다.

여준다. 그 결과 소설은 성처녀로 승화된 경아가 죽음 후에
는 남성의 보호를 받을 수 있는 세계, '황홀한 꿈' 나라로
들어갈 것이라는 거짓된 희망을 심어준다.

요컨대, 창녀에서 성처녀로의 승화라는 모티브와 아름다운
죽음이라는 환상적 모티브가 결합된 결말 구조는 성적 규범
과 보는/보이는 즐거움 사이의 간극을 조정하는 타협적 균형
지점이라 할 수 있다. 이 타협적 균형 지점에서 남성은 자신
의 무책임을 묵인하고, 부끄러움과 죄의식을 털게 하는 면죄
부를 부여받고 있는 것이다. 그럼으로써 가부장적 이데올로
기가 더 강화되는 계기가 마련된다. 이런 점에서 비추어 볼
때, 창녀에서 성처녀로의 승화에서 보여주는 소설과 독자의
합일 관계는 가부장적 이데올로기를 강화하기 위한 일종의
공모 관계가 되는 셈이다. 그녀가 여성을 사물화 시키는 근
대적 폭력의 주체인 남성에 의해서 희생된 것이라는 관점에
서 볼 때, 경아의 자살은 남성의 사회적 타락을 무마하기 위
한 "교환적 보상에 의한 환상" 242)이 빚어낸 죽음이라 할 수
있다.

(2) **왜곡된 도전적 신념**

『별들의 고향』의 경아와 달리『겨울여자』의 이화는 물

---

242) 재니스 래드웨이는 이러한 낭만적 환상은 삶의 동반자를 발견하
는 환상이 아니라, 보살핌과 사랑을 받고 특별한 방식으로 확인받
고자 하는 제의적 소망에 가까운 것이라고 했다.(Janice Radway,
Reading the Romance: Women, patriarchy, and popular literature,
London: Verso, 1987. 13쪽.)

질적 보상을 전제로 한 성행위를 하지 않기 때문에 엄밀한 의미에서 창녀가 아니다. 그러나 이화 스스로 자신의 사랑이 베풂의 사랑이라고 하지만, 많은 남성들과 성 관계를 맺는다는 점에서 창녀와 다름없이 순결을 잃은 훼손된 육체를 소유하고 있다. 무려 다섯 명의 남성에게 사랑을 받고, 그들과 성 관계를 맺는 창녀와 같은 여성이다. 이화는 『별들의 고향』의 경아와 달리, 목사의 딸로 풍족한 생활을 해왔고, 대학을 나온 엘리트로서 사회적 능력을 인정받아 잡지사 기자로 일하기도 한다. 게다가 이들 다섯 명에게 하나같이 열렬한 구애를 받으나 그것을 과감하게 거절하고, 자신의 신념대로 살아가겠다고 선언하고 행동하는 여성이다. 다시 말해 경아와 달리 이화는 지덕체를 모두 겸비한데다가 사회적 관심, 즉 공적 영역에도 능동적으로 참여하는 여성이며, 관능미마저 구비한 여성인 셈이다. 그런 다재다능한 여성인 이화가 '여성성＝순결성＝사적 영역'으로 규정하는 사회적 관습의 벽을 깨기 위해, 스스로 순결성을 상실한다는 사실은 1970년대 소설 독자에게는 신선한 충격이라 할 수 있다.

> "그게 뭔지 알아요. 그건 관습일 뿐예요. 윤리적 관습, 선생님이 40여 년 동안을 살아오시면서 저절로 익히신 윤리적 관습일 뿐예요. 관습은 감각적인 거예요. 늘 먹는 음식에 대한 미각 같은 거예요. 감각은 새로 길들일 수 있어요. 하려고만 든다면 매운 음식을 못 먹던 사람도 차츰 그 매운 음식을 먹을 수 있게 되듯이요. 윤리적 감각도 마찬가지예요. 자, 절 안아주세요. 선생님은 지금 목이 마르시고 전 선생님 가까이에 있는 한 잔의 물이라고 생각하셔도 좋아요." (『겨울여자』 하권, 339-340쪽.)

인용문처럼 이화의 성행위는 이성적 결합이라기 보다는 일
종의 의식에 가깝다. 즉 육체적 순결을 중요하게 여기는 자
신의 가족이나 허민 교수의 "윤리적 관습"에 대한 도전적
신념을 실천하는 경건한 의식이라 할 수 있다. 이화에게 육
체적 순결이나 가족 이데올로기라는 편협한 관습에 얽매어
있는 사람은 '지금―여기'에 존재하는 사회적 관습의 벽에
간혀 있는 사람들로 인식된다. 이화의 입장에서 보면, 그 사
람들은 "불쌍한 사람"들이다. 그러므로 그녀가 행하는 성행
위는 그 벽을 깨고 "불쌍한 사람"[243]들을 구제하는 것이므
로 경건할 수밖에 없다.

> 이화는 허민이 뛰어넘지 못하고 있는 벽도 깨뜨려주
> 어야 한다고 생각했다. 그리고 그의 갈망을 자유롭게 해
> 주어야 한다고 생각했다. 갈망을 알면서 그것을 모른 체
> 한다는 것은 그녀에게는 마치 목마른 자에게 물을 주지
> 않는 행위와 마찬가지였던 것이다. 그것은 그녀의 천성
> 이 허락하지 않는 일이었다. 더욱이 그는 자신의 갈망과
> 싸우고 있다. 고통스럽게(『겨울여자』 하권, 315쪽.)

위 인용문은 『겨울여자』에서 「성처녀」라는 부제가 붙은 첫
부분이다. 소설 문법에 따르면 그녀는 "목마른 자에게 물을
주"듯이 사랑을 베풀어주기 때문에 성처녀가 된다. 성 행위는
결코 그녀가 원해서가 아니라 상대가 원하기 때문에 행해지는
데, 이는 성처녀와 같은 고결한 성품에서만 우러날 수 있는 이
타적인 사랑의 방식이라는 것이다.

이 소설 역시 이화를 성처녀로 추앙하기 위해 모성성과 순

---

243) 『겨울여자』 상권, 200쪽.

결성을 지닌 여성으로 제시하고 있다. 첫 번째로 이화 역시,
『별들의 고향』의 경아와 마찬가지로 모든 남성들에게 모성
성을 지닌 여성으로 인식된다.

> 1) 그가 몹시 힘들어한다는 느낌이었다. 그녀는 도울
> 수 있는 방법이 있다면 그를 돕고 싶다고 생각했다. 그
> 러나 어떻게 하는 것이 그를 덜 힘들게 하는 것인지는
> 알 수가 없었다.(『겨울여자』 상권, 94쪽.)
> 2) 자신의 슬픔만으로도 힘겨워해야 할 저 자그마한
> 여자애가 타인을 위한 짐마저 지려 드는 저 무모하리만
> 한 너그러움은 도대체 어디에 근원하는 것인가 (중략-
> 인용자)수환은 어느새 그녀 앞에서 어린아이가 된 것 같
> 은 마음 편한 기분이 되어버린 자신을 발견하였다.(『겨
> 울여자』 상권, 207-8쪽.)
> 3) 순간 허민은 그녀의 눈빛에서 어떤 아늑한 것, 자기
> 가 그 속에 문득 감싸이고 싶은 부드러움 같은 것을 발견
> 하였다. 그것은 그의 짧지 않은 독신 생활 가운데서 여태
> 껏 어떤 여자의 눈빛에서도 발견할 수 없던 것이었다.
> (『겨울여자』 상권, 213쪽.)
> 4) 이화 형은 그 뭐랄까, 사람을 묘하게 안심시키는
> 힘이 있는 것 같소. 내가 아마 그 힘에 감화가 된 모양
> 이오.(『겨울여자』 하권, 434쪽.)

위 인용문은 이화가 성 관계를 맺었던 남성들의 고백이다.
인용문에서 살펴볼 수 있듯이 이화는 남성들이 욕구하는 바
를 구체적인 상황에서 보살피고 있으며, 최대한 자신을 희생
해서라도 상대를 돌봐주려고 노력하는 모성적 존재라 할 수
있다. 성행위가 비록 아이에게 모성을 베푸는 행위와 동일할
수는 없지만, 이화는 보면 남성들에게 모성성을 베푸는 어머
니와 같은 존재인 셈이다.

또한 소설은 이화 역시 경아처럼 순결성을 지닌 여성으로 인식하게 유도한다. 물론 『별들의 고향』의 경아와 마찬가지로 이화 역시 육체적으로 순결을 상실한 여성이기에 성처녀로 추앙할 내적 조건을 지니지 못한 여성이다. 그러나 그녀 역시 경아처럼 육체적으로는 순결하지 않지만, 마음 즉 영혼이 순결한 여성으로 인식된다. 순결한 영혼을 가진 여성은 육체적 순결을 가졌으나 영혼이 순결치 못한 여성보다 더 고결하고 성스러운 것으로 인식하기를 소설은 끊임없이 설득한다. 그러므로 그녀는 육체적 순결을 중시하는 것은 가족을 구성하는 폐쇄적인 관습 때문이라고 항변한다. 그래서 육체는 순결성과 무관하게 인식해야 할 성질이라고 주장하고 그것을 독자들이 수용하도록 유도한다.

> 자신의 육체에 관해서는 그것이 처음부터 그렇게 아끼고 도사릴 만한 특별히 소중한 것은 아니라는 생각에 도달했다. 애초에 자기라는 개체 자체가 그렇게 인색하게 아끼고 도사릴 만한 존재는 아닌지도 모른다는 생각마저 들었다.(『겨울여자』 상권, 119쪽.)

위 인용문은 이화가 처음으로 성관계를 맺고 난 후에 고백하는 부분이다. 이 고백을 통해, 육체적 순결을 간직한다는 것이 얼마나 무의미한 일인가를 보여준다. 육체적 순결이 단지 "윤리적 관습" [244]이라는 사실을 알지 못하는 사람들은 순결하지 못한 영혼을 가진 사람이기에 사회적 관습의 벽에 갇혀 있는 것이 된다. 도리어 사회적 관습을 벽을 깨는 이화가 순결한 영혼을 가진 사람이 되는 셈이다.

---

244) 위의 책, 하권, 339쪽.

　　이 황량하고 추운 겨울에 따뜻함(母性)과 순결(處女性)
　을 모두 잃지 않는 어떤 女子이다. 모든 추워하는 男子
　들의 마음을 자신의 따스한 체온으로 감싸주는, 그러면
　서도 마음의 순결을 잃지 않는 어떤 女子이다.245)

　위 인용문은 작가의 소설 후기의 일부분이다. 작가 역시
자신이 창조한 이화가 모성과 순결성을 동시에 지닌 여자이
며 독자가 그렇게 읽어주기를 희망한다.

　작가의 당부나 소설 내적 구조에 따라 이화가 성처녀로 승
화된 것은 주체적인 노력에 의한 것인 듯싶지만, 사실은 가
부장적 이데올로기에 순종적인 여성의 범주에 들기 때문에
가능한 것이라고 여겨진다. 이화가 순종적인 여성이라는 사
실은 베풂의 사랑을 하게 된 동기에서 쉽사리 찾을 수 있다.
그녀가 베풂의 사랑을 하게 된 동기는 자발적인 자아의 각성
에 의해서가 아니라 요섭의 죽음을 통해서이다. 성적 접촉하
기를 원했던 요섭이 죽자 그녀는 요섭의 죽음 이후 그에 대
해 죄의식에 빠진다. 그 후 모든 남성에게 '순종'적인 여자
가 되기로 결심하고, 우석기와 김광준을 만나면서 사회적 규
범과 가치에 대한 도전하려는 그들의 신념에 순종하고 동조
한다. 소설 문법에 따르면 이화의 베풂의 사랑은 사회적 차
원의 문제 즉 사회적 관습에 대한 도전으로 비쳐지기 때문
에, 이화는 성처녀로 승화되는 것은 당연한 일이다.

　그러나 심층적 차원에서 볼 때, 이화는 극히 개인적인 차원
에서 사랑을 베푸는 것이며 그 사랑의 근본적인 속성은 남성
내지 남성중심주의에 대한 순종이라 할 수 있다. 이화는 가부

---

245) 조해일, 「『겨울여자』 후기」, 위의 책, 702-703쪽.

장적 이데올로기를 내면화하고 있기 때문에 타인의 성적 충동에는 흔쾌히 반응하면서 자신의 성적 충동을 부끄러워하고 억제하는 상반된 반응을 보인다. 이러한 이화의 이중적 행위는 자율성의 가장이며 외적으로 주입된 자율성의 모방일 뿐이라는 사실을 여실히 보여주는 근거가 된다.[246) 따라서 이화를 성처녀로 승화시키는 소설 문법은 표면적으로는 전통적인 성 윤리를 해체시키려고 하는 듯하다. 그러므로 이 소설 역시 『별들의 고향』처럼 여러 남성와의 성 관계를 맺는 창녀와 같은 존재인 이화를 성처녀로 추앙함으로써, 성적 개방성에 대한 사회적 비난을 피하면서 보는/보이는 즐거움을 확장시키고 있는 것이다. 하지만 심층적으로는 가부장적 이데올로기에 여성을 통제 내지 속박하려는 의도를 숨기고 있는 것이다.

(3) 배제의 원리

「영자의 전성시대」에서 영자는 가부장적 이데올로기가 요구하는 여성성을 지니지 못한 여성이므로 가부장적 이데올로기에 의해서 도덕적 차원의 비판이 가해진다. 물질에는 관심이 없으나 어쩔 수 없이 창녀로 전전하게 된 『별들의 고향』의 경아나 물질적 보상과는 무관하게 사회적 관습을 깨기 위

---

246) 지젝은 여성이 도덕적 교훈에 입각하여 행위 한다면, 남성에 대한 두려움에서 벗어나거나 남성을 유혹하려고 노력하면서도 무의식적으로 타율적 방식으로 행위 하게 된다고 주장한다. 따라서 여성이 성취할 수 있는 최고의 통찰력은 자기 근절을 통해 구원을 추구하도록 유도하는 기질적 노예화의 모호한 징후라고 규정했다.(Slavoj Žižek(이만우 역), 『향락의 전이』, 인간사랑, 2002. 276쪽.)

해서 경건한 의식처럼 스스로 뭇 남성에게 성을 제공하는
『겨울여자』의 이화와 달리, 영자는 경제적 보상을 전제로
한 감성적인 욕구 조건을 남성에게 제공하면서 악다구니처럼
살아가는 여성이다. 영자는 경아나 이화처럼 남성에게 순종
적인 성격을 띠고 있지도 않은데다가 서울로 올라와 식모살
이 등 여러 직업을 전전하다가 한 팔을 잃어 관능적인 육체
는커녕 혐오감을 주는 육체를 소유하고 있는 여성이다. 어찌
보면, 그녀는 경제적 자산이나 문화적 자산이 없기 때문에
생존을 위해서 자발적으로 매춘을 시작한다. 오랜만에 우연
히 만난 남자 친구인 영식도 화대(매매춘의 대가)를 벌기 위
한 대상으로만 생각하려 할 정도로 인정이 메마른 여성이다.

> 『난 너를 돈 주고 샀어. 옷을 벗어. 사그리 벗어버리
> 란 말야.』
> 『좋았어. 진작에 그렇게 나올 일이시지.』
> 영자는 내 심정 같은 것은 아랑곳없이 기를 돋구어 말
> 했다. 그리고 나서 한 손 만으로의 불편한 동작으로, 그러
> 나 아주 익숙한 솜씨로 옷을 벗었다.(「영자의 전성시대」,
> 58쪽.)

위 인용문은 영식이 창녀촌에 갔다가 예전에 철공소에 있
던 식모 영자를 재회하는 장면이다. 영식은 영자가 왜 한 팔
을 잃었는지 궁금해 하지만 대답하지 않고, 대신 화대에 답
하기 위해 "익숙한 솜씨로 옷을 벗"는다. 일을 마치고 나서
도 영자는 "장난끼만도 아닌 어조로" "댁 같은 분이나 자주
찾아와 준다면" 빚을 청산할 수 있을 것이라고 세상사에 찌
든 늙은 창녀처럼 말한다.247)

영자에게는 단골손님이라고는 없는 모양이었다. 어떤 시러배아들이 외팔뚝이 창녀를 단골로 찾아들겠는가. 영자를 아는 녀석들이라면 꿈에라도 뵐까 무서워 그 근처로는 발길도 얼씬 아니할 일이었다.(「영자의 전성시대」, 61쪽.)

창녀촌을 찾는 남성들은 외형적으로 관능적이고 아름다운 육체를 소유한 여성을 요구하고 창녀들 역시 그런 요구에 부응하기 위해 부단히 외모를 가꾼다. 그러나 한 팔이 없는 영자는 그러한 창녀와는 거리가 멀다. 그녀는 "외팔뚝이 창녀"인데다가 매춘을 시작한 후 "싱싱했던 피부의 탄력이나 풍만했던 가슴의 융기는 시들해 졌으며" 248), "영자의 그곳은 슬프게도 마치 헐거운 팔찌처럼 반들반들하게 길이 나 있어" 249) 관능적인 육체는 물론 관능적인 매력조차 상실했다.

이렇듯 영자는 『별들의 고향』의 경아나 『겨울여자』의 이화와 달리 사회적 규범으로부터 보호받을 연약한 성격을 소유하지도 않았으며, 삶에 대한 신념도 없는 여성이라 할 수 있다. 그녀는 성적 유희의 대상이 될 정도로 관능적인 매력도 소유하고 있지 않으며, 정숙한 아내가 될 모성성이나 순결성을 지니지도 않았기에, 남성의 보호나 배려 대상이 되지 못한다. 그녀는 경아와 이화처럼 성처녀로 숭배되어 가부장적 이데올로기의 자장 안에 안주할 내적 외적 조건 중에 어느 것 하나 지니고 있지 않다.

산업사회에서 성이란 일부일처제, 가부장적인 가족 틀 안

---

247) 「영자의 전성시대」, 58쪽.
248) 위의 책, 55쪽.
249) 위의 책, 59쪽.

에서 형성되고, 문명화된 사회관계를 지속시키는 힘이며 그 조건이기 때문에,[250] 그런 문명화된 사회관계를 훼손할 우려가 있는 영자는 그 문명권 밖으로 배제될 수밖에 없는 처지에 놓인다.[251] 그러므로 그녀는 살림집을 마련하기 위해, 의수를 달고 창녀로서의 '전성기'를 잠시 누려 보는 등 악착같이 돈을 모으지만, 그렇게 어렵게 모은 돈을 포주에게 가로채이고 그 돈을 찾으려다가 불타 죽고 만다. 이 소설은 불타 죽은 영자를 고귀한 희생이나 아름다운 죽음이라는 용어로 포장하지도 않고, "물집이 터진 자리는 군데군데 시뻘겋게 익은 살덩이가 드러나 있었다"[252]라고 적나라하게 묘사한다. 특히 세 구의 시체 중에서 영자의 시신을 쉽게 찾을 수 있는 것도 '외팔뚝이'여서라고 냉담하게 서술하고 있다. 말초적인 감각을 자극하는 상세한 시각적 묘사를 통해 영자

250) 문명의 억압적 성격은 본능의 승화가 아니라 성적 관계의 배타성과 관련이 있다.(지그문트 프로이트(김석희 역), 『문명 속의 불만』, 열린 책들, 1998) 그러나 푸코는 프로이트의 이론에서 한 발 더 나아가 성적 배타성이 생산되는 권력―지식 체계뿐만 아니라, 그것을 전복시키려는 권력―지식 체계의 등장에 주목한다.

251) 미셸 푸코는 성적 욕망이 합법적인 부부의 규범 안에서 행해지지 않을 경우, 합당한 제재를 받았다고 설명한다. 생식의 범주에서 벗어나 있거나 그것에 대해 변모되지 않는 자는 가정의 안락도 법의 보호도 기대할 수 없었다고 한다. 이와 동시에 추방되고 거부되며 침묵할 수밖에 없는 궁지에 몰리게 되었다고 한다. 그러한 자는 세상에 존재하지 않을 뿐만 아니라, 존재하지 않아야 하며, 행동으로든 말을 통해서든 힐끗 모습을 보이자마자 사람들은 그를 사라지게 만들었다고 주장한다.(미셸 푸코, 앞의 책, 24쪽.)

252) 「영자의 전성시대」, 79쪽.

의 죽음에 혐오감을 부여한다. 이러한 서술 방법을 통해 이 소설은 창녀는 사회적 통념상 배제되어야 한다는 틀에서 벗어나지 않는 소설적 문법을 정직하게 택하고 있다고 할 수 있다.

　요컨대 「영자의 전성시대」에서 영자의 죽음이라는 소설적 결말은 매춘을 하는 영자를 포함한 창녀들의 삶을 통해 말초적인 감각을 자극하여 보는/보여주는 즐거움을 만족시켜주면서도, 사회적으로 통용되는 성적 금기 내지 성적 통제에 의해서 영자를 판단하고 그에 의해 영자를 냉정한 시선으로 사회에서 배제하는 이중적 태도를 취하고 있는 것이다.

3. 타협적 균형으로서의 성 담론

　1970년대 대중소설 텍스트에서 이상화된 육체는 보는/'보이는 자'의 시선에 쾌감과 관능적 성적 생식력을 주지만 자본주의 체계에 의해서 상품을 형식을 띠게 되면서 조종, 통제, 착취당하게 된다. 이상화된 육체를 '보는 자'는 대부분 남성이고 '보이는 자'는 대부분 여성이므로, 여성 스스로 이상화된 육체를 만들기 위해 자기 억압과 개성의 자기 연출, 자기 대상화와 자기도취적 쾌락, 시장성 높은 자아 만들기와 신데렐라적 환상에 몰입하게 한다. 반면에 훼손된 육체의 소유자는 가부장적 이데올로기의 성 규범에 어긋나므로 사회로부터 통제 당한다. 이러한 통제의 논리에 의해 모성성과 순결성 그리

고 관능성으로 여성성이 규정되고, 그러한 여성성을 구비한
여성만이 남성 내지 사회의 보호 대상이 되고, 그렇지 않은
여성을 사회로부터 배제된다는 사실을 파악할 수 있다.

1970년대 대중소설 텍스트에서 육체는 성적인 측면에서 조
명되고 있으며, 이상화된 육체와 훼손된 육체로 이분되고 있
다.253) 육체 중에서 가장 흥미를 끄는 부분이 성적인 측면에
서의 육체인 바, 성과 관련된 육체는 성차를 반영하기도 하
지만 성차를 야기시키고 있다. 다시 말해 1970년대 대중소설
텍스트는 남성성을 정신과 공적영역으로, 여성성을 육체와
사적 영역으로 분리시키고 있다. 이러한 분리는 대중에게 여
성이 남성에 비해서 사회적으로 열등하다는 의식을 내면화시
키는 기능을 한다. 남성/여성 간의 차이를 이와 같은 방식으
로 극대화하여 남성과 여성을 각기 육체의 소비자와 공급자
로 이분화하고, 육체의 소비자로서의 기능을 수행하지 못하
는 여성에게 도덕적 차원의 비판을 가하고 있는 것이다.254)

---

253) 호르크하이머와 아도르노는 "육체에 대한 「증오에 찬 사랑」은
　　모든 근대문화의 바탕색을 이룬다"고 주장한다. 그들의 주장에
　　따르면, 근대에 와서 육체는 무언가 열등하고 예속된 것으로서
　　경멸받고 거부되지만 동시에 금지된 것, 물화된 것, 소외된 것으
　　로서 갈망의 대상이 된다. 문화는 육체를 사람들이 소유할 수
　　있는 사물로 규정한다. 문화 속에서 육체는, 권력자이며 명령권
　　자인 「정신」에 의해, 죽은 물체인 「시체」와 구별되는 대상이 된
　　다. 결국 인간이 시체로 전락되도록 함으로써 자연은 인간이 자
　　신을 단순한 지배대상이나 원자재로 격하시킨 위대한 복수를 한
　　다. 인간이 어쩔 수 없이 파괴와 잔혹성으로 치닫게 되는 이유
　　는 육체와 정신의 분리가 점점 커져가는 데서 연유한다. 그러므
　　로 근대 이후, 육체는 매력의 대상이 되면서도 혐오의 대상이
　　된다.(M. Horkheimer und TH. W. Adorno, 앞의 책, 316-317쪽.)
254) 리타 펠스키(김영찬·심진경 역), 『근대성과 페미니즘』, 거름,

또한 여성성을 순결성과 모성성/관능성으로 분리함으로써 여성을 순수한 여성/순수하지 않은 여성, 즉 재생산 기능을 수행할 수 있는 대상과 성적 유희 대상으로 구분하고 후자를 사회적으로 차별하는 사회적 통념을 형성하는 역할을 한다. 이처럼 남성/여성, 정신/육체, 순수한 여성/순수하지 않은 여성 등의 구분은 전통적인 성규범과 육체에 대한 생각이 자본주의의 상품 논리와 교묘히 결합된 결과로써, 여성의 육체를 대상화하여 보고/보이는 즐거움을 대중화하는데 일조한다.

이와 동시에 텍스트의 공간에서 여성의 육체는 한편으로 남성의 시선에 의해서 포착되고 있으며, 다른 한편으로 여성도 그러한 시선을 통해 자유로운 자신의 공간을 확보하려는 작업을 무의식적으로 동반하고 있다는 사실을 간과해서는 안 된다. 이러한 모순적 시선과 모순적 작업을 통해 성 자체가 재생산되거나 새롭게 구성될 가능성이 잠재되어 있기 때문이다.

1970년대 대중소설이라는 이중적인 담론의 공간에서 여성은 역시 성적 억압의 대상이 되지만, 자신의 육체를 통해 억눌린 일상과 사회적 규범이나 가치로부터 해방될 가능성도 표현한다. 즉 여성은 타인의 시선을 의식하고 자신의 육체를 보여주지만, 다른 한편으로 자기 자신의 이미지를 표현하고 자신의 중요성에 대한 감각을 사회적으로 확인 받고자 하는 욕구도 갖는다. 이런 여성을 '보는 자'인 남성들도 여성과 동일하게 일상이나 관습의 억압으로부터 해방하고자 하는 욕구를 갖게 된다. 이와 같이 성과 육체의 담론에 기대어 인간은 자신의 자유로움을 이야기하고 있는 것이다.[255] 성과 육

1998. 108쪽.

255) 이는 오리엔탈리즘에 대한 서양의 언술체계가 동양에 대한 지

체의 담론은 단순히 보는/보이는 감각적 즐거움을 주는 구경 거리를 넘어서 인간의 육체에 대한 새로운 담론을 형성하게 하는 힘을 내재하고 있는 것이다.

이러한 관점에서 볼 때, 관능적 상황은 개인적 편차는 있 겠지만, 누구에게나 삶에 활력을 불어넣어 주는 요소인데, 1970년대 대중소설 텍스트의 성과 육체에 대한 담론은 그러 한 상황을 연출함으로써 인간의 본능적 욕망을 해방시킬 가 능성을 내재하고 있는 것이다. 따라서 1970년대 대중소설은 가부장적인 여성관이나 성적 에너지를 공적 담론으로 방출하 는 것을 금기시하는 전통적인 윤리관으로부터 해방될 가능성 을 잠재한 공간이다. 성과 육체라는 문화적 코드에 사적 생 활의 발견 내지 자유라는 기의(의미작용의 개념)가 은유적으 로 표현되고 있는 공간이다. 또한 텍스트가 성 내지 육체를 통해 여성을 남성의 대상화나 경멸의 대상으로 전락시키는 것으로만 작용하지 않는다. 텍스트는 여성의 성과 육체를 공 적 담론으로 끄집어내고, 그것에 가해지는 이데올로기를 드 러냄으로써 도리어 그 이데올로기를 전복시킬 가능성도 내포 하고 있는 것이다. 특히나 남성의 시선이 지닌 특권은 이데 올로기이므로 불안정한 것이며 시대의 흐름이나 소설적 사회 적 상상력에 의해서 뒤집어질 수 있는 것이다.[256]

요컨대 성과 육체에 대한 담론에 있어서 1970년대 대중소

식을 만들었으나, 한편으로 그런 권력-지식 관계의 묶음이 서 양의 권력에 이득을 주도록 만들었다는 것과 유사한 원리이 다.(에드워드 사이드(박홍규 역), 『오리엔탈리즘』, 교보문고, 1996.)
256) 피터 브룩스(이봉지 외역), 앞의 책, 517쪽.

설은 사회적 관습이나 규범에서 벗어나지 않음과 동시에 그
것을 거부하는 이중적 기능을 수행하면서도, 감각적 쾌락을
포기하지 않고 있다. 이는 1970년대 대중소설이 텍스트-독
자-유통의 순환구조를 의식한 소설적 장치 때문이다. 이 장
치는 익숙해진 감수성의 범주에서 벗어나는 것을 좋아하지
않아서, 기성의 감각궤도 속에서 기분 좋게 흔들기만을 원하
는 독자 대중을 의식한 것이라 할 수 있다.257)

　독자 대중은 관능적 육체와 행동을 보고/보이는 즐거움을
통해 사회적 관습으로부터 해방된 자유를 느낄 수도 있지만,
한편으로 사회적 관습을 유지하려는 욕구 때문에 불편함을
느낄 수도 있기 때문이다. 이런 독자 대중이 가질 수 있는
불편함을 라이히는 '쾌감 불안'이라 하는데, 이는 "성 흥분
을 억압하는" 행위로서, "성 행위의 처벌에 대한 외부로부터
학습된 불안"을 의미한다.258)

　1970년대 대중소설이 독자 대중의 쾌감 불안을 해소시키기
위해 취한 두 가지 소설적 장치를 배치하고 있다. 우선 서술
방법에서 쾌감 불안의 해소 장치를 찾을 수 있다. 1970년대
대중소설 텍스트는 여성 육체와 성을 말초적인 감각을 직접
적으로 자극하는 상세한 묘사의 '반복' 서술로 인하여 센세
이션을 일으키면서 보는/보이는 즐거움을 대중화시키는 데
기여한다. 특히 시각적 쾌락이나 입술이나 성기 등의 피부에
의한 육체 접촉과 그것으로 인한 촉각적 쾌락을 '반복'적으

---

257) 나카무라 미쓰오, 「풍속소설론」-근대 리얼리즘 비판,(이토세이
　　　외(유은경 역), 『일본 사소설의 이해』, 소화, 1997.)
258) 빌헬름 라이히(윤수종 역), 『성 혁명』, 새길출판사, 2000. 180-
　　　181쪽.

로 상세하게 서술함으로써, 사생활의 은밀함이나 여성을 사유화할 수 있다는 환상을 자극한다. 그런데 1970년대 대중소설은 여성의 육체와 성에 대해서 상세하게 묘사하여 말초적 감각을 자극하는 한편, 쾌감 불안을 해소하기 위해서 인물의 성격을 병치시켜 서술한다. 그러므로 텍스트에 등장하는 여성은 대부분 천진난만하거나 정숙한 성격 내지 성처녀와 같은 내면의 소유자가 된다. 이들 여성은 표면적으로 다양한 성격의 소유자로 인식되지만 본질적으로는 가부장적 이데올로기에 순응하는 여성성을 지닌 인물이라고 할 수 있다. 단지 변형적 '반복'에 의해 다양한 성격의 소유자로 인식하게끔 유도할 뿐이다. 본질적으로는 모든 여성들이 이데올로기에 순응하는 성격의 소유자이기 때문에, 그들의 성행위나 육체에 대한 상세한 묘사가 주는 말초적 감각의 자극성은 거부감 없이 확장될 수 있는 것이다. 이러한 서술 방법을 통해 1970년대 대중소설 텍스트는 지배 이념의 지배성에 순응해 들어가는 한편 심층적 차원에서 그것을 거부하려는 인간의 본능적인 욕망을 동시에 충족시키고 있는 것이다. 이는 소설사적 관점에서 보았을 때, 의미 있는 소설적 태도이다. 즉 1970년대 대중소설이 인간의 욕망 본능에 충실하게 반응한다는 사실은 정신적 가치 지향에 초점을 맞춘 이전 소설들과 결별하고 정신과 육체를 일원론적으로 인식하고 있다는 증거가 된다. 이는 이후 소설적 태도의 전환의 발판이 된다.

다음으로 타협적 균형에서 쾌감 불안을 해소하는 장치를 찾을 수 있다. 1970년대 대중소설 텍스트는 사회적 규범이나 가치에 의해서 거부되는 여성인 창녀나 성적으로 문란한 여성을 구제하는 방법과 배제하는 방법으로 타협적 균형을 찾는다는 점이다. 즉 관능적이고 남성의 보호 대상이 될 수 있는 성격을 소유한 창녀는 모성성과 순결성을 지닌 성처녀로 승화시켜 관능적인 상상의 공간을 확장시키고 있는 반면에 그러한 성격을 지니지 못한 창녀는 도덕적 차원에서 비판하고 사회에서 완전히 배제하여 사회적 통념을 재확인하는 방법을 취한다.

먼저 『별들의 고향』과 『겨울여자』를 보면, 이 소설의 주인공인 경아와 이화는 소설적 문법에 의해서 성처녀로의 승화된다. 소설은 이들 여성을 육체적 순결성 대신에 정신의 순결성을 아이에게 모성을 베푸는 여성 대신에 모성적 성격을 지닌 여성으로 환치시켜놓는다. 이러한 환치는 모성성과 순결성을 극단적으로 분리/통합시키는 이중적 기능을 함으로써, 가부장적 이데올로기 안으로 이들 여성들을 수렴하고 있음을 알 수 있다. 그러나 심층적으로 볼 때, 이러한 이중적 기능은 순결성과 모성성을 여성성으로 규정하는 전통적인 윤리관을 해체할 가능성을 내포하고 있다. 이를테면 육체적 순결이 정신적 순결로 대체되는 순간 순결에 대한 성적 규제가 느슨해지는 부수적 기능을 수반한다. 이처럼 1970년대 대중소설은 순결 이데올로기를 건드리지 않으면서도 그 의미 내용을 역전시키고 있는 것이다.

반면에 「영자의 전성시대」는 성적으로 타락한 주인공을 배제하는 방식으로 타협적 균형을 찾는다. 외형적으로 이런 결말 구조는 가부장적 이데올로기에 동조하여 창녀를 배제하는 방법으로 비쳐진다. 그러나 심층적 차원에서 볼 때 그런 사회적 관습에 대한 반란의 의미가 숨겨져 있는 공간이기도 하다. 영자의 처참한 죽음은 남성의 부끄러움과 죄의식을 은폐

하려는 시도에 대한 반란의 가능성을 내재하고 있다. 그녀의
죽음은 사회적 관습에 의해서 배제된 자의 종말이지만, 실은
가부장적 이데올로기의 모순을 폭로하는 지점이기 때문이다.
다시 말해 그녀의 죽음의 직접적인 원인은 화재이지만, 더
근원적인 원인은 여성을 대상화하려는 남성의 폭력 성향이기
때문이다. 그녀는 오직 "배불리 먹어 보기 위해서" 서울로
와서 식모살이를 했는데 "하룻밤은 주인 놈이 덤벼들면 다음
날은 꼭지에 피도 안 마른 아들 녀석이" 덤벼들고 "대학생들
을 하숙치는 집에도 좀 살아봤는데, 배웠다는 사람들이 이건
뭐 더 악마구리 떼"처럼 그녀를 성적 유희의 대상으로 취급
하였다고 고백한다.259) 그녀의 육체는 약하고 상처받기 쉬운
데, 성적 유희의 대상으로만 취급하려는 남성에 의해서 그것
이 마음대로 훼손되었던 것이다. 따라서 그녀는 식모살이조
차 제대로 할 수 없어 차장이 되었다가 한 팔을 잃고 나서
창녀가 되었던 것이다. 게다가 '살림집'을 마련하기 위해
의수를 끼고 매춘을 하는 기이한 풍경도 매춘 단속으로 중단
해야만 했다. 매춘 단속은 창녀는 사회에서 뿌리 뽑힌 자이
고 쫓겨난 자이므로 근절해야 한다는 사회적 관습에 근거한
다. 이러한 사회적 관습과 '외화 벌이'를 위해 국가적 사업
으로 매춘을 공인해야 한다는 산업사회의 경제 논리가 공존
하고 있는 것이 현실이다. 창녀에 대한 이중적 잣대가 공존
하는 것 역시 여성을 사물처럼 마음대로 처분할 수 있는 물
체로 대상화하려는 남성의 일방적인 폭력 행사라 할 수 있
다. 그러므로 영자의 죽음은 경제적으로 지위가 낮은 여성을

---

259) 「영자의 전성시대」, 66쪽.

남성의 성적 유희의 대상으로 취급하고 창녀로 전락시키는 남성의 사회적 타락을 은폐하려는 시도이지만 심층적 차원에서 볼 때 그 은폐를 폭로하려는 시도이다. 이러한 관점에 볼 때 타협적 균형에 의해 수렴된 「영자의 전성시대」는 순결성과 관능미를 여성에게 강요하는 전통적인 윤리관이 해체될 가능성을 지닌 새로운 문화적 경험 공간인 셈이다.[260]

성은 독자의 흥미를 끄는 고전적인 방법이라 할 수 있는데,[261] 1970년대 대중소설은 성 담론만으로도 당대 청년 독자 대중들의 호응을 얻게 된다. 당대 독자 대중의 성과 육체에 대한 관심이 지대했음은 성과 육체에 대해 노골적으로 서술하고 있는 1970년대 대중소설의 대중화에서 간접적으로 유추할 수 있다.

1970년대 대중소설이 어느 시대보다도 대중들의 호응을 얻게 된 직접적인 요인은 당대 독자들의 성과 육체에 대한 억압이라는 사회적 분위기와 생리적인 욕구를 포함한 사적 영역에 대한 관심 영역의 확대에서 찾을 수 있다. 우선 생리적인 욕구 차원에서 볼 때, 당대 대다수의 독자 대중인 청년들은 한편으로 물질적 풍요와 계층 상승에 대한 강렬한 욕구와 가능성에 대한 희망으로 부풀어 있지만, 다른 한편으로는 유

---

260) 미셸 푸코에 의하면, 1970년대 대중소설에서처럼 성의 억압에 관한 담론에는 반항, 약속된 자유라는 이율배반적인 담론이 개입될 수 있다. "성과 그것의 억압에 대해 말한다는 사실 자체가 이미 결연한 위반의 태도 같은 것을 구성"하기 때문이다. (미셸 푸코, 앞의 책, 27쪽.)

261) 고대소설 『춘향전』에서도 성은 독자의 흥미를 끌기 위한 중요한 요소 중 하나이다.(임성래, 「연애소설의 관점에서 본 〈춘향전〉」, 『연애소설이란 무엇인가』, 국학자료원, 1998.)

예된 결혼으로 말미암아 '즉각적인 욕구 만족을 지연 (deferment of immediate gratification)' [262]해야 했던 것이다. 그들은 연애 특히 본능으로서의 성에 부과된 개인적이며 사회적인 억압을 받아야 했다. 그것을 보상할 목적으로 창녀촌을 드나들기도 했지만 대량 생산 현장에 묶여 있는 근로 청년이나 산업화가 요구하는 지식을 습득하기 위해서 오랜 기간 학교에 묶여 있어야 할 대학생들에게는 그것도 쉬운 일이 아니었다. 다음으로 획일적인 국가 정책에 의해서 자신들의 일상을 늘 부차적인 것으로 간주해 왔던 대중들, 특히 청년 대중들이 점차 사적 영역에 대해서 관심을 갖기 시작했다. 이렇듯 공적 영역의 의미 있는 일원이 되어야 하기에, 자기 규율과 자기 통제를 강요하는 일상과 그것을 거부하고 사적 영역에 대해 관심을 돌리고자 하는 청년들의 이중적 감정 구조는 무의식적으로나 의식적으로 상상적 통합을 꿈꾸게 된다. 그러므로 1970년대 대중소설 텍스트를 접하게 된 독자 대중 특히 청년 독자의 경우, 텍스트의 인물과 동일시하려 하거나 그 인물을 소유하고 싶다는 욕망이 강렬할 수밖에 없게 된다.[263] 특히 1970년대 대중소설 텍스트의 인물처럼 독

---

262) 한완상, 『현대사회와 청년문화』, 법문사, 1974. 27쪽.

263) 이엔 앙은 『댈라스』라는 텔레비전 드라마를 보는 독자의 쾌락의 작용 구조를 분석하면서 동일시의 욕망 이론을 적용하고 있다. 그는 연속극을 비판적이거나 반영적 사실주의로 이해하는 것보다는 감정적 사실주의로 이해해야 쾌락의 작용 구조를 파악할 수 있다고 주장한다. 다시 말해서 『댈라스』를 보면서 평범한 독자들의 삶을 텍사스 백만장자들의 삶과 연결시키는 능력이 바로 프로그램에 '감정적 현실성'을 부여하는 것이라고 했다.(존 스토리(박모 역), 『문화연구와 문화이론』, 현실문화연구, 1999. 91쪽.)

자대중들과 유사한 환경이나 배경을 가지고 있는 인물이거나, 독자 대중들이 선망하는 인물인 경우는 더욱 동일시나 소유의 환상에 빠져들기 쉽다. 그러므로 1970년대 청년 독자들은 성처녀로의 승화/배제라는 상반된 타협적 균형이 만들어낸 1970년대 대중소설의 새로운 문화적 경험 공간을 성에 대한 욕구의 해소와 새로운 성 모랄의 제시라는 이중적 경험의 공간으로 받아들인다. 다시 말해 독자는 독서를 통해 남성중심의 가부장적 이데올로기가 반영된 기존의 성 담론의 습득과 지향이라는 문화적 경험과 전통적 윤리관이 해체되는 새로운 성 담론의 문화적 경험을 동시에 경험하게 된다. 그러한 이중적 경험은 1970년대 청년 독자대중이 놓여 있던 사회적 환경의 이중적 양상, 환상과 억압이 빚어낸 결과라고 할 수 있다.

제 5 장

낭만적 사랑과
근대적 가족제도의 대중화

1970년대에 청년 대중을 사로잡았던 대중소설은 대부분 낭만적 사랑의 감정을 다룬 연애소설이다. 그런데 1970년대 대중소설은 주로 이성애적 감정과 관련된 낭만적 사랑의 유형을 다양하게 드러내고 있지만, 본질적으로 멜로드라마적 구조를 지니고 있다.[264] 멜로드라마는 감정의 과잉, 인간적 결함과 속물성이 보상심리와 대리체험, 도피주의에 깊이 연루된 감상적 요소, 그리고 도덕적 결말 구조를 지닌 서술 양식으로서, 일반적으로 갈등의 상황→반전→도덕적 결말이라는 도식적인 서사적 구조 틀을 보여준다.[265]

---

[264] 김경과 황혜진은 1970년대 상영된 영화의 대중성과 영화의 미적 구조의 연관성을 밝히고 있다. 이들의 연구에 의하면 가련한 매춘 여성들과 낭돌한 성적 모험에 나선 여성들이 주인공이 되어 파국적 삶을 비감하게 펼치는 멜로드라마들이 1970년대 가장 높은 흥행작들로 박스 오피스를 차지했다.(김경·황혜진, 「한국 멜로드라마의 변화와 수용」, 『멜로드라마란 무엇인가』, 민음사, 1999. 35쪽.)

[265] 이러한 서술 특징을 지닌 것이 '멜로드라마'라고 할 때, '멜로드라마'는 제2장 각주 10)에서 밝힌 통속성의 다섯 범주가 다양하게 결합된 서술 양식이라 할 수 있다. 하우저에 의하면, 멜로드라마는 가장 인습적이고 도식적이고 인위적인 장르이며, 처음 부분에 갈등의 상황이, 중간 부분에 갈등의 충돌이, 결말 부분에 권선징악이 배치된다. 여기에 성격에 대한 구성의 우위, 상투적인 인물의 등장, 사건의 맹목적이고 무자비한 숙명성과 강한 도덕성이 강조된다. 멜로드라마가 강조하는 도덕성

멜로드라마의 중심 소재인 연애의 두 요소는 성적 본능과 사랑의 감정이지만, 연애가 성적 본능을 반드시 수반하는 것은 아니다. 일반적으로 연애 즉 사랑은 남녀가 만나 서로 주체와 객체의 독립성을 지양하고 합일된 상태가 되는 과정을 일컫는다. 따라서 사랑은 수동적인 감정이 아니라 능동적인 활동이다.266) 즉 사랑은 독립적인 두 인격체가 완전한 인격적 통일체를 이루는 능동적인 과정인 것이다

> 사랑은 일반적으로 나와 타자의 통일의 의식이며, 따라서 나는 대자적으로 고립되어 있는 게 아니라, 나의 자기의식을 오직 나의 대자존재의 지양으로서만, 즉 자기지를 통하여 나와 타자, 타자와 나의 통일로서만 얻는다. (중략―인용자)사랑의 제1계기는, 내가 자립적인 대자적 인격이려고 하지 않고, 내가 이러한 인격일 경우 나를 결점투성이고 완전하지 못한 것으로 느끼는 것이다. 사랑의 제2계기는, 내가 나를 다른 인격 속에서 얻어

은 비극의 윤리적인 성격과 달리 권선징악을 겨냥한 진부하고 회유적인 성향을 보이지만, 비극의 그것의 극단적이지만 고상한 비장감과 서로 상통되기도 한다.(아르놀트 하우저(백낙청·염무웅 역), 『문학과 예술의 사회사』 3, 창작과비평사, 2000. 261쪽.) '멜로드라마' 는 사랑을 중심 서사로 취택하므로 대중소설의 하위 범주로는 '연애 소설' 에 해당한다. 김창식의 경우 연애 소설의 일반적인 구성 요소를 다음과 같이 요약하고 있다. ① 사랑 또는 연애 과정이 전면적으로 나타나야 한다. ② 연애 과정 자체를 이야기 전개의 중심축으로 만들기 위해 그 사랑을 방해하는 요소나 인물들이 반드시 나타나야 한다. ③ 소설 속의 사랑이 인간 간의 깊은 이해나 화합을 목표로 해야 한다. ④ 사랑에 관한 작가의 생각이 분명하고 진지하게 표명되어야 한다.(김창식, 「연애소설의 개념」, 대중문학연구회 편, 『연애소설이란 무엇인가』, 국학자료원, 1998.)
266) 에리히 프롬(정성호 역), 『사랑의 기술』, 범우사, 1999. 41쪽.

그 속에서 타당하고, 다시 이 다른 인격이 내 속에서 동
일한 것을 달성하는 것이다. 따라서 사랑은 오성으로 풀
수 없는 가장 엄청난 모순이다. (중략-인용자)사랑은 모
순의 산출이고 동시에 해소다. 모순 해소로서 사랑은 인
륜적 통일성이다.267)

　헤겔에 의하면 사랑은 분리된 두 남녀가 불완전한 인간임
을 깨닫고 '합일의 감정'을 획득하는 과정이다. 사랑은 불
완전한 독립체로 자신을 인식하는 분리의 단계와 타인과의
합일의 감정을 이루는 통일의 단계를 연속적으로 경험하게
되기에, '모순의 동기인 동시에 모순의 해소'라 할 수 있다.
또 그런 까닭에 사랑은 인간이 스스로를 이해하고 스스로를
규정하는 매개체 즉 개인의 실존을 비추는 거울이라 할 수
있다.268) 이때 사랑은 타자에 의존하는 것이 아니라 타자에
대한 개방적 태도를 취하게 하며 개인적 경계(personal
boundaries)를 요구한다. 사랑을 확인하게 되는 두 인격체의
관계는 서로 간의 개방성과 민감성, 그리고 신뢰와 권력의
균형이 바탕이 되어야 한다는 것이다.269) 그리고 이러한 사
랑을 하는 두 인격체는 서로 떨어지지 않으려는 구심력 때문
에, 동거 내지 결혼을 하게 되고 가정을 형성하게 된다.
　요컨대 사랑은 미래에 대한 장기적인 삶의 궤적을 제공해
주므로 필연적으로 구조변동-가정의 창조, 부모/자식 간의
관계의 변화, 모성의 발견-을 수반하게 된다. 이렇듯 사랑은

267) G. W. F. Hegel, Die Famile § 158(*Philosophie des Rechts*), 황
　　태연 편역, 『주인과 노예의 변증법』, 지양사, 1983, 216-7쪽.
268) 르네 지라르, 앞의 책, 232쪽.
269) 앤소니 기든스(배은경 외역), 『현대사회의 성·사랑·에로티시즘-
　　친밀성의 구조변동』, 새물결, 1999. 165쪽.

두 남녀 간의 감정적인 차원에서 시작하지만 가족의 구성, 가족 관계의 변화라는 사회적 제도와 직접적으로 연결된다. 결과적으로 현대 사회에서 사랑은 공적 영역과 사적 영역의 분리와 연관된 남성성과 여성성의 분리 및 제도화 등과 연관을 맺게 된다. 그러므로 사랑을 근본적인 구성 원리로 하는 가족은 개인의 감정적인 차원의 산물이 아니라, 사회적 산물이며, 생물학적 성과 사회적 성이라는 경계 자체가 형성되고 변화되는 전략적 기점이 된다.

현대성의 특징을 자기 준거성, 곧 성찰성으로 파악한 앤소니 기든스는 산업 사회에서 개인적인 열정과 감정인 사랑, 가족, 성차(gender) 등 사적 영역과 성찰적 기획으로서의 자아의 문제까지 자율성 원칙에 기초한 성찰성이 확산되어 가고 있다고 주장한다.[270] 사적 영역에까지 파고든 성찰적 근대화의 양상을 분석하고 있는 기든스의 이론은 사랑과 가족에 관련된 현대적 담론의 의미작용을 분석하는 본 연구의 작업에 시사하는 바가 적지 않다.[271]

---

270) 앤소니 기든스, 「탈전통 사회에서 산다는 것」, 앤소니 기든스 외(임현진 외역), 『성찰적 근대화』, 한울, 1998.

271) 울리히 백은 근대 사회가 그 고유한 역동성에 힘입어 자신의 계급, 계층, 직업, 성역할, 핵가족, 공장, 기업 부문의 구성을 밑에서부터 약화시키고 있으며, 또한 자연스러운 기술적·경제적 진보를 위한 전제 조건들과 지속적인 형태들의 기반도 약화시키는 단계를 성찰적 근대화 단계라고 보았다. 따라서 성찰적 근대화란 산업사회의 전제 및 윤곽과 단절하고 또 다른 근대성으로 가는 길을 열어준다는 것이다. '바라는 것＋친숙한 것＝새로운 근대성'으로 가는 길을 열어주는 것이다.(울리히 백, 「정치의 재창조: 성찰적 근대화 이론을 향하여」, 위의 책, 23-25쪽.)

연애의 본능적 욕구로서 성은 여성의 육체와 더불어 이미 제4장에서 다루었기에, 이 장에서는 1970년대 대중소설에 나타난 연애의 감정적 실체인 낭만적 사랑의 멜로드라마적 서사 구조와 그것의 의미작용을 고찰하고자 한다. 1970년대 대중소설 텍스트에서 낭만적 사랑이라는 문화적 코드는 그것에 대한 '매혹' 과 '거부' 라는 대립적인 지시체계에 의해서 형성된다. 그리고 각각의 기호들을 구성하는 기표들은 멜로드라마적 구조에 의해서 구성되고 있다. 낭만적 사랑이란 문화적 코드의 한 쪽을 구성하는 매혹이라는 기호는 '사랑의 갈등' → '반전: 사랑의 확인, 위선의 폭로 또는 배반' → '도덕적 결말' (행복한 미래 예상, 파국 또는 죽음)이라는 멜로드라마적 서사구조를 띠고 있으며, 사회적 약자인 여성이 남성을 만나, '경제적이고 합리적인 성공' 을 하게 된다는 의미 내용을 전달한다. 다른 한 쪽을 구성하는 기호는 사랑 대신에 '경제적이고 합리적인 성공' 을 위해 또는 낭만적 사랑에 매혹 당해 한 결혼에 대한 환멸이라는 의미 내용을 전달한다. 낭만적 사랑에 대한 환멸이라는 기호 역시 '사랑의 갈등' → '반전: 사랑에 대한 환멸' → '도덕적 결말' (무관심, 유희적 사랑, 베풂의 사랑)이라는 멜로드라마적 서사구조에 의해서 의미 내용을 전달한다.

이 기호들은 다양한 기표로 구성되어 있는 바, 이 장에서는 이들 기표를 드러내는 텍스트의 구조 분석과 더불어 생물학적 성과 사회적 성의 경계 양상에 대한 담론 분석과 낭만적 사랑의 제도로서 가족의 형태를 파악하고자 한다. 그리고 텍스트에 작용하는 이데올로기를 규명하고자 한다.

1. 낭만적 사랑의 매혹

근대 이후 낭만적 사랑과 결혼은 소설의 중요한 모티브가
되어 왔다. 1910년대 소설인『무정』에서 낭만적 사랑 내지
자유연애는 계몽적 이념의 실현으로 형상화된다. 형식과 선
형의 낭만적 사랑은 특별한 의미가 부여된 특수한 행위인 것
이다.[272]『찔레꽃』에서도 안정순과 이민수의 낭만적 사랑은
특수한 개인의 사랑 방식으로 묘사되고 있다. 그리고『자유
부인』에서 오선영의 낭만적 사랑 역시 가부장적 이데올로기
에 억눌린 여성의 해방 선언이 된다. 18세기 후반부터 낭만
적 사랑과 연관된 관념 복합체가 등장하면서 자유와 사랑이
결합되기 때문에 낭만적 사랑이 지배 이념에 대한 도전적 의
미를 갖는 것은 당연한 일인지도 모른다.[273] 이처럼 1970년
대 이전 소설에서 그려진 낭만적 사랑은 당대 지배 이념에
대한 도전하는 특정한 인물의 선언적 행동에 한정된다. 그러
나 1970년대 대중소설에서는 그것이 대중의 일상적인 삶의
양태로 재현되고 있다.

낭만적 사랑(romantic love)을 흔히들 로맨스라고 일컫는데,
이것은 문화적으로 더 보편적인 현상인 열정적 사랑으로부터
나왔지만, 그것보다 더 특수한 현상을 드러내는 관념의 복합
체이다. 낭만적 사랑은 찰나적 매혹 혹은 첫눈에 반한 사랑
이란 의미를 함축하지만, 열정적 사랑의 관능적인 충동과는

---

272) 졸고, 「한국대중소설의 전개와 '독자'의 문제」, 『독서연구』
    제13호, 한국독서학회, 2005. 6. 30.
273) 앤소니 기든스(배은경 외역), 앞의 책, 84쪽.

엄격히 구분된다. 찰나적 매혹이란 의사소통적 몸짓이며 타
자의 특성에 대한 직관적 포착으로 자유와 결합된 사랑은 규
범적이고 바람직한 것으로 간주된다.

1970년대 대중소설 텍스트의 여주인공들은 대부분 사회적
약자로서 개인의 문제를 해결할 대안으로 낭만적 사랑을 선
택하고 그 매혹에 쉽게 빠져 들어가는 경향이 있다. 그들에
게 낭만적 사랑을 하는 순간은 충만의 순간이며, 어머니의
따뜻한 몸과 맞닿는 순간의 행복함을 느끼게 해 주는 순간이
된다.274) 나아가 사회적 약자의 소외감을 치유할 수 있는 순
간인 것이다.

이러한 낭만적 사랑에 대한 매혹은 1970년대 대중소설 텍
스트에서 찰나적 매혹에 순응하는 방식, 타산적 사랑으로 시
작하는 방식, 낭만적 사랑에 대한 끝없는 기대감 등의 기표
에 의해서 지시된다.

1-1. 찰나적 매혹과 순응

낭만적 사랑은 자신의 삶을 완성해 줄 수 있는 타자에 대
한 매혹의 과정이므로, 다가올 미래의 시간에 개입하는 능동
적인 과정이라 할 수 있다. 『풀잎처럼 눕다』의 도엽과 은지,
『도시의 사냥꾼』의 승혜와 현국, 『부초』의 하명과 지혜,
그리고 석이네와 동일 등은 찰나적 매혹에 빠져 친밀감을 형
성하려는 연인들이다. 이들의 관계가 가정의 창조라는 구조
변동으로 이어지지 못하는데 반해, 『휘청거리는 오후』의 말
희는 찰나적 매혹, 연애 과정, 결혼으로 이어지는 낭만적 사

---

274) 존 스토리, 앞의 책, 135쪽.

랑의 구조 변동을 보여주고 있다. 말희는 절친한 친구 미선의 애인인 정훈에게 사랑의 감정을 느끼고 그를 친구 미선에게서 **빼앗는다.** 정훈은 "말희의 내심을 헤아려주려 들지 않"[275]는 태도를 취하고 심지어 말희에게 "구두에 튀긴 흙탕물을 닦아내기를 명령"[276]하는 권위적인 남성이다. 그런데 그런 정훈의 태도를 말희는 남성다움으로 여기고 굴욕적인 상황에서도 굴욕감을 전혀 느끼지 않고 정훈의 명령에 복종하곤 했다. 그녀는 그의 "가끔 까닭 없는 횡포"[277]에 휘둘리는 데에 쾌감을 느낄 정도였고 "큰 뜻을 담을 만한 큰 그릇으로 보였고, 무서운 결단력과 추진력을 함께 갖춘 남아 중의 남아로 보였던"[278] 것이다. 정훈은 일류대학을 졸업했고 얼마 후면 반드시 국가고시에 합격할 인재이기 때문에 그 정도의 권위적인 태도를 보이는 것은 남성으로서 당연한 권리라고 인정한 것이다.

그러나 친구인 미선과 언니들의 결혼은 그녀로 하여금 자신과 정훈의 관계를 성찰하는 계기가 된다. 그 결과 그녀는 그가 여성의 미덕과 개성을 이해하지 못하는 '야비한 인간성'을 지닌 속물적 인간이며 둘의 관계가 상호적이지 않고 일방적으로 요구/복종하는 권력의 불균형 관계였음을 깨닫게 된다. 그 사실을 깨닫고 말희는 정훈에게 결별 선언을 하려고 산사에 갔다가 그의 후배인 문경하를 우연히 만나 찰나적 매혹에 **빠져** 버린다.

---

275) 『휘청거리는 오후』, 363쪽.
276) 위의 책, 369쪽.
277) 위의 책, 363쪽.
278) 위의 책, 366쪽.

경하는 눈이 부신 것처럼 그러나 대담하게 말희를 마
주봤다. 남자의 이런 시선은 순간적으로 말희의 온갖 군
더더기를 벗겨내고 말희의 섹스 그 자체를 보고 있었다.
말희는 자기가 가진 거라곤 섹스밖에 없는 여자가 된 것
처럼 느꼈다. 그것은 또 정훈이가 여자를 지독하게 경멸
하고 모독할 때 써먹은 말이기도 했다.

　　그러나 말희는 경하가 그런 시선으로 자기를 봐주는
게 조금도 불쾌하지 않았다. 그건 너무도 정결하고 정직
한 시선이었다. 그녀는 그의 그런 시선에 의해 자신이
자신의 가장 순수한 모습으로 단순화되고 정화되고 있는
것 같은 신선한 놀라움과 기쁨을 느꼈다. 그것은 또 여
태까지 경험해 본 일이 없는 해방감이기도 했다.(412쪽.)

"우주는 사랑 안에서 파악과 이해가 가능하다"고 하듯이
경하에게 찰나적 매혹에 빠진 말희는 눈빛만으로도 상대의
특성을 모두 이해할 수 있다는 "세계의 공식을 깨닫게" 된
다.279) 이러한 사랑은 사랑의 주체 내면에 존재하는 감정의
가장 내적인 활동인 비인식적인 감정적 존재를 확인하는 능
동적인 과정인 것이다. 이렇듯 그 둘은 사랑의 감정을 느끼
지만 정훈의 후배이며 연인이었다는 사실 때문에 의도적으로
소원해지면서 '고통'(갈등의 상황)을 겪게 된다.

　　그런데 정훈의 자살소동을 계기로 둘의 '고통'은 '반전'
된다. 정훈이 말희를 붙잡기 위해서 거짓 자살극을 꾸밀 정
도로 '야비한 인간성'의 소유자이며 어머니에게 응석받이처
럼 행동하는 비독립적인 인격체라는 사실이 밝혀지면서 둘의
사랑의 장애물은 말끔히 제거된다.

---

279) 볼프강 라프(장혜경 역),『사랑, 그 딜레마의 역사』, 이끌리오,
　　2001. 222쪽.

말희가 산에서 준 새알같이 생긴 돌을 끄집어냈다가
얼른 도로 감추는 실수를 했다.
　그건 순전히 실수였지만 그 돌을 다시 본 순간 말희는
어떤 감동이 그 조그만 돌과 악전고투의 밤과 생명감 넘
치는 큰 산을 일직선으로 꿰뚫는 것 같은 신선한 충격을
받았다. 그들은 빠르게 감정의 서투른 속임수를 제거하
고 다시 만난 기쁨을 정직하게 받아들였다.

더욱이 말희는 산사에서 무심히 넘겨준 '돌'을 경하가 오
랫동안 간직한 것을 보고 사랑의 감정을 부인하려고 했던
"서투른 속임수를 제거하고 다시 만난 기쁨을 정직하게 받
아들"이기도 한다. 이렇듯 이 둘은 주관과 객관의 대립이
완전히 극복된 '합일의 감정'을 느낀다. 경하와 말희는 서
로에게 적응하고 애정과 관능을 교감할 충분한 시간이 흐르
자 양가 부모에게 결혼 승낙을 받는다. 그들은 자유의사에
따라 낭만적 사랑을 하고, 서로의 내면의 미덕과 친밀감을
확인한 후 연애의 최종의 단계로서 결혼을 하게 된 것이다.
이는 "가장 안전하고 바람직한 결혼은" "어른들이 상대방의
조건을 이악하게 따져봐서 마땅하다 싶으면 서로 선 뵈고,
이렇게 해서 만난 상대"280)와 하는 것이라고 생각한 말희의
결혼관에도 어긋나지 않는 것이다.

　허성 씨는 초희 때도 그랬고, 우희 때도 그랬지만 사
윗감을 볼 때는 딸을 빼앗긴다는 질투심이 앞서서인지
속으로 우선 트집 먼저 잡고 보는 고약한 버릇이 있었
다. 그러나 문경하에겐 별로 트집 잡을 데가 없었다.
　그것은 경하가 각별히 잘나서라기보다는 허성 씨의

---

280) 『휘청거리는 오후』, 55쪽.

> 사윗감 보는 안목이 그만큼 세속의 결혼 풍습과 타협한
> 데도 그 원인이 있었다.
>   집안 좋고 학벌 좋고, 장남 아니고 나이 차이 걸맞고
> 신체 건강하면 됐지 하는 식으로 일반화된 사위 고르는
> 방법을 무시해 줄 만한 오기가 이미 허성 씨에겐 없었
> 다.(『휘청거리는 오후』, 505쪽.)

아버지 허성 씨조차 말희의 큰 언니 초희와 둘째 언니 우
희의 남편감과 달리 막내인 말희의 남편감에 대해서는 흡족
해 한다. 사윗감으로서 경하는 집안, 학벌, 신체 등 세속적
잣대로 보더라도 나무랄 데 없는 인물인데다가, 우희의 남편
인 민수와 달리 딸의 혼전 순결을 지켜 준 것만으로도 도덕
적 차원에서 신뢰할 수 있는 인물이라고 판단한 것이다. 찰
나적 매혹, 낭만적 사랑의 기간, 합일의 감정 확인, 그리고
결혼으로 이어지는 경하와 말희의 관계는 세계의 질서 속으
로 순조롭게 '순응' 해 들어가기에 행복한 미래가 약속된다.

> 그는 아직도 갚지 못한 은행 빚과 열심히 갚느라고 갚
> 아가는 데도 아직 절반밖에 못 갚은 유영감에게 진 빚을
> 생각했고, 초희 병원비를 생각했고, 다시 한번 혼수 대신
> 장만해야 할 달러에 대해 생각했다.(『휘청거리는 오
> 후』, 524쪽.)

그러나 말희의 아버지 허성 씨는 두 딸들의 결혼비용으로
이미 많은 빚을 진 상태에서 마지막으로 말희의 결혼비용을
마련하기 위해 범법행위를 저지른다. 그로 인해 말희의 결혼
식 직후에 자살한다.

허성 씨의 죽음은 대학교육까지 받았으나 경제적인 자립
능력은 갖추지 못한 세 딸과 남편에게 경제적 요구밖에 할

줄 모르는 아내에게 충실한 남편이 되려고 한 데에서 그 원인을 찾을 수 있다. 결국 소비주의에 종속되는 근대적 여성 주체의 물신화된 삶의 통속성과 통제되지 않는 소비 욕망이 죽음의 동인이라 할 수 있다. 따라서 허성 씨의 죽음을 통해 말희의 찰나적 매혹에의 순응은 단순히 두 남녀의 합일의 감정이라는 감정적 차원에 대한 매혹을 의미하는 것만 아니라, 이와 동시에 극도의 물질 중심주의와 가족 단위의 신분 상승을 꾀하는 중산층의 허위의식도 의미한다.

1-2. 타산적 사랑과 파국

1970년대 대중소설의 여주인공들은 대부분 개인의 행복과 경제적 안정을 획득하기 위해 '이악스럽게' 결혼 상대자의 외적 조건을 따져본다. 『별들의 고향』의 경아나 한혜정, 『도시의 사냥꾼』의 노승혜, 『휘청거리는 오후』의 초희나 말희, 그리고 『강변부인』의 민희 등이 그러한 예이다. 여성의 사회적 진출이 한정된 사회일 때 여성이 계층 상승을 할 수 있는 유일한 통로는 결혼뿐이기 때문이다. 그러나 『죽음보다 깊은 잠』의 다희는 이들 여주인공들과는 달리 철저한 타산에 의해서 사랑을 시작하는 위선적 인물의 전형이다.[281] 그녀는 자신의 수직상승에의 욕망과 허영심을 사랑으로 위장한다.

---

281) 사드는 그의 소설 『줄리엣의 일대기 또는 악덕의 승리』(1797)에서 약자는 강자에 저항하는 방법을 선천적으로 소유하고 태어나지 않았으므로 후천적으로 획득해야 한다는 사실을 보여준다. 그래서 소설의 주인공 줄리엣처럼 비도덕적인 행위, 즉 범죄가 약자의 방어이자 복수라고 생각한다.(M. 호르크하이머·TH. W. Adorno(김유동 외역), 앞의 책. 123-146쪽.)

> 다희는 자신의 천연덕스런 몸짓과 말씨에 스스로 혀를
> 찼다. (생략―인용자) 열망은 연극이 아니지, 배고픈 자가
> 부자이고 싶은 열망, 외로운 자가 사랑하고 싶은 열망, 그
> 모든 것 거짓일 수 없어. 그러나 열망을 위하여 분가루를
> 뒤집어쓰는 건 순수하지 못하지. 웃기고 앉았네. 순수라
> 니……. (『죽음보다 깊은 잠』, 111쪽.)

위 인용문은 다희가 이경민과 처음 만나서 술을 마시는 장
면이의 일부이다. 그녀는 경민에게 "천연덕스런 몸짓과 말
씨"로 수줍은 처녀처럼 위선적인 행동을 하는 자신에게 스
스로 놀라워한다. 스스로 놀라워하는 감정은 곧 "배고픈 자
가 부자이고 싶은 열망"이라는 자기 위안으로, 종내는 자신
의 위선적인 행동에 대한 스스로의 조소로 이어진다. 그녀가
자신의 행동에 놀라워하고 조롱하는 이유는 자신의 위선적인
행동 때문이다. 즉 이경민에게 보여주는 행동과 달리, 그녀는
자신이 "사랑하지 않는 자유"[282]가 있다면서 성적 관계를
거부하는 영훈에게 "은밀하고 신선하게 출발해"[283] 보고 싶
다며 육체적 관계를 요구할 정도로 도발적이고 적극적인 성
격의 소유자라는 사실을 너무나도 잘 알고 있기 때문이다.

다희의 위선적 행동은 경민과의 첫 번째 성 관계 이후에
더욱 교묘해진다. 경민이 다희의 하혈을 보고 처녀라고 찬미
하게 되자, 다희는 자신의 위선이 성공적인 미래를 약속하는
발판이 된다는 생각을 굳힌다. 그러나 다희는 경민과 동거하
면서, 경민이 자신이 '순결성'을 지닌 처녀가 아니라는 사
실을 알까봐 전전긍긍 하면서 하루하루를 살아간다. 그녀는

---

282) 『죽음보다 깊은 잠』, 45쪽.
283) 위의 책, 46쪽.

대학 1학년 때 이미 고등학교 은사이자 대학 은사인 정 교수에게 "스스로가 그의 〈꽃〉 그의 〈바다〉이고 싶어"[284] 순결을 바쳤으며 영훈과 동거하면서 육체적 관계까지 맺었던 여자였기 때문이다. 그런 사실을 은폐하기 위해서 그녀는 더욱더 위선적인 계략을 짠다.

> 시시하게 옷이나 한두 벌 선물 받고 경망스럽게 굴다가는 빤히 들여다보이는 엘리베이터가 코앞에서 그 견고한 쇠문을 철컥 닫고 주르르 저 혼자 상승해 버릴는지 알 수 없다. 한번 닫혀진 엘리베이터의 쇠문은 아무리 두들겨 댄다 하더라도 다시 열릴 리 없을 것이다.(생략-인용자) 그의 권유 때문이 아니라 자신의 의지로 선택했다는 위장된 진실을 보일 기회를 찾고 있었다.(『죽음보다 깊은 잠』, 140쪽.)

위 인용문처럼 다희는 경민의 모델 제의에 선뜻 동의하고 싶으나 "경망스럽게 굴다가는 빤히 들여다보이는 엘리베이터"를 "코앞에서" 놓칠지도 모른다는 생각에, "생각 좀 해 보고요"[285] 하면서 단호하게 거절한다. 그녀는 그 제의를 진심에서 거절한 것이 아니라, "한번 닫혀진 엘리베이터의 쇠문은" "다시 열릴 리 없"기 때문에 좀 더 좋은 기회를 엿보기 위한 전략적 후퇴를 한 것뿐이다. "그의 권유"가 아니라 "자신의 의지로 선택했다는 위장된 진실을 보일 기회"까지 자신의 욕망을 억제하는 것이다. 주체가 상대를 소유하려는 욕망을 드러내면 상대방도 자신과 같은 욕망을 복사할지도 모른다는 불안감 때문에 내적 욕망을 끝까지 억제하는

---

284) 위의 책, 45쪽.
285) 위의 책, 140쪽.

것이다.

그녀가 이토록 위선적 행동을 자연스럽게 표출할 수 있는 것은 가난에서 벗어나고 싶다는 강렬한 욕망과 욕망의 저변에 깔린 지나친 허영심 때문이다. 가난한 집안 사정은 생각하지도 않고 대학에 입학한 것도, 대학 등록금을 당연한 권리인 양 가족에게 요구하는 것도, 대학 축제에 입고 나갈 드레스를 맞추기 위해 동생의 고등학교 등록금까지 강탈하는 것도 그 욕망과 허영심을 채우기 위한 행동인 것이다. 그런 욕망과 허영심을 가족이 더 이상 채워줄 수 없게 되자, 그녀는 가출하여 후 술집에서 색소폰을 부는 영훈과 동거하면서 그의 전재산인 색소폰을 팔게 한다. 그렇지만 그런 영훈을 이경민을 만나게 되면서 매정하게 차버린다. "라면 한 숟갈을 먹으면서 짭짭짭 유별나게 소리를 많이 내던 영훈"이 "숙명처럼 달고 다니던 촌스러움"과 대비되는 경민은 "매사에 소리를 내지 않"는 "상류사회의 세련미" [286]를 지녔으며 그녀를 계층 상승을 하게 할 '엘리베이터'이며 "빛" [287] 이기 때문이다.

다희의 내면은 외적인 것의 충족에서는 오는 만족감과 달리, '위선'으로 인한 '갈등'의 심화로 피폐해져 간다. 그러나 화려한 에메랄드 목걸이를 걸고 화려한 드레스를 입고 경비원이 있는 아파트에 살게 되면서, 그녀는 자신의 몰염치하고 비도덕적인 행동이 영원히 은폐되고 행복한 미래가 보장될 것이라고 착각한다. 그러므로 그녀는 한가롭게 남편이 오기를 기다리는 신혼의 색시처럼 음식을 장만하기도 하고, 자

---

286) 위의 책, 196쪽.
287) 위의 책, 96쪽.

전거를 타고 아파트를 배회하기도 한다. 더욱이 경민이 자신이 가정부의 아들이라는 말을 토해 놓는 순간 "경민에게 느껴지던 보이지 않는 벽이 일시에 허물어"[288]질 정도로 친밀감을 느낀다. 다희는 그런 경민에게서 자신과 합일된 감정 즉 사랑을 느끼면서 행복한 결혼 생활로 들어간 듯한 착각에 빠진다. 그러한 착각을 지속하려는 욕망 때문에 그녀는 자신이 경민에게 타산적 사랑에 의해서가 진정한 낭만적 사랑에 의해서 그에게 매혹 당했다고 믿고 싶어 하고 결국에는 믿음으로 굳어진다. 이렇듯 주체의 욕망이 강하면 강할수록 실제와 욕망 사이의 경계가 무너지게 되고, 욕망이 내면화되어 자신의 행동이나 내면적 심리마저 욕망에 부응하여 변화되기도 한다.

> 첫눈을 보고, 경민의 사무실로 전화를 걸었다. (생략—인용자) 싫어도 넌 지금 설계사처럼 완벽하게 되지 않으면 안돼. 경민이란 엘리베이터를 타고 화려한 세계로 비상하려면. 하지만…… 나는 그를 사랑해.(『죽음보다 깊은 잠』, 251쪽.)

그래서 인용문처럼 다희는 경민을 "엘리베이터"로만 생각하는 것이 아니라 "그를 사랑"한다고 확신한다. 지라르에 의하면 욕망을 성취하기 위해서는 욕망을 완전히 은폐해야 한다고 했는데,[289] 다희 역시 욕망을 성취하기 위해 자신의 욕망을 완전히 은폐하기 위해서 자신도 의식하지 않는 사이에 낭만적 사랑에 매혹 당한 것으로 믿게 된다. 그러나 다희

---

288) 위의 책, 186쪽.
289) 르네 지라르, 앞의 책, 223쪽.

가 경민과 맺는 관계는 상호 개방성과 신뢰의 균형, 그리고 인격적인 경계 안에서 의사소통을 이루는 관계가 아니므로 진정한 사랑을 형성할 수 있는 관계가 아니다. 그러므로 이경민은 자신을 배반한 친구에게서 다희가 순결한 처녀가 아니었다는 사실을 듣고서 그녀에 대한 신뢰감을 쉽게 상실하게 된다.

표면적으로는 순조로웠으나 내면적으로는 '갈등'이 심화되어가던 그녀의 사랑 행위는 경민의 사업 실패와 그녀의 위선이 폭로되면서 '반전'을 겪게 된다. 그리고 '반전'은 급속도로 '파국'으로 연결된다. 이경민이 파산 후 자살하자 다희의 욕망도 파국을 맞게 된 것이다. 다희는 경민을 배신한 친구 김상길과 부하 직원, 그리고 자신의 순결을 빼앗은 정 교수와 차례로 만나면서 자신을 근접 가능한 성적 대상으로 취급하자 자신의 파국을 실감한다. 이 지점을 유심히 살펴보면, 이 소설이 다희에 대한 도덕적 화살을 퍼붓는 것만으로 그치지 않는다는 사실이다. 즉 다희의 위선과 파국은 연민어린 시선으로 그려지지만 다른 남성의 위선은 냉정하고 날카로운 시선으로 그려진다는 사실이다. 그 결과 다희의 위선에 대한 비난은 은연 중에 경민의 아버지, 경민의 친구 김상길, 정 교수와 같은 위선적인 지배층 남성에게 모두 돌려지고 있다는 사실을 감지할 수 있다.

1-3. 의존적 사랑과 배반

의존적인 사람은 다른 사람들의 요구에 헌신하지 않고는 자기 확신을 갖지 못하고, 다른 사람의 행동과 욕구를 통해

서 자신의 정체성을 찾는 데 익숙하다.[290] 특히 여성의 경우
일반적으로 남성의 경제력과 사회적 지위에 의존하여 자신의
사회적 존재를 확인 받으려 한다. 이러한 여성은 남성은 스
스로 행동하고 말하지만, 자신은 행동과 말까지도 남성에 의
해서 조정되고 평가받는다고 생각한다. 그러므로 사랑에 있
어서도 남성이 주도하는 것이지 여성 스스로 사랑의 주체가
될 수 없다고 생각한다.[291] 1970년대 대중소설은 여성성의
범주를 사적 영역으로 구획하고 있는바 대부분의 소설 속 여
성들은 의존적 사랑에 몰입한다. 『부초』의 석이네와 『별들
의 고향』의 경아는 목숨을 걸 정도로 의존적 사랑에 지나치
게 빠져 있다. 석이네의 경우 동일이라는 한 남성에게 의존
적 사랑을 갈구하지만 경아는 남성 일반에게 의존적 사랑을
갈구한다. 경아는 우선 회사 동료인 강영석의 끈질긴 요구에
따라 밤을 같이 지내고 난 다음 '무섭게 명랑해' 진다. "모
든 것이 새로워지기 시작하였다" [292]고 하면서 그에게 의존
하고 그에게 사랑 받기를 갈구한다. 그러므로 그녀는 강영석
의 요구대로 관능의 세계에 몰입한다. 비록 강영석에 의해서
몰입하게 된 관능의 세계이지만, 그런 세계는 그녀로 하여금
경제적 압박을 일시적으로 망각하게 한다.

---

290) 앤소니 기든스, 앞의 책, 160쪽.
291) 가야트리 스피박은 하위 주체인 여성은 타자로서 길들여져 왔기
    에, 자신이 주체가 되어 말하는 듯하지만 실제로는 주체적인 발
    언을 할 수 없다고 주장한다.(Gayatri Chakravorty Spivak, Can
    the Subaltern Speak?, (ed) Patrick Williams & Laura Chrisman,
    Coionial Discourse and Post-Colonial Theory,(Columbia Univ.
    Press, New York, 1994))
292) 『별들의 고향』 상권, 122쪽.

경아는 자신이 "이 세상 사랑하는 남성 한 사람을 위해서만 태어나고 그 사내를 즐겁게 해주기 위해서만 존재하는 것"이라고 판단한다.293) 그녀가 강영석에게 심리적으로 완전히 묶이게 되면서, 그녀의 세계는 남성와의 사랑이 이루어지는 '지금－여기'라는 협소한 공간으로 좁혀지게 된다. 사랑하는 남녀의 인격적인 경계가 뚜렷이 이루어져야, 남녀 간에 친밀감이 형성하게 되고 진정한 의사소통이 가능하다. 그런데 경아는 강영석에게 심리적으로 완전히 묶여 있는 의존적 상태이기 때문에 둘의 관계는 진정한 의사소통이나 합일의 감정을 이룰 수 있는 인격적 경계가 이루어지지 않는다. 그럼으로써 경아는 영석에게 자신의 자유를 송두리째 뺏겨버리게 되고 상대로 하여금 자신에 대한 흥미를 잃게 하는 한편 권력을 행사하도록 내버려 두게 된다.

> 영석은 경아가 오직 자기 손에 의해서 길들여졌다는 것을 강조하기 위해서 그 일이 끝나고 나면 짓궂게 좋았어라든가 어땠어라는 뻔뻔스러운 질문을 물었던 것이다.(『별들의 고향』 상권, 152쪽.)

따라서 영석은 "경아가 오직 자기 손에 의해서 길들여졌다는 것을 강조"할 정도로 뻔뻔해진다. 이 둘의 관계는 경아의 의존적인 성향과 영석의 권위적인 태도에 의해서, 관계 안에서 발전되는 개방성과 민감성, 그리고 신뢰의 균형을 이룰 수가 없게 된다. 그런 관계 하에서는 당연히 영석과 경아의 관계는 주인과 노예의 관계가 될 수밖에 없다. 게다가 문제는 어린아이처럼 천진난만한 성격으로 인해, 그녀는 점점

---

293) 위의 책, 122쪽.

더 권위적인 행동을 취하는 영석의 태도를 자신을 책임지려는 남성의 권리로 받아들인다는 사실이다. 남/여, 즉 나/녀 간의 사랑은 어느 한 쪽에 고립되어 존재하는 것이 아니다. '나'라는 자기 의식을 포기하고 '나' 아닌 '너'로 지향하는 의식 활동인 것이다. 이러한 활동은 '나'로부터 벗어나는 것이며 동시에 '너'의 마음속으로 스며들어가는 것이며 거기서 다시 '나'를 찾는 행위이다. 그런데 경아는 '나'라는 자기의식을 포기하고 사랑의 대상으로 지향하고, 대상에 '나'를 고착시키고 '나'를 되찾지 못하고 있다. 그러므로 경아와 사랑의 대상인 남성의 권력 관계는 불균형을 이룰 수밖에 없는 것이다.

남성과의 권력의 불균형이 심화된 '갈등' 상황에서도 경아는 그것을 인지하지 못하고 "시집갈 때 무엇 무엇을 해가"[294])야 하는지 고민하고, 돈이 부족할까봐 노심초사한다. 자신이 사랑의 감정에 순종하는 노예가 되었듯이, 상대도 사랑의 감정에 순응할 것이라고 순진하게도 믿었던 것이다. 그런데 경아의 기대는 영석의 배반으로 '반전'된다. 영석은 자신에게 전적으로 의존하고 결혼에 대한 기대로 부푼 경아에게 단호하게 결별을 선언한 것이다.

> 1) 그 여자에겐 다가오는 겨울이 수십 년처럼 길어질 것이다. 넌 이미 그 여자를 망가뜨려 버렸어. 그 여자는 결코 행복해질 수 없다.(『별들의 고향』 상권, 169쪽.)
> 2) 경아는 한숨쉬는 일이 많아졌으며 어느 틈엔가 자기 자신을 죄 많은 여자, 지독스럽게 부도덕한 여자로 간주하고 있었다.(『별들의 고향』 상권, 175쪽.)

---

294) 위의 책, 124쪽.

인용문 1)은 영석이 친구가 경아와 헤어지기로 결정한 영석에게 한 말이다. 영석의 친구는 "망가진" 여성은 "결코 행복해질 수 없다"고 단언한다. 인용문 2)는 자신이 "부도덕한 여자"이기 때문에 영석이 이별을 선고한 것이라고 자책하는 경아의 고백이다. 두 발언은 모두 순결을 상실한 여성은 사회적으로 용납되지 않는다는 사회적 통념의 반영이다.

그러나 경아는 자신이 젊고 아름답기 때문에 그런 사회적 통념으로부터 탈주할 수 있을 것이라고 굳게 믿고 다시 한번 남성에의 사랑을 기대해 본다. 남성의 경제적 능력과 자신의 아름다움과 젊음을 교환가치로 상쇄될 수 있다고 낙관적으로 생각하고서는 늙은 홀아비 이만준과 결혼한다. 결혼 후, 전업주부로서 행복한 삶을 누리기 위해 모성을 발견하려고 노력한다. 그러나 모성성뿐 아니라 순결성도 상실했다는 사실이 탄로 나면서 상황은 '반전' 되어 도리어 이만준에게 이혼 당한다.

> 경아는 큰소리로 울기 시작하였다. ㄱ의 소리가 아득하고 아득해서 이처럼 잘 살고 싶었는데, 열심히 살고, 잘 먹고, 잘 입고, 사랑을 주고, 남편의 사랑을 받고, 잘 살고 싶었는데 고운 에이프런을 두르고, 음식도 잘 만들어 잘 살고 싶었는데, 그까짓 과거의 일이 뭐라고, 그것이 뭔데 뭔데 뭔데 아무 것도 아닌 것 하나 때문에 이제는 정말 마지막인 말을, 비록 이혼하자는 말은 아니지만 이제 겨우 결혼한 지 팔 개월밖에 안되었는데, 이제 겨우 스물 두 살인데, 그래서 경아는 서럽고 서러워서 큰소리로 울기 시작하였다.(『별들의 고향』 상권, 380쪽.)

경아가 "그까짓 과거의 일이 뭐라고" 하면서 이만준에게 호소해보지만 이만준은 경아의 과거를 용서하지 않는다. 이만준은 경아에게 과거 연인과의 감정의 흔적이 남아 있을까 봐 두려워하는 것이 아니라 순결성을 상실한 여성은 교환 가능한 여성이며 아무래도 좋은 여성이라고 간주한 것이다. 그는 자신들의 과거를 "그까짓 과거의 일" 내지 훈장으로 인식하지만, 여성의 과거는 현재의 사건이자 떼어낼 수 없는 딱지로 인식하는 이중적 성 규범을 지닌 1970년대 평범한 남성이었던 것이다. 이러한 이중적 성 규범이 존속하는 사회에서는 가정으로부터 배제된 여성은 사회로부터도 배제되는 것은 어쩌면 당연한 결과일지도 모른다. 그것을 일찍감치 깨닫지 못한 경아는 이혼을 당하게 된다.

이혼을 당한 후 경아는 생계가 막막해진다. 결혼 전에 다녔던 직장은 결혼 전에 다니는 예비적인 임시직이었기에 그녀가 했던 일 역시 남성의 보조 역할에 불과한 것이었기에 다시 복직할 상황도 아니었다. 특별한 기술이나 지식을 습득하지 못한 이혼녀 경아는 예전의 직장으로도 복귀하지 못한다. 결국 정상적인 직장을 구하지 못하고 생활비를 벌기 위해 술집에 나가게 되는 수순을 밟는다.

술집을 전전하다가 만난 이동혁은 그녀에게 경제적 요구까지 하는 몰염치한 인간이다. 그를 피해 경아는 김문오와 동거를 시작하면서 그에게 의존적 사랑을 갈구하지만 그 시간은 지속되지 못하고 결국에는 그에게도 역시 버림받는 신세가 된다. 예술적 자율성 내지 개인의 자율성을 존중하는 김문오 역시 여성성에 관한 한 가부장적 이데올로기의 범주 안에 머물러 있는 인물이기 때문이다. 그는 경아와의 동거 시절에, 대학 동창인 한혜정이라는 약사 친구와 육체적인 관능

에 이끌리는 오경아라는 창녀 사이에서 잠시 갈등하기도 한
다. 한혜정은 정숙하면서도 능력 있는 그리고 그에게 생활인
으로서 살아가야 한다는 사회적 의무를 각인 시키는 인물인
반면, 오경아는 그에게 관능을 자극하고 자유와 생동감을 부
여하는 인물이기 때문이다. 정숙함/관능, 아내가 될 수 있는
여성/아내가 될 수 없는 여성 사이에서 갈등하지만, 경제적
무능력/가부장적 성 규범 때문에 그 둘 모두를 배우자로 선
택하지 않는다. 그러나 결국에는 가부장적 이데올로기 하에
서 순종적인 성격뿐만 아니라, 관능적이면서도 순결하고 정
숙한 여자이기를 바라는 남성 중심 사회에서 경아와 같은 존
재는 자연스럽게 배제되고 도태되는 것이다.

> "내가 열아홉 살 때 처음 이 세상에 태어나 연애를
> 걸었을 때 나는 이 세상 모든 남자들을 믿지 않았어요.
> 그러나 지금은 믿어요. 그러니까 내가 살아요. 난 남자가
> 없으면 못 살 것만 같아요. 여자란 건 참 이상하게두 남
> 자에 의해서 잘잘못이 가려져요. 한때는 나도 결혼을 하
> 고 남편을 위한 밥을 짓고 밤마다 예쁜 잠옷도 입었었어
> 요." (『별들의 고향』 하권, 304쪽.)

그럼에도 불구하고 경아는 끊임없이 남자를 "믿어요", 그
리고 "난 남자가 없으면 못 살 것만 같아요" 라고 절규한
다. "지금은 늦었다" 는 것을 알면서도 그녀는 과거를 회상하
며 후회한다. "중퇴는 하였지만 대학교에도 나갔" 고, "좋은
남자만 만났더라면" "애기 하나쯤 낳아서 우유나 먹이구 살
았을 거" 라고 후회해보는 것이다. 경아는 자신이 창녀가 된
것도, 자기 "뜻대로 한 것" 이 하나도 없는 것도 오로지 자신
이 "팔자가 사나운 계집" 이어서라고 자책한다.[295] 이러한 자

책은 자기 파괴적 성격을 띠기 때문에 소설의 결말에서 경아
는 자살을 선택하게 된다. '사랑→상대에 대한 믿음→배반(반
전)'을 '반복' 하던 경아는 죽음을 선택한 것이다.

그러나 경아를 죽음을 선택할 수밖에 없었던 것은 남성에
의존적 사랑을 갈구해서라든가 "팔자가 사나워서" 라고 자책
하던 경아 자신의 성격 때문이 아니다. 실은 그녀의 "팔자"
를 사납게 만든 남성의 이중적 성 규범 때문이다. 합일의 감
정을 요구하는 경아를 교환 가능한 여성, 접근하기 쉬운 여성
으로 취급하고 그녀의 순결성을 뺏은 것도 남성이며, 그 순결
성 때문에 그녀를 거리로 내몬 것도 남성인 것이다. 남성의
사회적 타락을 은폐하기 위해서 소설은 의존적 사랑을 갈구
하는 경아를 성처녀로 승화시키는 결말 구조를 취하고 있다.
이 결말 구조는 낭만적 사랑을 매혹적인 것으로 유지시키는
구실을 수행하기도 한다.

2. 낭만적 사랑의 환멸

환멸은 개인의 내면적 세계에서 형성된 환상이 외적 현실
과의 차이를 인정하지 않고 그 둘을 일치시키려고 시도할 때
생기는 내면적 감정이라 할 수 있다.[296] 1970년대 대중소설에

---

295) 위의 책, 하권, 207쪽.
296) 김윤식은 시간과 본질의 병치관계를 제일 민감하게 느끼는 유
　　형이 환멸 소설이라고 말한다.(김윤식, 「김채원론-동치미가
　　불러낸 허깨비」,『한국 현대 작가 연구』, 문학사상사, 1991.)

서 낭만적 사랑은 결혼을 하기 위한 예비 단계 곧 하나의 통과 제의 형식을 띠고 있는 바, 낭만적 사랑에 대한 환상은 대부분 결혼 후에 겪게 되는 일상적 생활 속에서 변화한다. 보통 사랑의 구조 변동으로 인해, 환상은 자연스럽게 가정의 탄생, 부모와 자식 간의 관계 등으로 용해된다. 사랑의 구조 변동이 자연스럽게 일어나기 위해서는 남녀 간의 신뢰가 바탕이 되어야 하며, 신뢰를 통해 상대에 대해서 개방적이면서도 개인적 경계를 인정하는 남녀 간의 권력의 균형이 중요하다.

그러나 1970년대 대중소설은 남성/여성이 공적 영역/사적 영역으로 극단적으로 분열되어 있는 상태와 남녀 간의 권력의 불균형 상태 곧 남성과 여성의 수직적인 권력 관계라는 전제에서 출발하고 있다. 이러한 전제가 견지되는 한, 여성의 입장에서 보면 가정이라는 공간은 사랑의 구조변동이 자연스럽게 일어날 수 있는 공간이 아니라 상대 남성의 일방적인 권력에 순응해 들어가는 공간인 것이다. 그러므로 여성은 결혼 생활의 일상의 반복으로 인한 무료함이나 경제적 어려움, 그리고 상대의 일방적인 권력 행사에 의해서 낭만적 사랑의 환상을 유지할 수 없게 된다. 그런데도 불구하고 그 환상을 끝내 포기하지 못하는 여성들은 1970년대 소설에는 등장하게 된다. 이들은 소설적 문법에 의해서 환멸로 치닫게 된다.

『소설의 이론』에서 루카치는 "낭만적 삶의 감정을 담고" 있는 주체가 실현 불가능을 인정하지 않고 "영원히 사라져 버린 것을 포기" 하지 않을 때, 주체는 현존재의 무의미성을 가차 없이 드러내는 것이 환멸이라고 했다.[297] 1970년

---

297) 게오르그 루카치(반성완 역), 『소설의 이론』, 심설당, 1985, 155-156쪽.

대 대중소설에서 환멸을 느끼는 여성 인물 역시 그들의 무의
미성을 드러내고 있다. 그러나 그들은 낭만적 사랑에 대한
환멸을 상대와 직접 풀어내지 못하고 우회적인 방식으로 풀
어낸다. 즉 상대에 대한 무관심, 유희적 사랑, 베풂의 사랑으
로 환멸에 간접적으로 대응한다.

2-1. 환멸과 무관심

남녀가 결혼하기 위해서 낭만적 사랑이 전제되어야 한다는
각본이 낭만적 사랑에 대한 환상을 더 갖게 한다. 그러나 남
성성/여성성이 공적 영역/사적 영역으로 극단적으로 분리된
사회에서는 여성은 일단 결혼하면 순종적인 아내가 되어야
하고 가족 관계에서는 억척스런 아줌마가 되어야 하는 모순
에 찬 생활을 해야 한다. 그러므로 결혼 후 여성은 마주친
현실과 그동안 내면에 간직했던 환상과의 차이를 인정하기
힘들 때 환멸에 빠지게 된다.『도시의 사냥꾼』의 노승혜의
경우 엄격한 종교적 계율에서 벗어나기 위해서 "황홀한 상상
력" 298)을 가지고 결혼하나, 남편 김명훈의 외도와 속물적
속성 때문에 결혼 자체에 환멸을 느끼고 당당하게 이혼을 요
구한다.299) 그러나『휘청거리는 오후』에서는 결혼 후 환상
속에 감추어져있던 현실이 드러남으로써, 지독한 환멸에 빠
지는 여러 인물이 등장하는데, 이들은 현존재의 무의미성을

---

298)『도시의 사냥꾼』, 85쪽.
299) 노승혜는 당당하게 이혼을 요구하지만 주체적인 삶을 영위할
　　경제적 자립 조건을 갖추지 못하였다. 그러므로 그녀는 또 다
　　른 남성(현국)의 경제력에 의존할 수밖에 없는 처지이다.

수용하고 존재 자체에 대해서 무관심해지는 것으로 환멸에 대응한다.

『휘청거리는 오후』에서 초희의 아버지와 어머니는 낭만적 사랑에 대한 매혹으로 결혼했으나 각각 상대에게 환멸을 느낀다. 이들은 서로 간의 감정적 이끌림이 무엇보다도 중요한 삶의 원동력이라고 믿어 사회적 관습을 넘어서서 "열렬한 사랑"에 빠진다. 그러나 "두 사람의 사랑"을 "시골 사람들은 연놈이 배가 맞았다는 막말로 떠들어"[300] 대어서 두 사람은 결국 고향을 떠나 도시로 나와 갖은 고생 끝에 중소 가내기업을 운영하게 될 정도로 부를 축적한다.

> 그 시절, 아내는 귀여웠었고 그는 행복했었다. 그렇지만 귀여운 여자는 얼마나 빨리 변하고 행복한 시간은 얼마나 빠르게 가버리는 것일까?(『휘청거리는 오후』, 59쪽.)

그러나 결혼 후 상황은 반전되어, 허성 씨는 부인 민 여사가 "그 시절"처럼 자신에게 관심을 가져주지 않고 돈만 요구하기 때문에 환멸을 느낀다. 그러나 부인 민 여사는 남편이 자신의 소비 욕망을 충족할 만큼의 경제적 능력을 소유하지 못했기 때문에 환멸에 빠진다. 그러므로 그녀는 무능한 남편 내지 교환가치를 보증하지 못하는 낭만적 사랑에 대해 환멸을 느끼고, 남편에 대한 무관심[301]으로, 자식의 결혼에 대한

---

300) 『휘청거리는 오후』, 18쪽.
301) 여기서 언급하는 '무관심'은 칸트가 미적 판단에 대한 무관심성과는 차원이 달리 대상에게 아무런 관심을 갖지 않는 몰관심이라 할 수 있다. 칸트의 무관심성이란 취미 판단의 한 특

지나친 기대로 환멸에 대응한다. 딸들의 결혼마저 교환가치로 따지려 드는 태도를 통해, 그녀가 속물적 근성을 지닌 인간임이 노골적으로 폭로된다. 한편 허성 씨는 부인의 속물적 근성의 희생양이 된다. 즉 부인과 네 딸의 물질적 욕망을 채워 주려다가 어쩔 수 없이 범법 행위를 하게 되고, 자신의 죄가 만천하에 폭로되기 직전에 자살로 생을 마감한다.

허성 씨의 세 딸 중 둘째딸 우희는 민 여사의 기대와는 달리 낭만적 사랑을 통해 결혼한다. 우희는 중매는 "연애 감정 없이 순전히 타산만 갖고 결혼하는" [302] 행위이므로, 진정한 사랑을 위해서는 낭만적 사랑을 해야 한다고 주장하고 그대로 실천한다. 우희는 결혼 상대자인 민수의 당돌함에 매혹되어 대학 3학년 때 장난삼아 만나 사랑을 키워왔던 것이다. 그녀는 데이트 때마다 일부러 늦게 약속장소에 갔으나, 민수는 그녀의 잘못을 지적하지 않고 관대하게 넘어가곤 했다. 게다가 민수는 "여러 계집애들 중에서 너를 안을 때가 제일 기분이 좋았다" [303]고 직설적으로 말해 줄 정도로 대담했던 것이다. 우희는 민수의 당돌함을 젊은이다운 패기로, 무관심함을 관대함으로, 여자를 계집애로 얕보는 것을 자신에 대한 사랑으로 착각해서 결혼을 생각한다.

결혼을 앞 둔 "그들은 서로 좋아하는 건강한 젊은이답게 서로를 열렬하게 원했지만 막상 실제의 결혼까지는 각각의

성으로서 대상에 대해 일체의 관심(감각적인 욕구능력)을 떠나 있는 것 즉 무관심한 관조를 의미한다. 그러므로 칸트의 무관심은 몰관심과는 달리 관심을 끌어내기 위한 것이라 할 수 있다.(김광명,『칸트 판단력 비판 연구』, 이론과 실천, 1992.)

302)『휘청거리는 오후』, 55쪽.
303) 위의 책, 102쪽.

장애물을 가지고 있었다." 304) 우희는 시집 안 간 언니라는 장애물이, 민수는 가난한 집 장남이라는 장애물이 있었다. 현실적인 장애물 앞에서 "둘은 서로를 깊이깊이 원하고 있었고, 원하는 것을 이루지 못하는 고통을 감당하기에 지쳐 있었" 305)기에, 육체적인 결합을 통해 장애물을 극복하고자 한다. 장애물로 인한 사랑의 '갈등'을 혼전 결합으로 '반전' 시키려고 한 것이다.

> 요즈음 민수네의 가난으로부터 오는 불행감이 그녀로선 도저히 극복할 수 없을 만큼 절실해질수록 초희의 선택에 대해 이해하는 아량이 생겨나고 있었고, 문득문득 부러워지기까지 했다.(『휘청거리는 오후』, 277쪽.)

그런데 우희는 육체적인 결합을 하고 나서야 "민수네의 가난으로부터 오는 불행감"을 극복할 수 없다는 사실을 절실하게 깨달으면서 물질에 집착한다. "사랑이 없이 다만 물질적인 풍요와 안일만을 목적으로 한 결혼을" 306) 감행하는 언니가 속물처럼 보였던 우희가 언니 초희와 혼수를 에워싸고 "적나라한 탐욕과 불화"를 일으켰던 것이다. 그녀는 "혼수는 필요 없고 전세방이라도 하나 얻어 달라던" 것에서 "심술을 부리고 울고 짜고" 하면서 혼수를 하나라도 더 가지고 가려고 욕심을 부릴 정도가 된다.307)

우희는 결혼 생활의 장애물을 오직 가난이라고 생각했기

---

304) 위의 책, 105-6쪽.
305) 위의 책, 107쪽.
306) 위의 책, 277쪽.
307) 위의 책, 289쪽.

때문에, 혼수에 욕심을 부린 것이었다. 결혼 생활의 또 다른 장애물이 민수와 민수 가족이라는 사실을 결혼 후에야 깨닫게 된다. 민수의 젊은이다운 패기로 보였던 당돌함은 실은 남성적 권위이고, 관대함은 무관심이며, 사랑이라고 믿었던 다른 여자에 대한 경멸은 여자 일반에 대한 경멸이었음을 알게 된다. 우희가 민수와의 사랑을 가족들에게 확인시켜 결혼 승낙을 쉽게 받아내기 위해 성 관계를 맺었다면, 민수는 "우희를 제 것으로 만들어 버" 리기 위해 즉 소유하기 위해 성 관계를 맺었던 것이다. 그러므로 그로서는 성 관계 이후에 자신이 "걸어찰까 봐 벌벌 떨어야" 할 우희가 도리어 "콧대가 높아가지고 조금도 호락호락" 하지 않는 사실을 이해할 수 없었던 것이다.[308] 그가 우희의 태도를 이해할 수 없었던 이유는 우둔한 인물이기 때문이 아니라, 여성에게 가부장적 권위를 행사하는 것이 남성의 당연한 권리라고 인식하는 통념적인 인물이기 때문이다. 신혼여행 때 그런 민수의 본질은 여지없이 드러난다.

> 너무도 많은 시집 족속들의 복잡다단한 계보도 놀라웠고 그 하고많은 족속들을 촌수에 따라 공평한 차별대우를 하는 민수의 솜씨도 놀라웠지만 우희가 가장 놀란건 민수가 장인 장모를 자기의 사촌들만도 못하게 허드레로 취급하는 거였다.
> 그러나 그걸로 우희는 다시 민수에게 싸움을 걸진 않았다. 그녀는 삼박사일 동안(신혼여행기간 동안—인용자 설명)에 지칠 대로 지쳐 있었다. 아니 길들여져 있었다. (『휘청거리는 오후』, 336쪽.)

---

308) 위의 책, 205쪽.

　　김장을 해 넣었다고 우희의 시집에서의 드난이 끝난 건
　아니었다. 시집에선 우희가 매일 시집에 드나들며 살림을
　돌보는 게 맏며느리로서의 당연한 도리로 여기고 있었다.
　(『휘청거리는 오후』, 337쪽.)

　신혼여행 선물을 "시집 족속들의 복잡다단한 계보"에 따
라 "공평한 차별대우"를 할 정도로 민수는 가부장적 계보에
익숙한 인물이다. 그러므로 경제적 지원은 받았으면서도 "장
인 장모를 자기의 사촌들만도 못하게 허드레로 취급"하는
것을 당연한 일이라고 여긴다. 우희는 그런 민수의 권위적
태도에 처음에는 대응해보지만 이내 대응 자체를 포기해 버
린다. 게다가 "맏며느리로서의 당연한 도리"라고 "시집 살
림"을 떠맡게 된 우희는 자신이 "민수와 동격의 인간으로"
결혼한 것이 아니라 "촘촘한 그물에 걸려든 신세"라는 것을
깨닫는데 그리 오랜 시간이 필요하지 않았다.309) 결혼이 남
녀가 완전한 인격적 통일체로서 만나 서로 합일된 감정을 교
환하는 것이라면, 우희와 민수의 결혼은 한 쪽의 일방적인
요구나 욕구를 만족시키는 불구적 관계라 할 수 있다. 일방
적인 요구를 가차 없이 쏟아내는 민수와의 결혼 생활을 유지
하기 위해서, 우희는 "슬레이트 지붕과 핵가족이 사람 사는
겉모양"이지만 속생활은 "낡은 생활양식과 낡은 도덕"에
길들여져야 한다는 현실에 순응한다.310) 그녀는 민수의 권위
적 태도와 민수 가족의 비합리적인 요구에 의해서 낭만적 사
랑에 대해 환멸'을 느끼지만, '무관심'해지는 것으로 환멸
에 대응한다. '무관심'은 표면적으로는 가부장적 이데올로

---

309) 위의 책, 337쪽.
310) 위의 책, 328쪽.

기(도덕성)에 순응·동조하는 것이라 할 수 있다.

이처럼 『휘청거리는 오후』의 민 여사나 우희에게 있어서, 낭만적 사랑에 대한 환상이 환멸로 나아가게 되는 계기는 '경제력'이며 우희에게는 가부장적 이데올로기가 더 두드러지게 폭력적 억압으로 가해진다. 산업사회에서 독립적인 인격체의 '합일의 감정'을 획득하는 낭만적 사랑이 본질적 실체가 아니라 가상적 실체에 대한 반응인 경우가 있는데, 민 여사와 우희의 경우가 그러하다. 이 소설은 민 여사와 우희를 통해 낭만적 사랑의 가상을 폭로하는 한편 '경제력'이 개인의 감정마저 교환가치로 전락시키고 있음을 묘파하고 있다. 더욱이 우희를 통해 대가족 제도와 가부장적 이데올로기가 여성을 억압하는 굴레라는 사실을 폭로하고 있다.

그러나 이 소설은 민 여사나 우희의 환멸 외에 우희의 태도로 인한 또 다른 환멸을 이끌어내고 있다. 우희는 대학까지 졸업한 인재인데다가, 나름대로 삶의 철학이 지녔던 인물이었다. 그런데 남편에게 맞기까지 하지만, 한바탕 하면 더 아기자기한 재미가 쌓아진다고 우길 정도로 결혼 후 주체적 자아를 상실해 간다. 그리고는 "늘쩍지근한 침체와 사랑의 타성이 늪처럼 괸 신혼의 분위기"311)를 자아내면서, "손질하지 않은 짧은 파마머리는 함부로 곤두서 있고 화장기 없는 얼굴에는 검버섯뿐 아니라 때 아닌 소름까지 좁쌀알처럼 퍼져 있"312)지만 그것을 행복으로 여길 정도로 이성적 사고라고는 할 줄 모르는 멍한 여자가 되어 버린다.

이러한 우희의 태도는 "성의 자유는 누린 주제에" "생활

---

311) 위의 책, 458쪽.
312) 위의 책, 459쪽.

의 자유는 누리기를 겁을 내며" 부모에게 "물질적 도움을 바라" 313)는 수동적 태도에서 예감할 수 있었다. 그러나 우희는 대가족 제도하에서 여성의 삶이 여성 자신에 의해서 움직여지는 것이 아니라 가족에 의해서 움직여지는 타자의 삶이라는 사실에 너무나 쉽게 동조해 버린다. 타자의 삶에 일방적으로 동조하고 자신에게 무관심한 우희의 태도는 낭만적 사랑뿐만 아니라 남성 일반에 대한 환멸감을 갖도록 유도한다. 왜냐하면 우희의 무관심한 태도는 '대화할 수 있는 아내 동반자적 아내'의 상을 여성에게 요구하면서도 사적 영역의 굴레 속에서 벗어나지 못하는 순종적인 아내이기를 바라는 이기적인 남성 일반 내지 남성 중심의 사회가 지닌 가부장적 폭력으로 인해 발생했기 때문이다.

2-2. 유희적 사랑

결혼이란 지속적으로 성적 배타성과 사회 질서를 유지하게 하는 제도적 장치이다. 결혼 제도에 긍정적인 면이 있는 이유는 상호간의 헌신을 통해, 정직함 내지 신뢰를 구축해 나감으로써 사랑이 다른 형태로 변동되고 상호간에 신뢰와 안정을 주기 때문이다. 그러나 상호간에 사랑이 깨어지고, 자기 정체성이 흔들릴 때, 결혼관계는 지속되기 어렵다. 그런데 산업사회에서 유희적 사랑은 결혼 생활 자체나 낭만적 사랑에 대해서 환멸을 느끼지만 결혼생활을 유지하면서 그것을 극복할 수 있는 은밀한 방법으로 곧잘 선택되는 방법이다. 일명 열정적

---

313) 위의 책, 164쪽.

사랑(passionate love)이라고도 하는 유희적 사랑은 혼외정사의
관능적인 또는 열정적인 특성을 지녔다.314)

> 사랑은 가치를 잃어버렸다. 프란츠 카프카의 말처럼
> "사랑은 자동차처럼 아무 문제가 없다. 문제가 되는 건
> 그저 핸들과 승객, 도로 사정뿐이다." 상황은 사랑에게
> 불리했다. 보다 많은 것, 보다 좋은 것, 보다 높은 것, 보
> 다 효율적인 것에서 쾌락을 느끼는 가운데 영혼이라는
> 자동차는 낙오하고 말았다.315)

인용문에는 결혼은 경제력과 사회적 지위, 그리고 권력을
얻을 수 있는 상대와 하고, 만일 사랑을 원한다면 애인과 나
누면 된다는 의식이 깔려 있다. 결혼 후 애인과 즐기는 유희
적 사랑은 혼외정사에 해당하므로 대상에게 사랑의 가치와
책임감을 느끼지 않아도 된다는 특징이 있다. 때때로 유희적
사랑이 결혼 생활을 붕괴시키는 경우는 타자와의 감정적인
연루가 너무나 강렬해서 사회적 관계, 심지어 부부간의 관계
마저 무시하고 감정에 몰입할 때이다. 이 경우 유희적 사랑
에 빠진 사람은 결혼 생활의 부부 상호간의 신뢰나 헌신에
대한 책임마저도 무시한다. 다시 말해 유희적 사랑에의 몰두
는 경우에 따라서 가족 제도를 안으로부터 붕괴시킬 수도 있
다는 의미가 된다.

(1) 에피소드적 만남

---

314) 앤소니 기든스, 앞의 책.
315) 볼프강 라트, 앞의 책, 282쪽.

유희적 사랑에 해당되는 에피소드적 만남은 혼외정사로서 친밀성을 지속할 수 없는 일회적인 관계의 만남이며, 친밀감을 형성하는 것을 회피할 때 이루어질 수 있는 관계의 만남이다. 그러므로 남녀의 에피소드적 만남은 쉽사리 성적 관계로 진전된다. 에피소드적 만남을 지속하는 하나의 원칙은 한 상대를 지속적으로 만나지 않는다는 것이다. 또한 에피소드적 만남에는 현재의 관계가 미래의 책임으로 이어지지 않는다. 요컨대 에피소드적 만남은 미래에의 책임에서 벗어나 현재의 관계 그 자체만이 있을 뿐이다. 상대에 대한 친밀감을 형성하거나, 상대의 정체성에 대해서 궁금해 하면 에피소드적 만남은 해체되기 때문이다. 그러므로 이런 만남의 상대는 내면보다는 외형적으로 보여주는 조건—외모와 매력적인 첫인상이 가장 중요하다. 주로 남성이 성적 유희 대상을 찾는 경우가 에피소드적 만남에 해당되지만, 김승옥의 『강변부인』에서는 평범한 중산층 여주인공이 그런 대상을 찾아 에피소드적 만남을 즐기고 있다는 점에서 특이하다.

『강변부인』의 주인공 민희는 대학 때부터 동아리 선배인 기일과 에피소드적 만남을 즐겼다. 그때 기일은 그녀를 "아껴주고 싶은 연인"이나 "미래의 아내"가 될 여성으로 취급하지 않고 오직 "섹스의 쾌락"을 주는 "노리개처럼 취급"했다.[316] 민희는 그런 기일에게 처음에는 분노를 느꼈으나 어느새 그런 기일의 태도에 익숙해진다. 그녀 역시 '섹스 파트너'로 성적 유희 대상을 에피소드적으로 만나면서 "영혼의 만족과 육체의 열락"[317]을 즐긴다. 결혼 후 그녀는 생활

316) 『강변부인』, 240쪽.
317) 위의 책, 242쪽.

의 경제적 안정을 찾았으나, "불안한 영혼에서 분리된 육체의 부딪침" 318)을 느끼고 영혼의 만족을 채우기 위해 다시 에피소드적 만남을 즐긴다. 민희는 고급 아파트에 살고, 가정부와 운전기사를 두고 있는 부러울 것이 없는 중산층 전업주부이지만, 경제적으로는 남편에게 의지하는 자신의 초라함을 견딜 수가 없었던 것이다. 민희가 느끼는 초라함은 열등감에서 비롯된 것이다. 민희는 초라함을 불러일으키는 열등감을 보상받기 위해 에피소드적 만남을 지속하는 것이다. 그 만남에서 얻어지는 "육체적 열락"을 통해 잠시나마 영혼의 빈약함 즉 열등감을 보상받을 수 있었던 것이다. 영혼의 '부재'를 '보상' 해 줄 수 있는 공간은 그녀에게 가정이 아니라 가정 밖의 공간이었던 것이다. 그녀에게 결혼 생활은 육체의 열락이 지연되는 '어떤 것' 이 아니라, 영원히 충족될 수 없는 '부재의 상태' 인 것이다. 그러나 가정 밖 공간에서 맛보는 열락의 순간은 그 순간이 지나면 다시 원점으로, 곧 영혼의 불만족 상태로 되돌아가는 불완전한 순간인 것이다. 그 순간이 불완전하기 때문에 '보상' 은 계속 지연되고 또 다른 만남이 예기되는 것이다. 그러므로 그녀는 에피소드적 만남에서 만난 상대를 떠나보내지만 실제로는 그럴 능력조차 없다. 하나의 이별은 언제나 다른 에피소드적 만남을 위한 서곡에 불과하기 때문이다.

　　이번으로 겨우 네 번째 만나는 것에 불과한데 지나가는 여자애들을 놀려대는 악동처럼 지껄일 수 있고, 한편 그런 대접을 받고도 불쾌하기는커녕 오히려 안심될 뿐만

---

318) 위의 책, 243쪽.

아니라 야릇한 흥분마저 느낄 수 있는 것은 아무래도 익
명의 관계 덕분일 것이다.(『강변부인』, 193쪽.)

그러므로 "네 번째 만나는 것에 불과한데 지나가는 여자애
들을 놀려대는 악동처럼 지껄"이는 자유로움과 그런 굴욕적
인 대접을 받으면서 "야릇한 흥분"마저 느낀다. 이와 같은
자유로움과 "익명의 관계"가 주는 편안함 그리고 야릇한 흥
분은 그녀를 성적 쾌락에 빠지게 하는 것이다.

민희는 결혼이 "불안한 영혼에서 분리된 육체"의 고통을
주므로 그것을 보상하기 위해 에피소드적 만남을 지속하지
만, 결혼 생활을 파괴하지는 않는다. 유희적 사랑을 즐기는
것과는 아주 모순적인 생각이지만, 그녀의 내면에는 사회적
통념과 동일한 생각이 자리 잡고 있기 때문이다. 즉 그녀의
내면에 결혼이란 '성적 정숙함'이 존속하는 '어떤 것'으로
이상화되어 있기 때문에, 그녀는 "섹스란 엄하게 다스려 조
그맣게 가둬두면 들수록" 319) 가정을 잘 경영할 수 있다고
믿고 있는 여성인 것이다.

> 그 여자 역시 섹스에 대한 근원적인 경멸감 내지 죄의
> 식을 가지고 있었고, 가정이란, 그리고 남편이란 섹스의
> 대상 이상의 존엄한 그 무엇이었던 것이다.(『강변부
> 인』, 204쪽.)

이렇듯 그녀는 "섹스에 대한 근원적인 경멸감 내지 죄의
식"을 가지고 있으며, "가정이란 그리고 남편이란 섹스의
대상 이상의 존엄한 그 무엇"이라고 막연하게 경계 짓고 있

---

319) 위의 책, 264쪽.

다. 그런데 민희의 남편 영민 역시 민희처럼 가정은 육체적 열락이 부재한 공간이고 부재해야 하는 공간이라고 믿기 때문에, 그에 상응하는 보상의 공간을 가져야 한다는 생각한다.

> 아내인 민희와의 잠자리란 극히 평범했다. 키스와 애무, 그리고 행위, 그것이 영준이 민희에게 하는 행위의 공식이었다.
> 결혼 생활 팔 년 동안 이 정도에서 벗어난 행위란 결코 없었고, 그리하여 민희는 남편이 섹스에 대하여 알고 있는 것은 그것이 전부라고 생각해왔고, 남편과는 그 정도로도 충분히 만족할 수 있었다.(『강변부인』, 203쪽.)

영민 역시 "민희와의 잠자리란 극히 평범했"고 "정도에서 벗어난 행위란 결코 없"는 단순한 행위의 반복이 부부의 잠자리 공식이라고 생각한다. 영민은 부부간에 그런 잠자리 공식이 결혼생활을 유지하는 비결이라고 굳게 믿고 있는 것이다. 그 역시 결혼생활의 무미건조함을 결혼생활 밖에서 보상받으려고 한다. 그는 젊은 시절에 애교 있는 행동과 표정으로 결혼을 전제하지 않은 채 뭇 여성을 사로잡았으며 그녀들과의 에피소드적 만남의 쾌락에 몰입했었다.[320]

> 서른여덟 살. 이제 겨우 사회에서 확고한 자기 자리를 잡고 보니 돈이나 줘야 젊은 아가씨와 통할 수 있는 늙은이가 되어버린 것이다.
> 그 서글픈 갈증을 풀어보려고 그는 크고 작은 술집들의 젊은 아가씨들을 닥치는 대로 샀고, 일단 산 아가씨

---

[320] 김승옥은 이미 「보통 여자」(1969)에서 남녀의 복잡한 성 관계와 결혼/연애에 대한 이중적 태도를 폭로한 바 있다.(김승옥, 「보통여자」, 위의 책.)

들한테는 반말이나 하듯 물건 취급을 했다.(『강변부
인』, 197쪽.)

그런데 "서른여덟 살"이 된 청년을 졸업한 그는 더 이상
여성을 애교 있는 행동과 표정으로 여성을 유혹하지 못하는
중년 남성이 된 것이다. 성적 대상이 더 이상 순순히 따라와
주지 않는 상황에서 에피소드적 만남을 지속하려면 그에 상
응하는 경제적 대가를 지불해야 한다는 사회적 통념에 익숙
해져가는 나이가 된 것이다. 영훈은 결혼 생활에 대한 이상적
관념 때문에 충족하지 못하고 늘 '부재'의 상태가 되어버린
육체의 열락과 이제는 회복할 수 없는 젊음을 에피소드적 만
남을 통해 '보상' 받고 싶어 한다. 그런데 경제적 대가를 전
제로 한 에피소드적 만남은 상대와의 지속적인 만남을 회피
하는 것이기에, 상대가 대가만큼 충분한 '보상'을 해주지 않
을까봐 늘 두려워하는 속성을 지닌다. 이런 두려움은 그로 하
여금 더욱더 에피소드적 만남의 상대를 교환가치로 대하게
하고, 그 가치를 보상받기 위해 상대를 더 폭력적으로 대하게
한다. 이런 남편의 실상을 우연히 알게 된 민희는 결혼생활이
나 남편에 대한 환상이 일시에 무너지는 것을 느낀다.

　　민희는 이제껏 어느 누구가 건드려도 끄떡없다고 자
　신하고 믿고 있던 견고한 자기 가정이 와르르 소리 내
　며, 그 허구의 모습을 무너뜨리고 있음을 느끼며 손가락
　을 입에 물고 자신도 모르게 비명을 길게 질렀다.(『강
　변부인』, 205쪽.)

민희는 '육체의 쾌락'에 쉽게 빠져드는 자신을 열등한 존
재로 간주하는 대신 남편을 정숙하고 근엄한 존재로 존경해

왔던 자신의 결혼 생활이 모두 허구였음을 알게 된 것이다. 자신이 알고 있었던 '정숙한' 남편은 비열하기 짝이 없는 인간이라는 사실을 알게 된 후, 결혼생활 그 자체에 대한 인식이 반전되어 '환멸'을 경험한 것이다.

> 남편이, 남자와 여자가 알몸으로 할 수 있는 행위를 '정상적인 것'으로 인정하고 아내인 나에게 감추지 않고 표현하고 요구해주었더라면 나는 '시뻘건 낯짝'을 집 밖으로 몰아내놓고 있어야 한다고 생각하지 않아도 좋았을 것이며, 남편 역시 나이 어린 악바리 계집애한테 궁지로 몰리는 따위의 짓을 하지 않아도 될 것이 아닌가!(『강변부인』, 205쪽.)

인용문처럼 민희는 남편에 대해 그동안 가져왔던 "존엄한 그 무엇"은 사라지고, 자신이 "시뻘건 낯짝"을 하고 집 밖에서 쾌락을 추구하게 만든 남편에게 분노한다. 남편도 자신처럼 성적 쾌락을 즐기는 속물임을 안 후, 민희의 가족 내지 남편에 대해 태도는 '반전'된다.

"아빠한테 대하여 나는 이미 여성이 아닌 것 같아. 그냥 여편네지 여성은 아닌가봐"[321)]라고 스스로의 가정 내에서의 정체성에 자성하게 한다. 자신이 남편에게 '모성을 지닌 아내'이었지 '관능을 지닌 여성'으로 대접받지 못했다는 사실과, 성적 자율성이나 성적 충족에 대한 권리 주장을 제대로 하지 못하면서도 '가정 내적 존재'로서 현모양처가 되려고 애썼던 이유가 결혼 생활이 정숙한 '어떤 것'이라는 고정관념 때문이었다는 사실을 깨닫게 된다. 그 사실을 깨닫자

---

321) 『강변부인』, 210쪽.

아이의 담임을 만나는 일도 귀찮아진다. 게다가 아이의 학교는 "유명한 화가라든가 대학교수라든가 여성단체 간부라든가 패션 디자이너라든가 하는 여자들이 아이의 엄마"[322]로 담임을 방문하는 것과 달리 "지극히 평범한 아니 무능한 여자"[323]로 담임에게 촌지나 갖다 바치는 자신에 대해 자괴감 내지 열등감에 빠지게 한다. 학교마저 자신의 가정처럼 순결하지 않은 영혼만 있는 공간이라는 생각에 미치자 자신의 '영혼의 만족'을 보상받기 위해 더욱더 '육체적 열락'에 탐닉하고 '에피소드적 만남'에 매달리게 된다.

그녀의 성적 탐닉이 영준에게 발각되면서, 이들 가정이 꾸몄던 허상은 완전히 붕괴된다. 영준은 영준대로 다른 남성과 어울렸던 아내의 모습을 "평생토록 떠올리고 살아야 한다면" 하고, 민희 역시 "평생토록 이 남자 앞에서 죄인으로서 얻어맞고 지내야 한다면" 하고 결혼 생활 자체를 둘 다 회의한다.[324]

이렇듯 이 소설은 외형적으로 행복하고 정숙한 중산층 가정의 실제가 실은 허위일 뿐이라는 사실을 폭로하고 있다. 이 소설에서 민희는 성적 쾌락이라는 극히 개인적인 감정을 추구하는 듯하지만, 그것을 통해 남성과 합일의 감정을 이루려고 했던 것이다. 민희를 주체로 한 에피소드적 만남은 여성 위에 군림하기를 원하는 남성 중심의 사회에서, 남성의 권력 밖으로 탈주하여 개인의 자율성을 신장하고자 하는 여성의 권리 주장이라 할 수 있다. 이 소설은 비록 남녀 간의

---

322) 위의 책, 228쪽.
323) 위의 책, 229쪽.
324) 위의 책, 306쪽.

충격적인 성행위가 서사의 중심이 되면서 부분적이고 부차적
으로 작용하고 있지만, 여성을 모성과 정숙한 아내라는 찬사
로 사적 영역에 가두어 두려는 가족 제도의 모순에 대한 반
성적 계기를 부여한다.

(2) 중독적 만남

중독이란 원래 약물에 대한 화학적 의존성을 뜻하는 용어
였으나, 프로이트의 심리학에서는 강박적 행동을 신체적 병
리 현상을 일컫는 용어로 정의한다.[325] 강박적 행동인 중독
은 일종의 방어기제로서 문제 상황을 도피하는 행동과 개인
의 의지력으로는 그것을 그만두기가 어려운 상태이며 그것을
함으로써 긴장이 이완되는 행동을 의미한다. 따라서 무엇인
가에 중독된 사람은 자기 통제력을 상실했기 때문에 일시적
으로 문제 상황을 도피할 수는 있으나 그 문제 상황에 대한
근원적인 해결을 찾지는 못한다.

『휘청거리는 오후』의 초희의 경우 결혼 생활에 환멸을
느끼고 다양한 중독 증상을 보이고 있다. 그녀는 "물질적 생
활환경'이 '행·불행을 결정해" [326] 준다고 믿는 "예쁜 처녀
였"지만 "또 과년한 처녀" 즉 스물일곱 살의 올드미스였기

---

325) 프로이트는 강박적 행동을 하는 환자는 원래는 흥미를 느끼지
　　않고 있는 생각들에 몰두하면, 환자 자신에게 낯설게 느껴지는
　　충동을 스스로의 내부에서 감지하거나, 스스로에게 아무런 만
　　족감을 주지 않는데도 도저히 그만둘 수 없는 행동을 하고 싶
　　어 한다고 했다.(지그문트 프로이트(임홍빈 외역), 『정신분석
　　강의(하)』, 열린 책들, 2002. 360쪽.)
326) 『휘청거리는 오후』, 32쪽.

때문에 결혼에 늘 "초조" 해 한다.327) 그래서 재벌 2세인 조
광욱과 파혼하자 전문적인 마담뚜를 통해 물질적인 생활을
보장해줄 만한 남성를 찾다가 나이 많고 아이까지 딸렸지만
"더러운" 328)이라는 수식어가 붙을 정도로 부자인 공회장을
만난다. 허영심 때문에 그와 결혼하기로 약속하지만 그로부
터는 고약한 기분을 그의 아이들로부터는 굴욕감을 느낀다.
그런 고약한 기분과 굴욕감을 일시적이나마 해소하기 위해
옛사랑인 김상기를 만나는데 그 역시 부잣집 딸과 결혼을 약
속한 처지이다. 둘은 서로가 결혼을 앞두고 있다는 사실을
알면서도 성 관계를 맺는다.

> 숲 속의 가으내 쌓인 낙엽 위에선 머지않아 부잣집 사
> 모님이 될 여자와 부잣집 딸의 남편이 될 남자가 교접을
> 한다. 사랑 때문도 정욕 때문도 아닌 교접을 한다.
> 그들이 앞으로 얻을 것을 위해 잃는 것은 뭔가를 확인
> 하기 위해. 잃는 게 알고 보니 대단한 것도 아니더라도
> 오래오래 자위하며 길이길이 행복하기 위해 그 짓을 한
> 다.(『휘청거리는 오후』, 268쪽.)

위 인용문에서 보듯이, 초희는 사랑이나 정욕 때문이 아니
라 굴욕감을 치유하기 위해서 성 관계를 맺는다. 초희와 상기
의 성 관계를 소설 속 서술자는 "교접" 내지 "그 짓" 이라고
시니컬하게 비아냥거린다. 그러므로 성 관계가 끝나자마자,
이미 속물이 되어버린 김상기는 "우리 피차 앞길이 구만리
같은 젊은이들인데 말야, 알아듣겠어? 초희, 오늘 일로 훤히

---

327) 위의 책, 43쪽.
328) 위의 책, 221쪽.

트인 앞길을 그르치는 일이 없도록 하자구”329)라고 야멸치게 말하고는 혼자서 재빨리 호텔을 빠져나간다. 상기와 헤어진 후, 초희는 김상기에 대한 굴욕감과 순결을 잃었다는 공포 그리고 뒤섞인 열정을 느끼며 공회장과의 결혼을 서두른다.

결혼 이후에 그녀는 가사 일을 가정부가 전담하게 되자 가사 일로부터는 해방된다. 그러나 사적 영역인 가정에서 해야 할 역할이 ‘아내’ 나 ‘어머니’ 로서의 역할이 아니라 ‘관능적인 여성’ 으로서 공회장의 배타적인 성적 파트너 역할이라는 사실에 ‘환멸’ 을 느낀다. 공회장은 그녀에게 그녀의 내면적 가치나 ‘정숙한 아내’ 나 ‘어머니’ 로서의 자질보다는 외모와 성적 관능만을 요구했던 것이다. 공회장이 젊음에 대한 집착 때문에 각종의 강장제를 섭취하듯이 젊은 여성을 아내로 취하였다면, 초희는 경제적 욕망에 대한 집착 때문에 돈 많은 남편을 취하였던 것이다. 분명 공회장처럼 결혼을 단순히 자연적인 성적 관계로만 보는 것은 결혼이 지닌 본래의 정신적인 측면을 무시한 것이다. 마찬가지로 초희처럼 경제적 욕망에 집착하여 결혼 상대자인 남성과의 사랑의 감정을 간과한 채 결혼한 것도 결혼이 지닌 정신적인 측면을 무시한 것이다. 결혼이란 남녀가 외부적인 개별적인 요인이나 생리적인 욕구 충족만을 위해 결합하는 것을 의미하는 것이 아니라, 남녀의 인격 전체와 결합하는 것을 의미하기 때문이다. 이와 같이 둘의 결혼관의 차이 내지 문제로 인해 초희는 결혼 생활에 ‘환멸’ 을 느끼고 환청에 시달리게 된다. 그녀는 결혼 생활에 대한 환멸이 육체적인 증상으로 고통을 주

---

329) 위의 책, 269쪽.

자, 그것을 치유하기 위해 다양한 방법을 모색해 본다.

우선 초희는 경제적 능력으로 환청을 치유할 수 있는 방법을 선택한다. 그녀는 "물귀신 같은 혼백이 있"는 것처럼 "뜨거운 정열을" 가지고 보석에 집착해 보지만, 환청을 치유하지 못한다.330) 그리고 "붕 뜬 것 같은 살갗을 가라앉히기 위해 온갖 화장의 기교를 다 부려" "남의 눈에 뜨이는 곳의 아름다움에 대한 병적인 집착"을 하지만 역시 환청을 치유하지 못한다.331) 결국에는 그녀는 약물 중독으로 환청을 치유하려 한다. 그러나 약물 중독에 빠진 자신에 대한 모멸감 때문에, "한 알만 먹을 수 있기를 애걸"하고 "한 알을 덜 먹었다는 만족감과 불안감" 속에 하루하루를 보낸다.332) 약물에 의지해서도 그녀의 환청 증상은 치유되지 않는다.

초희는 환청을 없애는 진정한 방법을 찾으려고 노력한다. 그 결과 환청이 없었던 시기의 상태, 곧 공회장을 만나기 이전의 상태로 자신의 현존을 되돌리는 것이라고 판단한다. 그러나 그녀는 자신의 판단과는 달리 경제적 안정을 주는 결혼 생활을 쉽사리 포기하지 못한 채, 계속 환청에 시달리게 된다. 그녀에게 보석과 외모에 대한 집착이나 약물 중독은 모두 강박적 행동인 중독으로써, 결혼 생활에 대한 환멸에 대한 방어 기제들인 동시에 자기 성찰로부터 도피하게 하는 기제들일 뿐이다. 이 기제들은 환청에 대한 근원적인 치유방법이 아니라, 또 다른 중독인 성적 중독을 지연시키기 위한 일시적인 기제인 것이다.

---

330) 위의 책, 441쪽.
331) 위의 책, 452쪽.
332) 위의 책, 453쪽.

　　××정을 안 먹고 견딜 수 있는 방법은 오로지 김상기
를 만나는 길밖에 없을 것 같다. 그 길 밖에 없었다는
걸 진작부터 알고 있었던 것도 같다. 알고 있으면서도
참았다고 생각한다.
　　부도덕한 일이었기에 참을 수 있는 데까지는 참았다
고 생각한다. 파멸 직전까지 참았으며 됐지. 더야 어떻게
참는단 말인가.(『휘청거리는 오후』, 463쪽.)

　인용문처럼 초희는 환청을 치유할 수 있는 근원적인 방법
이 결혼 전으로 되도리는 것이지만 차선의 방법을 선택해야
한다고 스스로 최면을 건다. 처녀로 되돌아 갈 수 없다면, 처
녀 때와 같은 심리적 안정을 취하기 위해서는 처녀 때 만났
던 남자, "김상기를 만나는 길밖에 없다"고 생각한다. 그렇
지만 결혼 후 외간 남자를 만나는 일은 "부도덕한 일"이라
고 판단하기에 김상기와의 만남을 지연시킨다. 그러나 김상
기와 만나 유희적 사랑에 몰입하고 싶다는 "고혹적인 속삭
임" [333] 을 억제하면 할수록 더 강해져 더 많은 약물을 복용
하게 된다. 그녀는 "파멸 직전까지 참았으면 됐지 더야 어떻
게 참"을 수 없다고 생각하고 드디어 김상기를 다시 만난
다. 그러면서 인용문처럼 자신의 욕망도 포기하지 않으면서
과거로 되돌아가는 방법은 오직 옛사랑 "김상기를 만나는 길
밖에" 없다고 스스로에게 정당성을 부여한다.

　　남자의 모진 학대의 손길을 사랑의 손길로 착각하려
든다. 결신들린 것처럼 사랑받고 있다는 느낌을 가질 수
있기를 바란다.
　　이런 결신들린 것 같은 느낌은 그녀의 육체와는 상관

---

333) 위의 책, 432쪽.

없는 거기 때문에 그동안 그녀의 육체는 오히려 그녀로
부터 방기(放棄)된 채였다.(『휘청거리는 오후』, 472쪽.)

그녀는 오랫동안 자신을 억제하다가 김상기를 다시 만나
자, 그에게 집착한다. 그녀가 김상기에게 집착하게 되자 둘의
관계는 권력의 불균형을 가져오게 되고, 그것은 성적 학대로
이어지게 된다. 그녀는 김상기의 "모진 학대의 손길을 사랑
의 손길로 착각하려 든다." 김상기에 대한 사랑의 신뢰를 가
지고 있지 않으면서도 초희는 "걸신들린 것처럼 사랑 받고
있다는 느낌을 가"지기를 소망해 보는 것이다. 그래서 "그
녀의 육체는 오히려 그녀로부터 방기된 채" 고통에 시달리
지만, 그녀의 정신은 사랑을 받는다는 느낌에 매달린다.
   김상기와의 중독적 만남은 다른 중독들과 마찬가지로 초희
에게 절망과 환멸의 악순환에 빠지게 한다. 그러나 그와의
만남을 포기하지 않고 사랑의 감정마저 회복하고자 한다. 이
는 중독적 만남의 일반적 속성이라고 할 수 있다. 에피소드
적 만남은 일회적인 성적 대상을 지향하기 때문에 사랑으로
부터 도피하려는 원심력이 작용하는데 반해서, 중독적 만남
은 의도하지 않은 결과이지만 성적 대상에 고착적 태도를 취
하기 때문에 사랑을 형성하려는 구심력이 작용하기 때문이
다. 그러므로 김상기와의 중독적 만남을 거듭하면서 초희는
그와의 성적 관계뿐만 아니라 친밀감도 형성하려고 하는 까
닭에 고통과 절망의 순환에 빠지게 되는 반면, 김상기는 결
혼이 주는 경제적 안정과 사회적 지위를 잃고 싶지 않다는
타산 때문에 초희를 육체적으로만 탐닉할 뿐 그녀와 친밀감
을 형성하려 하지 않으려고 하는 까닭에 더욱 냉정해진다.

초희는 조용히 숨을 죽이고 기다린다. 라이터불이 켜지기를. 라이터불이 김상기의 젊음과 남자다움을 가장 효과적으로 조명하기를. 그녀가 간직하고 있는 김상기의 기억의 아름다움을 다시 한번 확인할 수 있기를 소망하여 기다린다.

그녀의 이런 소망은 그녀가 저지른 간음과는 상관없이 차라리 정결하다. 무구한 소녀의 소망처럼 정결하다. 여태까지 저지른 일의 더러움까지도 깨끗하게 씻어줄 것 같이 정결하다.(『휘청거리는 오후』, 473쪽.)

초희가 김상기와의 중독적 만남에 집착하는 데에는 공회장에게 결여된 '젊음과 남자다움'에 대한 보상적 의미도 결부되어 있다. 공회장이 보약으로 '젊음'을 유지하려고 하고 그녀에게 '남자다움'을 과시하고 그런 젊음과 남자다움을 줄곧 그녀에게 확인 받지만 그녀는 진심으로 공회장에게 그런 젊음과 남자다움을 느끼지 못한다. 그래서 김상기와의 만남이 고통과 절망의 순환이면서도 그 만남에 집착하는 것이다. 남편에게서 경험할 수 없는 "기억의 아름다움을 다시 한번 확인할 수 있기를 소망"하지만 김상기는 그런 그녀의 소망을 무참히 깨버리고 도망가 버린다. 그녀에게 성적인 중독은 즉각적인 희열을 주며, 조작된 심리를 제공하는 것이지만[334] 환청이나 환멸에 대한 진정한 치유 방법이 되지 못한 것이다. 단지 자기 정체성에 대한 성찰적 관심으로부터의 도피처일 뿐이다.

김상기와 합일의 감정을 형성할 수도 없고 공회장에게 결여된 것을 보상받을 '기억의 아름다움'도 소망할 수도 없기

---

334) 앤소니 기든스, 앞의 책, 144쪽.

때문에 그녀는 김상기와의 중독적 만남에도 환멸을 느끼고 다시 약물 중독에 빠진다. 성적 중독이 결코 초희에게 결혼 생활의 환멸을 치유할 수 있는 방법이 아니라 자기 파괴성만을 증가시키는 것이기에 약물 중독에 대한 의존성이 점점 심각해진다.

초희는 아이를 잉태한 후 '모성'으로서 삶의 원동력을 잠시 회복하고 중독으로부터 일시적으로 벗어난다. 그러나 이것도 잠시 잉태한 아이가 김상기의 아이라는 사실이 밝혀지면서 '모성'도 상실하게 되자, 결혼 자체의 무의미성을 뒤늦게 성찰하게 된다. 그녀는 자신의 정체성에 대한 성찰로 인해 환멸의 근원을 찾고 이혼을 결심하자, 자신과 타인에 대한 환멸과 그로 인한 육체적인 고통인 환청으로부터 해방된다.

요컨대 초희는 결혼 생활에 대한 환멸, 다양한 중독으로 인한 자기 환멸을 통제하기 위해 심리적 고통을 겪은 후에야 자신의 정체성을 성찰하게 된 것이다. 이 소설에서 환멸의 궁극적인 요인은 경제적 욕망 때문에 합일의 감정을 무시한 결혼을 선택한 초희 자신에게 있다고 여겨진다. 그러므로 그녀에게 중독은 일상적 삶의 부분에 대한 또한 자아에 대한 특정한 통제 양식이기 때문에 생리적인 현상이 아니라 심리적인 현상이라 할 수 있다.[335] 그러나 한편으로 초희의 중독은 초희 개인의 문제로만 환원할 수 없는 것이다. 그것은 경제적 욕망을 남성을 통해서만 실현될 수 없는 사회와 그러한 상황에 빠지게 한 남성의 성적 욕망 충족 방식에서도 그 원인을 찾을 수 있다.

---

335) 위의 책. 111쪽.

2-3. 베풂의 사랑

유희적 사랑이 개인의 내면적 감정에 충실한 것이라면, 베풂의 사랑은 외부의 자극에 충실한 것이라 할 수 있다. 즉 베풂의 사랑은 늘 그렇지는 않지만 사랑 받고 싶어 하는 타인의 시선을 의식하고, 타인에게 사랑을 베풀고자 하는 마음이다. 그래서 베풂의 사랑은 일명 숭고한 사랑(sublime love)이라 하는데, 이는 신화적 통일성을 이루려는 성찰로부터 발생하였으며 사랑의 대상과 사랑 자체를 이상화시키는 것이다.[336]『풀잎처럼 눕다』의 은지는 사랑하는 도엽에게 티코처럼 '황금 날개를 모두 나눠 줘 버'리고,『죽음보다 깊은 잠』의 영훈 역시 자신의 전재산을 다희에게 기꺼이 내준다. 이들의 사랑은 특정한 대상에게 향하는 베풂의 사랑이라 할 수 있다. 그러나 조해일의『겨울여자』에서는 특정 대상에 한정된 사랑을 거부하고 다양한 대상에게 사랑을 베푸는 양상을 보여준다. 주인공 이화는 목사인 아버지의 영향으로 어린 시절부터 박애 정신을 훈육 받아왔던 여성이다.

그런데 민요섭이 이화에게 육체적 사랑을 요구했다가 거절당한 후 죽게 되자, 그녀는 기독교적인 원죄의식에 빠지게 되고 베풂의 사랑으로 그것을 극복하려 한다. 민요섭은 비열한 정치가인 아버지 때문에 학교 친구들에게 따돌림을 당하자 아버지나 세상과 단절하고 살다가 우연히 만나게 된 이화에게 편집증적 애정을 보여 왔던 것이다. 그런데 이화가 성적 관계를 거부하자 쉽게 인생을 포기한 것이다. 민요섭의

---

336) 위의 책, 84쪽.

죽음 이후, 이화는 요섭처럼 사랑을 받고 싶어 하는 사람에게 사랑을 베풀기로 결심한다. 이화는 학생 운동가이자 정치학도인 우석기와 만나면서 자신의 사랑에 사회적 의미를 부여한다.

> 그녀는 무엇이든 마음을 기울여서 바라보면 모든 것이 새롭게 보인다는 사실을 처음으로 깨닫는 듯했다. 그때까지도 그녀는 자신의 마음이 너그럽게 열려진 상태이기 때문에 모든 사물이 새롭게 바라보인다는 사실을 미처 알아차리지 못하고 있었던 것이다.(『겨울여자』 상권, 157쪽.)

위 인용문은 작가가 '거듭나기 위한 병'이라고 부제를 단 부분의 일부분이다. 여기서 이화는 우석기와의 성행위를 한 후에 "마음이 너그럽게 열려진 상태"가 된다. 그러면서 "모든 것이 새롭게 보인다는 사실을 처음으로 깨닫게" 된다. 성관계 이후 그녀는 타자에 대한 막연한 사랑과 관심 즉 종교적이고 추상적인 사랑에서 좀 더 구체적인 대상과 사랑의 방식을 인식하게 된다. 더욱이 솔제니친의 〈1914년 8월〉이란 소실을 들어 불쌍한 우리나라 사람들의 "연인이 돼 줘"[337]라고 우석기의 유언처럼 남기고 간 말에 근거하여 자신을 원하는 타자는 '소외된 자'이고 그들이 원하는 것은 연인이 되어 주는 것이라고 생각한다.

> 이화는 석기의 죽음을 통해서 바로 이러한 것을 자신도 모르게 체득한 여인이 되어 있었던 것이다. 즉 언젠가는 죽을 것들에 대한 사랑이 이때 이미 그녀의 마음속

---

337) 『겨울여자』 상권, 200쪽.

에 자리 잡기 시작했던 것이다. 그것은 커다란 슬픔과
동행하는 사랑이었다.(『겨울여자』 상권, 208쪽.)

우석기가 죽은 후, 허민 교수를 만나면서 그녀는 '소외된
자'인 허민 교수에게 적극적으로 접근해서 소외의 원인을
해소시켜주어야 한다는 사명감을 갖는다. 허민 교수가 제자인
이화를 사랑하지만 그 사랑을 표현하지 못하고 괴로워하며
스스로 타인으로부터 소외되는 것을 알고 있기 때문이다. 그
녀는 허민 교수를 소외시키고 비극적으로 만드는 원인이 스
승과 제자, 유부남과 처녀와 성적 결합을 해서는 안 된다는
사회적 관습과 상식이라고 판단한다. 그 관습과 상식을 깨기
위하여, 그녀는 자발적으로 허민 교수의 연인이 되어준다.

> 그녀가, 자기는 따라서 앞으로 결혼 같은, 어느 한 개
> 인과만 맺는 특별한 관계는 맺지 않을 작정이며 그것은
> 그러한 관계를 맺음으로써 예상되는 가족 이기주의에
> 빠져들 필연성을 바라지 않기 때문일 뿐만 아니라 그러
> 한 관계가 당연히 요구하는 제약, 자기를 필요로 하는
> 또 다른 사람과 충분하고도 자유로운 관계를 가질 수
> 없게 된다는 점 때문이라는 것을…… (『겨울여자』 하
> 권, 313쪽.)

그녀는 허민 교수의 벽이 사회적 관습이지만 근원적으로는
가족 이기주의라고 판단하고, "자기를 필요로 하는 또 다른
사람과 충분하고도 자유로운 관계를" 형성하기 위해서 "결혼
같은, 그 어느 한 개인과 맺는 특별한 관계를 맺지 않겠다"
는 신념을 갖게 된다. 따라서 그녀는 결혼을 전제로 한 낭만
적 사랑을 한 개인에 국한된 사랑 행위로 간주하고 거부한다.

낭만적 사랑에 대한 환멸은 결혼 후에 환상과의 차이 때문에 생기는 것인데 베풂의 사랑의 경우 그 '환멸'을 관념의 차원에서 발견하고 낭만적 사랑 자체를 '거부'하는 것이다.

게다가 그녀는 가족주의라는 사회적 관습의 벽을 깨기 위해서 우석기의 친구인 오수환과 혼담이 오가는 미국 유학생인 안세혁과 차례로 성 관계를 맺는다. 그리고는 그들에게 자신은 "특정한 개인"과 "특별한 관계"를 맺는 것을 원하지 않는다는 사실을 분명히 밝힌다.[338]

김광준을 만난 이후, 그녀는 베풂의 사랑의 대상 및 사회적 실천 방향을 보다 구체화한다. 재벌가의 아들인 김광준은 아버지와 같은 재벌이나 정치가의 잘못으로 양산된 도시 빈민을 구제하기 위해 도시 빈민 운동에 투신한다. 이화는 그를 도와 사회 경제적 약자인 도시 빈민을 위해 헌신하는 것이 진정한 베풂의 사랑이라고 인식하게 된다.

이와 같이 이화의 베풂의 사랑은 기독교에서 말하는 박애의 형식을 띠고 있으며, 가족 이데올로기라는 사회적 관습 내지 시배층에 대한 도전적 내용을 담고 있다. 그러한 형식과 내용을 갖춘 베풂의 사랑을 그녀는 성(性)을 매개로 하여 실천한다. 베풂의 사랑을 실천하는 것은 근본적으로 인간적 영역을 벗어나는 것이므로 필연적으로 '목숨을 건 도약(leap)'이 필요하므로, 이 소설에서 이화는 성처녀로 승화된다. 이러한 승화는 이화로 하여금 자신의 개인적인 체험을 자신의 경험세계에서 벗어나 사회 구성원들이 공유하는 체험으로 전화하고 나아가 사회 구성원과 신화적 통일성을 형성

---

338) 위의 책, 하권, 313쪽.

할 수 있게 하는 필연성을 부여한다. 그래서 이화와 이들 남성과의 성행위 장면은 상세하게 묘사되어 말초적인 성적 자극을 주지만, 성적 유희라는 본능적 요구의 만족이 아니라 사회적 관습에 얽매여 있는 남성들을 해방시키기 위한 것이므로 경건한 의식처럼 행해진다. 다시 말해 베풂의 사랑의 도덕적 숭고함으로 인해 성행위의 자극성은 중화된다. 이화가 상대 남성과의 성행위는 상대의 욕구를 포용하고, 그들에게 위안을 주려는 숭고한 마음에서 우러난 것이기에 성적 개방이니 비도덕적 행위이니 하는 세속적 비난을 피해가고 있는 것이다. 그러므로 그녀는 성행위 후 성적 만족이나 성적 쾌락에 빠져들지 않는다.

여기서 주목해야 할 점은 이화가 베풂의 사랑을 실천하는 대상이 정치가의 아들, 특권적 지위를 획득할 가능성이 높은 일류대학생, 장래가 보장된 외국 유학생, 학문적 재능을 인정받은 대학생, 재벌의 아들이라는 점이다. 우석기처럼 반공 이데올로기에 의해 피해당한 인물도 포함되어 있지만, 그 역시 세계관만 전환하면 지배층으로 쉽사리 편입될 수 있는 일류대학생인 것이다. 이런 인물들은 당대 젊은 여성 독자들이 결혼 상대자로 갈망할 만한 조건을 두루 갖춘 남성들이다. 이화가 이런 남성들과 결혼을 거부하는 지점은 소설이 대중의 감정구조와 신화적 통일성을 형성하는 지점이다. 즉 이화가 세속적 욕망에 물들지 않는 '순수성'과 '고결성'을 지닌 성처녀이며, 그런 성처녀의 성행위가 경건한 의식이라는 인식을 독자 대중과 공유하게 하는 지점이다. 그런데 이화의 선언처럼 베풂의 사랑을 실천한다고 할 때, 그녀가 사랑을 베푼 구체적인 대상을 사회에서 소외된 자로 규정하기에는 문제가 있을 듯싶다.

또한 질적 변화를 거듭한 베풂의 사랑이 사랑을 베푸는 주체의 욕망과 대상의 욕망을 구별하지 못한 채 대상의 욕망에 고착된 상태에서 행해진다는 점도 이화의 베풂의 사랑의 한계이며 이 소설의 한계이다. 라캉에 의하면 상상계의 자아는 대상과 자신을 일치시켜 타자의 욕망과 자신의 욕망을 구별하지 못하는 오인의 단계에서 벗어나 상징계로 진입하면서 사회적 자아가 형성된다. 따라서 자아가 상상계에서 빠져 나오지 못하면 타자의식도 존재하지 않으며 대상에의 고착만이 존재할 뿐이다.[339] 이런 관점에서 본다면 이화는 대상에의 고착적 태도를 보여주므로 사회적 자아를 형성한 독립적인 인격체라고 볼 수 없다. 그녀의 사랑이 대상에 고착된 상태에서 행해진다는 근거는 다음 인용문에서 찾을 수 있다.

> 그녀의 태도는 마치 석기에게는 무엇이든 자기에게 요구할 권리가 있으며 자기는 그 요구에 따를 의무가 있다는 듯한 태도였다.(『겨울여자』 상권, 94쪽.)

그녀는 우석기라는 남성에게 "무엇이든 자기에게 요구할 권리가 있으며 자기는 그 요구에 따를 의무가 있다는" 의존적 태도를 보이고 있다. 진정한 사랑은 고독을 견디고 일상의 분노를 긍정적인 생활 감정으로 발전시키고 법을 배운 독립적인 두 인격체의 평등한 관계를 전제로 하는 것이라고 할 때, 우석기와 이화는 진정한 사랑의 교감을 이룰 수 없는 주인과 노예의 권력관계이다. 독립적인 인격체 즉 사회적 자아

---

339) 자크 라캉(권택영 외 편역), 『욕망이론』, 문예출판사, 1996.

를 형성하기 위해서 자기애가 필요한데 이화는 자기애를 버려할 어떤 것으로 매도한다.

> 이화는 순간 일시에 덮쳐든 어둠에 몸을 움츠리듯 했다. 그리고 자기에게 아직도 자신을 아끼는 습성이 남아 있다는 걸 깨닫고 부끄러움을 느꼈다.(『겨울여자』 하권, 322쪽.)

인용문을 보면, 이화는 "자기에게 아직도 자신을 아끼는 습성이 남아 있다는 걸 깨닫고 부끄러움을 느낀다." 그녀가 베풂의 사랑을 하기 위하여 자기애를 부끄러워하고 그것을 일부러 없애려고 자학하는 것은 진정한 사랑을 할 수 있는 사회적 자아가 아니라는 것을 반증하는 것이다. 니체에 의하면 진정한 사랑이란 '자기애' 340)를 전제로 하는 것이며, 그러한 전제 아래서 자신과 현존으로부터 도피하도록 도와주는 사랑이거나 갈등을 이겨내고 보다 많은 것을 배우도록 도와주는 사랑이 형성될 수 있는 것이다.341) 그러나 이화는 김광준과 마찬가지로 도시빈민의 복지를 위해 자신의 삶을 결정하고 행동하는 자율적 주체인 듯하나, 타자에 의존해서 자신

---

340) 프롬은 니체의 '자기애'를 '자신에 대한 사랑'이라고 설명하고 있다. 그는 '자기애(self-love)'와 '자신에 대한 사랑 (love of self)'를 구별했다. 전자를 '자기중심적(egotism)'이라고 불리는 탐욕의 한 형식으로 설명했으며, 후자를 '자기 자신에 대한 애정으로 가득 차 있으며 친밀감이 깊은 긍정적인 태도'이며, 이런 태도를 가진 사람만이 '다른 사람에 대해서도 역시 그런 태도를 취할 수 있'는 것이라고 설명했다. (에리히 프롬, 앞의 책, 207쪽.)

341) 볼프강 라트, 앞의 책, 291쪽.

의 삶을 결정하고 행동한 것이므로 자율적인 주체라 할 수 없다. 결과적으로 그녀가 행하는 사랑은 순수함과 고결함으로 각색된 베풂의 사랑이라는 형식과 내용을 취하고 있지만, 독립적인 인격체가 행하는 사랑의 실천 행위가 아니므로 진정한 사랑의 실천행위라고 할 수 없다.[342] 또한 그녀는 육체적 순결을 강요하는 가족 이데올로기 내지 가부장적 이데올로기에 대해서 정면으로 도전한 듯하나, 성 해방에 국한함으로써 문제의 본질로 접근하지 못하고 남성의 성적 욕망에 자발적으로 동조한 것뿐이다.[343] 이화의 행동이 비록 남성의 신념에 의존한 것이라는 점에서는 비판받아야 할 것이다. 그러나 이화의 행동을 통해 가부장적 이데올로기에 대해 도전하는 미래의 여성상을 선도적으로 보여주고 있다는 점은 이 소설의 진보적 성향을 나타내는 것이라 할 수 있다.

3. 타협적 균형으로서의 근대적 가족제도

1970년대 대중소설 텍스트에서 낭만적 사랑이라는 문화적

---

342) 슬라예보 지젝은 여성을 이상화시키는 것은 여성의 외상적 차원을 보이지 않게 하는 남성의 자기애적 투사에 불과하다고 주장한다.(Slavoj Žižek(이만우 역), 『향락의 전이』, 인간사랑, 2002. 179-180쪽.)
343) 이런 방식은 작가가 단편 소설 「무쇠 탈」이나 「아메리카」 등의 단편소설에서 부정적 현실이 어떻게 개인의 삶을 와해시키고, 인간성을 파괴시키는가에 대해 진지하게 성찰하는 자세를 보여준 것과는 대조적이다.

코드는 '매혹'과 '거부'라는 대립적인 기호에 의해서 지시된다. 그리고 낭만적 사랑을 구성하는 기표들은 멜로드라마적 서사 구조에 의해서 의미 내용을 형성하고 있다. 대립적인 기호에 의한 의미 체계만을 고려한다면, 1970년대 대중소설은 사랑이냐 경제력이냐에 대한 저울질이라는 고전적 공식을 취하고 있는 듯하다. 이를테면 1970년대 대중소설의 주인공은 『장한몽』이나 『찔레꽃』에서 경제력/사랑 중에 선택의 기로에 서있는 주인공과 다를 바가 없으며 사랑/가족 중에 선택해야할 『자유부인』의 오선영의 처지와 다를 바가 없는 듯하다. 그러나 이전 소설과 달리, 1970년대 대중소설에서는 사랑과 경제력이 결혼의 선택사항이 아니라 필수 사항이 된다. 즉 1970년대 대중소설에서 경제력은 가족 구성의 물질적 토대이며, 낭만적 사랑은 가족 구성의 원리이기 때문에, 둘은 더 이상 선택항이 아니다. 또한 낭만적 사랑이 환상과 환멸 사이를 오가면서 그 갈등은 '사랑'과 '경제력'으로 수렴되지만, 사랑이 귀착되는 지점은 가정이다.344) 따라서 남녀 간에 합일의 감정과 경제력이 보장되지 않으면 가정이 파괴된다. 예컨대 두 남녀의 사랑이 경제력만을 타산적으로 헤아린 경우, 주체를 상실한 채 객체에 전적으로 의존하는 경우, 결혼한 남녀가 인격체로서 공존하지 못하는 경우, 성적 욕구만을 충족하려는 유희적 사랑의 경우, 타인의 감정에 종속되어 사랑을 베푸는 경우일 때는, 가정을 형성하거나 지속할 수 없게 된다. 연애의 두 요소 중의 하나인 성이 사적 영역의

---

344) 헤겔은 가족의 본질은 사랑이라고 역설한다. 사랑을 포함한 자산, 자녀라는 세 계기에 의해서 가족이 성립된다고 주장한다. (G. W. F. Hegel, Die Famile, 앞의 책.)

본능적인 차원이 문제라면, 또 하나의 요소인 사랑은 사적 영역에서 감정적 차원의 문제이면서 사회적 관계와 관련된 문제이기 때문이다. 그런데 1970년대 대중소설에서 낭만적 사랑이 귀착하고 있는 가정은 핵가족 제도로 구성되어 있다.

산업화 이후 핵가족제도는 도시를 중심으로 확산되기 시작하는데, 그러한 상황이 1970년대 대중소설에서 이상적인 가족제도로서 세밀하게 서술되어 있다. 도시에서 가족 구성원들은 공동체의 결속력으로부터 벗어나 개별 주체로서 자신의 역할을 수행하게 되고, 개별 주체가 서로 만나 자의에 의해서건 타의에 의해서건 핵가족을 구성하게 된다. 특히 도시 노동자는 노동의 대가로 인해 생활이 이전보다 윤택해졌지만, 대가족의 생계를 부담할 정도는 아니었다. 그리고 대가족 제도의 터전인 땅이라는 공동체의 터전으로부터 이탈된 그들에게 더 이상 대가족 제도는 무의미한 것이었다. 또한 기업 주도 대량 생산 체제의 생산과 소비 주체로서 노동자를 인식함에 따라, "노동하는 사람이 그의 신경 에너지를 소모적으로 난잡하게 그때그때 싱직 만족을 찾는데 소비하지 않는 일부일처제를 요구" [345]한다.

그러나 이와 같이 산업 사회의 효율적인 사회 제도로서 요구된 핵가족 제도는 도시와 중산 계층에 한정된 것이었다. 1960-70년대 한국 사회에서 농촌이나 그 공동체로부터 이탈하여 도시로 대량 유입된 저임금 노동자의 가족 형태는 여전히 대가족 제도였다.

---

345) 자빈 케비어(이철규 역), 『안토니오 그람시의 시민사회』, 백의, 1994. 135쪽.

　　도시 임금 노동자가 된 청소년들의 경우에도 농촌 중
심적 사고를 견지하고 있었으며, 고향에 남은 가족을 돕
는 형식으로 자신을 희생시켰다. 특히 낮은 임금과 부족
한 여가시간으로 인해 이들의 문화 접촉 기회는 매우 제
한된 상태가 될 수밖에 없었다. 따라서 가족 제도의 변
화 대중문화의 영향이 비로소 영향을 미치기 시작한 것
은 10대 청소년층이 나름대로 하부 문화를 형성하기 시
작하면서부터이다. 대중문화의 시작 지점이 아닌 대중문
화와 대중교육의 본격화는 1980년대 후반을 가족 구조
변화의 분기점으로 보는 것이 정확하겠다.346)

　　그럼에도 불구하고 1970년대 대중소설에서 낭만적 사랑과
핵가족 제도는 산업 사회의 사회적 이상으로 그려지면서,
'자명한' 문화적 코드로 작동되고 있다. 낭만적 사랑에 이
어 결혼한 남녀는 결혼 자체에 특별한 의미를 부여하고, 서
로가 서로를 정서적 동반자로 인식한다. 이를 통해 전근대
사회의 특징인 대가족 제도로부터 분리된 핵가족 제도는 자
명한 가족 구성의 원리처럼 재현되고 있다. 이를테면 『겨울
여자』에서 이화의 가족은 핵가족으로 구성되어 있으며 가족
회의를 통해 가족 구성원의 의사를 존중하는 바, "평등, 상호
존중, 자율성, 소통을 통한 의사 결정, 폭력으로부터의 자
유"347)가 실현되고 있는 민주적인 모습을 띠고 있다. 가족
구성원의 결속을 다지고, 서로에게 평화와 안정을 가져다주
는 이상적인 공동체가 핵가족 제도인 것처럼 묘사되고 있다.
　반면에 대가족 제도는 가족 구성원의 삶을 황폐하게 하는

---

346) 강현두 외, 『현대 대중문화의 형성』, 서울대 출판부, 1988.
347) 앤서니 기든스(한상진 외역), 『제3의 길』, 생각의 나무, 1998.
　　　149쪽.

제도로 그려진다. 예로 『휘청거리는 오후』에서 우희의 시집
은 도시로 삶의 터전을 옮겼으나 대가족 제도를 유지하고 있
으며 가난에서 벗어나지 못하고 있다. 『달이 뜨면 가리라』
에서도 여성 노동자의 시골집은 농촌 공동체에 기반한 대가
족 제도를 유지하고 있으나 경제적 자립을 하지 못하고 있
다. 그 제도하에서는 다른 가족 구성원의 경제력이나 노동력
을 착취하기 위해서 무능력한 가장의 비합리적인 폭력이 자
행된다.

또한 『별들의 고향』에서처럼 남녀가 "흔히 신혼 때면 누
구든"지 "누가 보거나 말거나" 타인의 시선을 받지 않고,
"시간 있으면 뽀뽀, 밥을 먹다가도 뽀뽀, 세수하다가도 뽀
뽀, 손톱 깎다가도 뽀뽀, 신문 보다가도 뽀뽀, 누가 보거나
말거나 뽀뽀" 348)를 할 수 있으려면 핵가족 제도여야 가능한
것이다. 이처럼 핵가족 제도는 그 안에서 개별 주체인 두 남
녀의 자유로운 행동을 보장할 수 있는 제도로 그려진다.

그러나 이와 동시에 핵가족 제도는 여성을 사적 영역의 담
당자로 남성을 공적 영역의 담당자로 구획하는 제도로 그려
지고 있다. 비록 여성이 대학을 졸업하였다고 하더라도 그것
은 가정을 좀 더 평안하고 합리적으로 경영하기 위한 지적
수련 이상으로 받아들여지지 않는다. 『휘청거리는 오후』에
서 허성 씨의 세 딸이 모두 대학까지 졸업한 여성들이지만,
결혼과 동시에 가정 내적 존재로 안착하는 것도 그러한 예이
다. 취직하고 싶어도 취직할 수 없는 사회 구조이고, 취직해
서 벌지 않아도 되는 경제력을 갖춘 가족이 있기 때문에 가

---

348) 『별들의 고향』 상권, 278쪽.

능한 일이다. 여성의 직장은 평생직장이 아니라, 가정을 합리적으로 경영하기 위해서 결혼 전에 사회적 경험을 터득하는 예비 훈련장일 뿐이다. 여성에게 사적 영역인 가정이 영원한 직장이므로, 여성이 결혼을 하여 가정을 꾸리는 것이 자아실현이며 자신의 삶의 영역에 제대로 안주한 것이 된다.

그러므로 1970년대 대중소설의 여성 주인공들은 대부분 관능적인 아름다움도 지녔지만, 청순하고 부드럽고 연약하고 천진스럽고 수동적이고 남성을 보조하는 성격도 지닌 젊은 여성이다. 이들은 남성에 의해 외부세계(공적 영역)로부터 보호받아야 할 연약한 존재로 그려지고 있다. 대학교육까지 받았으나 남성보다 사회적으로 열등하다는 의식을 내면화하고 있으며, 종속과 대상화에 동의하고 사적 공간에 안주하려한다. 이들 여성들은 결혼 전에는 순결성을 결혼 후에는 모성성을 여성의 미덕으로 삼고 있다. 또한 여성은 가정 내에 국한된 활동을 하지만 잡다한 가사 일은 가정부에게 맡기고, 매혹적이며 능력 있는 여주인과 의무에 충실하고 자상한 어머니 사이를 왔다갔다는 하는 중산층 전업주부로 그려지고 있다. 이는 산업사회에서 노동자 계급의 여성이 공장에서 여성노동을 가정에서는 아이돌보기, 가사 등을 책임지는 이중노동을 감당해야 했던 것과 대조적이다.[349]

한편 가부장적 이데올로기가 자본주의 체제와 결합되면서 여성/남성의 역할이 극단적으로 분리되었기 때문에 핵가족을 구성하기 위해서 남성은 경제력을 필수적으로 갖추고 있어야 한다. 핵가족 제도는 양육과 정서적 지원을 하는 '표현적'

---

[349] 조은 외,『근대 가족의 변모와 여성문제』, 서울대학교 출판부, 2001. 112쪽.

역할을 하는 여성과 가족을 유지하기 위해 돈을 벌고 규율을
유지하는 '도구적' 역할을 하는 남성으로 구성되기 때문이
다.350) 전근대 사회에서는 대가족 제도에서는 남성 1인의 무
능은 다른 가족의 능력으로 보충할 수 있는 것이었으나 핵가
족 제도에서는 남성의 무능은 가족 구성의 결정적인 장애물
이 된다. 그러므로『별들의 고향』의 문오는 대학 동창인 한
혜정과 결혼하고 싶어 하지만 "한 여인을 부양하기 위해서
생활의 기반을 잡" 351)지 못했기 때문에 그녀와의 결혼을 포
기하고 만다.

이렇듯 1970년대 대중소설 텍스트에서 '자명한 것'으로
형상화한 근대적인 가족제도는 실상은 부르주아 이데올로기
를 지향하고 있으므로 중산층의 스위트 홈을 구성할 수 있는
핵가족제도이다. 낭만적 사랑, 가정 내에서 여성에 의한 여성
스러운 보살핌과 모성애 그리고 자기희생, 남성에 의한 경제
적 풍요의 보장, 합리적인 가족 경영 등을 제공할 수 있는 사
적 영역의 제도인 것이다. 이 제도에서는 여성/남성은 사적
영역/공적 영역으로, 순결성과 모성성 관능성을 여성성으로,
남성성은 경제적 능력으로 '자명한 것'으로 규정되고 있다.
따라서 가족의 형태보다는 가족의 내적 특성과 심성이 강조
되는 핵가족 제도는 남녀의 불평등한 권력 구조, 가족 내 성
역할 구분, 나아가 여성에 대한 사회적 통제의 제도적 상징물
이라 할 수 있다. 따라서 산업 사회에서 성별 분업의 가장 기
본적 원리인 핵가족 제도는 남성은 생산적인 사회 분야로 여

---

350) 미셸 바렛, 「여성 억압과 '가족'」, 미셸 바렛 외(신현옥 외
    역),『페미니즘과 계급정치학』, 여성사, 1995.
351)『별들의 고향』 하권, 46쪽.

성은 소비 생활의 담당자인 주부로 분리시키고 있으며, 남성을 생산을 담당하는 공적 영역으로 여성을 노동력의 재생산을 담당하는 사적 영역으로 분리시키고 있다.

요컨대 핵가족 제도는 여성/남성의 성차와 사적 영역/공적 영역이라는 성 역할의 극단적인 분리를 수용한 가족제도이다.352) 그러므로 핵가족 제도는 실제적인 가족 체계라기보다는 이데올로기적인 일련의 생각들로 구성된 것으로 이해해야 한다.353) 자본주의 체제에서 형성된 가족에 대한 사회적 이상을 구체적으로 형상화한 가족제도라 할 수 있다. 이 가족제도에서는 남성은 은밀하게 보호된 사적 영역인 가정에서 행복을 누리는 한편 공적 생활이 주는 근심을 풀어낸다. 반면에 여성은 고착된 성 역할과 공적 영역/사적 영역의 극단적인 분리로 인해 남성과 같은 이중적 삶의 혜택을 누리지 못한다. 낭만적 사랑이라는 문화적 코드에 여성들이 매달려 있는 한 여성들은 사적 영역에 갇혀지기 때문이다.

이 지점에서 주목해야 할 점은 멜로드라마적 구조의 '반복'을 통한 낭만적 사랑의 에토스는 여성의 상황에 이중적인 영향을 미친다는 사실이다. 분명 여성들은 낭만적 사랑을 통해 사적 영역에 갇히게 되지만, 한편으로 남성성 내지 자

---

352) 앤소니 기든스에 의하면, 핵가족의 출현은 현재와 같은 형태의 '성성(sexuality)'이 발전되는 조건이었고, 생식으로부터 성 행위를 철저히 구분시키기 시작한 주요한 분리선이었다.(앤소니 기든스, 앞의 책, 263쪽.)

353) 바렛은 가족은 이데올로기적 구성물로 존재한다고 주장했다. "가구 구조, 친족의의 정의와 의미, '가족'이라는 그 자체의 이데올로기"가 사회에 따라 엄청나게 다양하다는 사실을 주장의 근거로 내세우고 있다.(미셸 바렛, 앞의 책, 99쪽.)

신의 상황으로부터 해방하려고 시도한다. 1970년대 대중소설 텍스트에서 여주인공은 자신에게 무관심하거나 심지어 적대적인 남성에게 접근하여 자신과 사랑하는 관계로 변화시키려고 적극적으로 유도한다. 이러한 여성의 적극적인 구애 방식은 여성 스스로 자신의 권력을 표현하려는 시도라 할 수 있다. 또한 가정생활에 환멸을 느끼고 다양한 방식으로 그것을 극복하려는 일부 여성들의 시도 역시 핵가족 제도를 해체하려는 여성의 권력 표현의 징후라고 할 수 있다. 비록 이런 행동이 타인과의 관계를 왜곡시키기도 하고, 가부장적 이데올로기나 가족제도에 대한 전면적인 거부나 도전으로 나아가지는 못하지만, 사적 영역에 갇혀있는 여성들이 자신의 삶을 성찰하고 자신의 삶 내지 자유를 표현하려는 소극적이나마 분명한 의지의 발현이며, 자율성의 상실 속에서 자율성을 키우려는 시도라 할 수 있다.[354]

독자 대중 역시 "사회적인 필요에 의해 상대적으로 강조되는 덕목"이자 규범에 의해서 '도덕적 비학(moral occult)'을 결말 구조로 취하는 멜로드라마의 구소를 통해서,[355] 가부장

---

[354] 앤소니 기든스는 친밀성의 구조 변동이 현대적 제도 전체를 전복시키는 효과를 낳을 수 있다고 본다. 그는 "친밀성의 구조 변동이 급진화될 가능성은 매우 현실적이다. 친밀성은 매우 억압적일 수도 있다. 감정적인 친밀감을 줄기차게 요구하는 것이 친밀성이라는 식으로 받아들인다면 더욱 그럴 것이다. 그러나 친밀성을 평등한 두 사람 간의 인격적인 관계에 대한 협상으로 본다면 전혀 다른 각도에서 해석할 수 있다"고 주장한다. (앤소니 기든스(배은경 외역), 앞의 책. 29쪽.)

[355] '도덕적 비학(秘學)'이란 용어는 그동안 '도덕적 정의'로 번역되어 왔다. 문학 연구에서, 도덕적 정의라는 용어는 대개 인간의 현세적인 요구에 따라 즉 사회 질서를 유지하기 위한 이

적 이데올로기에 순응하는 법과 자기를 통제하는 법을 배우는 한편, 이와 동시에 '도덕적 비학'이 지닌 이데올로기를 반성하게 된다.

앞서 1970년대 대중소설에 창녀가 다수 등장하기에 창녀소설이라고 불린다고 했다. 그러나 1970년대 대중소설이 핵가족 제도로 타협적 균형을 모색하면서, 성적 자유나 여성의 자기표현이라는 개방적인 측면보다는 오히려 창녀의 성욕과 분리된 낭만적 사랑의 환상과 가정의 안락함을 더 강조함으로써 가족으로 수렴되도록 하는 폐쇄적인 문화적 공간이다. 이 공간에서 독자 대중은 텍스트의 인물과 동일시되려는 욕망의 간접화 현상을 경험하게 된다. 특히 결혼이 지연되고 사적 영역에 대한 관심이 확대된 청년 독자들은 1970년대 대중소설을 통해 사랑의 대상, 사랑의 방식, 사랑에 이은 결혼, 결혼 후 안락한 가정생활 등에 대한 환상을 체험하게 되고

데올로기에 따라 멜로드라마가 권선징악적인 결말을 맺을 때 사용한다. 그러나 도덕적 비학이란 현실의 표면 뒤에 놓여 있으나 그 표면에 의해 가려진 정신적 가치 영역으로 절대적인 신성의 세계로부터 벗어난 사회를 지탱해주는 힘을 의미한다. 도덕적 비학이란 신성이 사라진 시대에 또 다른 신성을 요구하는 방식이라는 점에서 기존의 이데올로기만을 강요하는 도덕적 정의와는 구별된다. 또한 이 책의 연구 대상인 1970년대 대중소설은 권선징악적인 결말 구조만을 취하고 있지 않다. 그러므로 은 책은 1970년대 대중소설의 멜로드라마적 결말 구조를 피터 브룩스가 말한 '도덕적 비학'에 의한 결말 구조라고 규정함으로써, 기존의 이데올로기로부터 탈주하려는 움직임이 일상의 영역 속에 존재하고 있음을 강조하고자 한다.(P. Brooks, *Melodramatic Imagination*, Columbia Univ. Press, 1976. 15쪽.)

그런 환상으로 인해 대리 충족을 경험하게 된다. 그러면서 가부장적 이데올로기와 부르주아 이데올로기를 자연스럽게 수용하고 강화시킨다.

그러나 작가와 독자 대중이 대부분 청년 내지 청년의식을 지녔다고 볼 때, 타협적 균형이 생성한 1970년대 대중소설의 텍스트 공간은 이들의 욕망이 투영되는 공간이기도 하지만 뜻밖의 욕망을 체험할 수 있는 새로운 문화적 경험 공간이기도 하다. 사적 영역과 공적 영역의 경계를 지우려는 여성 인물들의 자기 표현을 통해 산업화와 획일화된 국가체제에 의해서 왜소해진 청년 대중들의 자유에 대한 소망을 체험하는 공간이 된다. 이 공간에서, 주로 사회적 약자인 여성에게 '도덕적 비학'이 작용함으로써, 독자 대중은 '도덕적 비학'에 작용하는 이데올로기의 모순을 자각하게 되고 그 이데올로기로부터 탈주하고자 하는 욕망을 상상적으로 체험하게 된다.

제 6 장

문화적 경험 공간으로서의
대중소설의 의의

이 책에서는 1970년대 대중소설이 대중들의 감정구조를 '문화적 코드'로 표현/창조하고 있는 문화적 경험 공간임을 규명했다. 대중소설은 사회 제도나 사회 변동, 그리고 대중들의 일상적인 삶을 보여주는 문화 텍스트로써, 한 텍스트의 통속적 요소가 다른 텍스트에도 쉽게 영향을 주는 경향이 있으므로 상호 텍스트성에 의해 의미가 생성된다고 할 수 있다. 그러므로 이 책에서는 문화 텍스트(cultural text) 분석을 통해 1970년대 대중소설이 서로 다른 규범이나 가치 층위들이 대립·충돌하는 장이며, 그런 대립적인 지시체계가 타협적 균형(compromise equilibrium)에 의해서 수렴되는 새로운 문화적 경험 공간임을 규명했다.

이를 위하여 이 책의 제2장에서 대중소설의 개념과 사회 역사적인 조건을 고찰했다. 이 책에서는 대중소설을 '인간성의 통속적인 측면에 호소하는 체험을 제공하면서 그에 따른 일련의 기능을 담당하는 소설'로 규정하고, 본격적인 대중문화의 소산이 1970년대 대중소설이며, 1970년대 대중소설의 대중화는 청년 내지 청년 의식과 관련이 있음을 규명하였다. 따라서 공적 영역/사적 영역에 관련된 청년의 문제를 제3장에서부터 제5장까지 각각 신화와 반신화, 여성의 육체, 낭만적 사랑이라는 문화적 코드로 구분하여 파악함으로써, 텍스트에 나타난 청년 내지 청년 의식을 고찰했다.

우선 제3장에서는 1970년대 대중소설 텍스트에 나타난 공적 영역과 관련된 청년 의식을 규명했다. 근대화 이후 자유의 신화를 토대로 생성된 성공의 신화와 도시의 신화라는 문화적 코드를 분석한 결과, 텍스트에 나타난 청년들은 신화에 대한 대리 체험/일탈, 질서에의 순응/저항, 현실로부터의 탈주/현실에의 순응, 공포/연민 등의 대립적 가치 속에서 갈등한다는 사실을 파악할 수 있었다. 그렇지만 구체적인 기호의 '반복(iterative)'적 서술에 의해서 '확실한 사실(constat)'로 지시된 신화의 매혹으로부터 벗어나지 못하고 있다. 부르주아 이데올로기를 반영/생성하는 성장의 신화와 도시의 신화는 청년들에게 대단히 매혹적인 것이지만, 청년들의 갈등의 원인은 자신의 욕망을 성취할 수 없는 현실적 제약에 있음을 알 수 있었다.

텍스트에서 반신화라는 문화적 코드 역시 '반복'적으로 서술됨으로써, '확실한 사실'로 승인된 신화를 해체하고 그것에 대한 저항하려는 성격 즉 반문명, 반도시, 반성장의 성격을 띤다. 반문명, 반도시, 반성장으로서의 반신화는 '고향 회귀'나 '사회적 규범이나 가치에 대한 도전'이라는 기표에 의해 지시되면서 '자유'라는 개념으로 수렴된다. 텍스트의 인물들은 노예의 자유(자유의 신화)에서 벗어나 참된 '자유'를 회복하고자 욕망한다. 그러므로 신화/반신화의 갈등을 조정하는 타협적 균형 원리인 자유가 '반복'적으로 서술되면서 신화를 해체하려고 한다. 그러나 그러한 시도는 신화의 지배성에 의해 신화로부터의 일시적인 회피로 그치고 만다. 그러므로 1970년대 대중소설 텍스트는 신화의 매혹을 거부하지 않으면서도 신화를 해체하려고 시도하는 새로운 문화적 경험 공간이라고 할 수 있다.

　이 책의 제4장에서는 청년들의 사적 영역에 대한 관심을 성과 육체라는 문화적 코드로 한정하여 살펴보았다. 1970년대 대중소설은 가부장적 이데올로기와 자본주의 체제가 결합되면서 여성의 육체가 대상화되고 그로 인해 성이 상품화되는 양상을 '자명한 것'처럼 재현하고 있다는 사실을 규명할 수 있었다. 이때 여성의 육체는 이상화된 육체/훼손된 육체로 지시되고 여성성은 관능성/순결성/모성성에 의해서 규정된다. 쾌감을 일으키는 여성의 이상화된 육체는 관능성과 순결성을 지녀야 하며, 그것은 남성의 절시증과 여성의 나르시시즘을 모두 만족시킨다. 반면에 훼손한 육체는 관능성과 순결성, 모성성을 복구할 수 없기에 타인에게 혐오감을 주게 되는데, 혐오감을 주는 육체나 여성은 남성뿐 아니라 여성의 시선에 의해서도 통제된다. 한편 1970년대 대중소설 텍스트는 성 또는 육체에 대한 상세한 묘사의 '반복'을 통해 말초적 감각을 자극한다. 말초적 감각을 자극하는 상세한 묘사의 '반복'은 정신적 가치 지향에 초점을 맞춘 이전 소설들과 결별하고 정신과 육체를 일원론적으로 인식하는 서술 태도에서 비롯된 서술 방법이라 할 수 있다. 이러한 서술 방법을 통해 텍스트는 지배 이념의 지배성에 대한 매혹과 더불어 심층적 차원에서 그것을 거부하는 인간의 욕망을 동시에 충족시키고 있다.

　성과 육체에 대한 문화적 경험 공간인 1970년대 대중소설 텍스트는 관능적 육체와 행동을 보고/보이는 즐거움을 통해 사회적 관습으로부터 해방된 자유를 보다 확장하려고 하는 한편, 사회적 관습을 유지하려는 욕구 때문에 '쾌감 불안'을 느끼는 대중 독자를 의식한다. 따라서 '쾌감 불안'을 해소하고 자유로운 감정을 확장하기 위한 소설적 안정 장치를 배치한다. 우선, 서술 방법으로 말초적 감각을 자극하는 묘사를 '반복'적으로 상세하게 서술하고, 이와 동시에 성행위의 주체이며 관능적 육체의 소유자인 여성을 순수하고 정숙한 여주인공이라는 가부장적 이데올로기에 순응하는 여성적 성격의 소유자라는 사실을 병치하여 서술하고 있다. 이러한 병치로 인해 텍스트는 성적 자극을 상쇄하는 효과를 얻게 된다. 다른 한편으로, 사회적 규범이나 가치에 의해서 거부되는 여성인 창녀나 성적으로 문란한 여성을 구제/배제하는 방법으로 타협적 균형을 모색한다. 관능적이면서 연약한 성격의 소유자인 창녀를 모성성과 순결성을 지닌 성처녀로 승화시켜 관능적인 상상의 공간을 확장시키고, 반대로 그런 성격을 소유하지 못한 창녀에게는 도덕적 차원의 비판을 가하는 방식으로 타협적 균형을 찾아간다. 이러한 상반된 타협적 균형에 의해서 형성된 텍스트는 청년 독자대중들이 현실에서 억눌린 일상을 회복시키는 문화적 공간이 된다. 또한 가부장적인 여성관 나아가 성적 에너지를 공적 담론으로 방출하는 것을 금기시하는 전통적인 윤리관으로부터 해방될 가능성을 지닌 새로운 문화적 경험 공간이 된다.

마지막으로 제5장에서는 청년들의 사적 영역의 관심사이면서 사회제도와 필연적으로 관련될 수밖에 없는 낭만적 사랑이라는 문화적 코드를 고찰했다. 1970년대 대중소설에서 그것은 '매혹'과 '거부'라는 대립적 지시체계에 의해서 구성된다. 찰나적 매혹에 빠져 두 남녀가 낭만적 사랑을 하는데, '경제적이고 합리적인 성공'을 할 수 있다는 점에서 낭만적 사랑은 더욱 매혹적인 것이 된다. 그러나 낭만적 사랑은 그렇게 매혹적인 결과를 수반하는 것만은 아니다. 경제적 어려움이나 상대방에 대한 신뢰의 파괴로 인해 환멸을 경험하게도 되기 때문이다. 1970년대 대중소설 텍스트에서 낭만적 사랑이 환상과 환멸 사이를 오가는 이유는 '경제력'과 '사랑' 때문이지만 그 사랑이 귀착되는 지점은 핵가족 제도에 의해 구성된 가정이다. 연애의 두 요소 중의 하나인 성이 사적 영역의 본능적인 차원의 문제라면, 또 하나의 요소인 사랑은 사적 영역에서 감정적 차원의 문제이면서 사회적 관계와 관련된 문제이기 때문이다.

요컨대 1970년대 대중소설은 핵가족으로 구성된 중산층의 스위트 홈을 경험할 수 있는 새로운 문화적 경험 공간이 된다. 낭만적 사랑에 대한 환상과 환멸의 갈등은 근대적 가족제도에서 타협적 균형을 찾는데, 이 가족제도는 부르주아적 이데올로기를 지향하고 있으며 가부장적 이데올로기가 더 강화된 핵가족 제도이다. 이 제도의 경험 공간에서 남성과 달리 여성은 고착된 성 역할과 공적 영역/사적 영역의 극단적인 분리를 강요당하게 된다. 그러므로 낭만적 사랑과 그에 이은 가족의 형성과 변화는 여성의 상황에 이중적인 영향을 미친다. 여성은 그 변화의 와중에서 사적 영역에 갇히게 되는 동시에 남성중심주의 내지 자신이 처한 상황으로부터 해방하려고 시도한다. 다시 말해 대부분의 여성들은 경제적 풍요와 사회적 관습에 따라 가정생활에 안주하지만, 일부 여성들은 가정생활에 환멸을 느끼면서 해방을 시도한다. 그래서 자신이나 남에게 무관심하거나 심지어 적대적인 남성에게 접근하여 자신과의 사랑을 형성하려고 노력하는 등 다양한 방식으로 환멸을 극복하려고 한다.

환멸에 대응하는 여성들의 이러한 시도는 핵가족 제도를 해체하려는 여성의 권력 표현의 징후라 할 수 있다. 텍스트에서 가정에 대한 이중적 태도는 멜로드라마적 구조의 '반복'을 통해서 실현된다. 특히 멜로드라마의 보편적 특징인 '도덕적 비학'에 의한 결말 구조는 사회적인 필요에 의해 상대적으로 강조되는 덕목에 순응하도록 자기 통제를 유도하는 소설적 장치이기도 하지만, 이와 동시에 '도덕적 비학'이 작용하는 대상이 주로 사회적 약자인 여성에 한정됨으로써, '도덕적 비학'에 작용하는 이데올로기를 성찰하게 하는 근거가 된다. 이러한 반성을 유도하는 텍스트는 가부장적 이데올로기에 대한 전면적인 도전은 아니지만 사적 영역과 공적 영역의 경계를 지우려고 시도하는 새로운 문화적 경험 공간이 된다. 이 공간은 다시 산업화와 획일화된 국가체제에 의해서 왜소해진 청년 대중들의 갈망과 소통하는 공간이 된다. 다시 말해 텍스트는 공동체의 의미 있는 '나'가 아니라 일상적이고 자유로운 '나'를 회복하고 싶어 하는 청년 대중들의 감정구조와 공감대를 형성하는 공간이 되는 것이다.

이상과 같이 이 책에서는 자유의 문제, 여성/남성과 사적 영역/공적 영역의 극단적인 분리, 자본주의의 등장에 따른 계층 구조의 변화와 가족 관계의 변모 및 여성 문제를 살펴보았다. 그 결과 자본주의 체제에 의해서 경제적 능력의 획득이 텍스트에 등장하는 인물들의 이상이 됨으로써 가부장적 이데올로기가 더 강화되고 있음을 알 수 있었다. 이런 의미에서, 1970년대 대중소설 텍스트는 지배 담론에 순응하고 있는 공간인 셈이다. 그러나 이와 동시에 그것을 거부하는 공간임을 역시 파악할 수 있었다. 결국 1970년대 대중소설 텍스트는 지배 논리에의 순응과 거부가 공존하고 있으며, 그 둘이 타협적 균형을 이루고 있는 문화적 경험 공간이 된다는 사실을 알 수 있다. 또한 이 공간은 당대의 청년 의식과 밀접한 관련이 있음을 파악할 수 있었다.

따라서 1970년대 대중소설 텍스트에서 청년 의식은 자유, 성과 사랑이라는 문화적 코드를 통해 이중적 성향을 띠고 있다. 그러나 이는 다시 청년들에게 이중적 반응 공간으로 작용한다. 즉 청년들에게 텍스트는 한편으로는 지배 담론에 순응하고 그것에 순응하기 위해 자기 규율을 강화하려는 청년 의식을 보여주는 문화적 경험 공간이 된다. 그리고 또다른 한편 심층적 차원에서 보면 정치적 획일주의에 대한 저항의식, 문화적 획일주의, 기성세대의 보수적 가치관에 도전하여 개인의 일상의 자유를 회복하고자 하는 청년 의식을 보여주는 새로운 문화적 경험 공간이 된다.

이처럼 이 책은 1970년대 대중소설 텍스트를 문화 텍스트로 분석함으로써 텍스트가 독자와 반응하면서 매혹과 거부의 갈등이 조성하는 타협적 균형 공간임을 규명하고 있다. 따라서 이 책은, 대중소설 텍스트가 지배 이데올로기를 추수하는 것만이 아니라 그것을 전복시킬 가능성도 내포한 새로운 문화적 경험 공간이라는 사실을 알려줌으로써 대중문학에 대한 새로운 이해를 가능하게 해주었다는 점에서 의의를 갖는다고 하겠다.

그러나 이 책은 다음과 같은 한계를 분명히 지닌다는 점을 부인할 수 없다. 즉 1970년대 대중소설의 지형도를 파악하기 위해서는 이 책에서 대상으로 하고 있는 연애소설뿐만 아니라 대중소설의 하위범주라고 할 수 있는 탐정소설, 역사소설, 무협소설 등의 유형적 고찰도 아울러 이루어져야 할 것이다. 하지만 이 책에서는 연구 주제와 연구 방법론의 특성으로 인해 연애소설만 대상으로 하여 연구 작업을 수행하였다. 또한 한국 문학사 속에서 1970년대 대중소설이 지닌 의의를 파악하기 위해서는 대중소설사에 대한 계보학적 연구가 동시에 이루어져야 한다. 하지만 이 책의 성격상 1970년대라는 한정된 공간에서 형성된 대중소설만 다루었다. 이러한 한계의 극복이 필자의 평생의 연구 과제가 될 것이다.

참고문헌

참고문헌

(1) 기본 자료

김승옥, 『강변부인』, 문학 동네, 2002.

박범신, 『죽음보다 깊은 잠』, 문학예술사, 1979.

박범신, 『풀잎처럼 눕다』, 금화출판사, 1980.

박완서, 『휘청거리는 오후』, 세계사, 1998.

조선작, 『영자의 전성시대』, 민음사, 1974.

조해일, 『겨울 여자』 상·하, 문학과 지성사, 1976.

최인호, 『바보들의 행진』, 청호문화사, 1987.

최인호, 『별들의 고향』, 상·하, 예문관, 1973.

최인호, 『도시의 사냥꾼』, 예문관, 1977.

한수산, 『달이 뜨면 가리라』, 고려원, 1986.

한수산, 『부초』, 민음사, 1977.

(2) 국내 논문

강진호, 「탈이념과 신세대 소설의 분화과정」,
　　　　『민족문학사 연구』 4. 1993.

고미숙, 「대중문학론의 위상과 '전통성'에 대한 비판적 검토」,
　　　　『문학 동네』, 1996. 여름.

고재종, 「주체적 독자를 위하여」, 『실천문학』 1995. 가을.

권영민, 「대중소설과 통속소설」, 『예술과 비평』, 1984. 겨울.

------, 「대중문화의 확대와 소설의 통속성 문제」,

　　　　『한국 민족 문학론 연구』, 민음사, 1988.

권택영, 「문학성과 대중성 – 아무튼 진술해야 한다」,

　　　　『동서문학』, 1988. 9.

------, 「서로 넘나들 수 있는 대중문학과 순수문학의 경계」,

　　　　『문학사상』, 1997, 4.

권혁웅, 「대중문학시대에 있어서의 작가상」, 『문학사상』, 1997. 4.

김만수, 「장르의 벽을 넘거나 그 경계에 있어야 할 문학」,

　　　　『문학사상』, 1997. 4.

김병익, 「삶의 치열성과 언어의 완벽성 – 조선작의 경우」,

　　　　『문학과지성』, 1974. 여름.

------, 「특집: 신문연재소설 – 70년대 신문소설의 문화적 의미」,

　　　　『신문연구』, 관훈클럽, 1977. 가을.

------, 「60년대 의식의 편차」, 『문학과 지성』, 1997. 봄.

김복순, 「해방후 대중소설의 서사방식(상): 1970년대까지를 중심으로」,

　　　　『명지대 인문과학연구논총』 제19집, 1999. 5.

김영민, 「문학 대중화론 연구」,

　　　　『1930년대 민족문학의 인식』(이선영 편), 한길사, 1990.

김연종, 「대중문화의 수용자: 능동적 창조자인가, 피동적 수용

　　　　자인가?」, 『서강대언론문화연구』 제11집, 1993. 12.

김우종, 「특집: 신문연재소설 – 신문소설과 상업주의」,
　　　『신문연구』, 관훈클럽, 1977. 가을.

김윤식, 「우리 소설의 4가지 유형」, 『소설 문학』, 1985. 6.

------, 「퇴폐미학의 근원을 찾아서」, 『현대문학』, 1991. 7.

김종철, 「상업주의 소설론」, 『한국문학의 현 단계 II』(백낙청
　　　외편), 창작과 비평사, 1993.

김창식, 「대중문학과 독자」, 『한국문학논총』 제25집, 1999. 12.

김치수, 「한국소설은 어디에 와 있는가 – 최인호와 황석영을 중
　　　심으로」, 『문학과지성』, 1972. 가을.

김 현, 「보기 흉한 제스처」, 『우리시대의 문학』, 김현전집 14,
　　　문학과 지성사, 1994.

------, 「70년대 문학과 상업주의」, 위의 책.

------, 「문학은 소비 상품일 수 없다」, 위의 책.

------, 「세련된 심미안은 악덕이 아니다」, 위의 책.

김현주, 「1970년대 대중소설 연구」, 민족문학사연구소 현대문학
　　　분과 편, 『1970년대 문학연구』, 소명출판사, 2000.

------, 「성장신화 속에서 춤추는 욕망과 환상: 박범신의 『죽음
　　　보다 깊은 잠』 연구」, 한국여성문학학회 편, 『여성문
　　　학연구』 통권 6호, 2001. 12.

문흥술, 「상업주의 비평의 실체」, 『문학정신』, 1996. 봄.

박철우, 「1970년대 신문연재소설 연구」,
　　　중앙대학교 문예창작학과 박사학위 논문, 1996.

박휘종, 「1970년대 대중소설 연구」, 부산대학교 석사학위 논문, 1996.

방민호, 「대중문학의 '복권'과 민족문학의 갱신」,

　　　『실천문학』, 1995. 가을.

손경목, 「통속문학과 대중문학의 가능성」, 『실천문학』, 1991. 봄.

신동욱, 「최인호 문학의 수수께끼」, 『별들의 고향』 하, 예문관, 1977.

------, 「삶의 투시로서의 이야기 문학」,

　　　『영자의 전성시대』, 일선출판사, 1987.

심미애, 「베스트셀러에 나타난 감성구조 연구 - 1970년대 이후 한국 소설을 중심으로」,

　　　서강대학교 언론학과 석사논문, 1996. 7.

윤석진, 「1960년대 멜로드라마 연구 - 연극·방송극·영화를 대상으로」, 한양대학교 국어국문학과 박사학위 논문, 2000. 6.

이선영, 「문화의 대중성과 공공성」, 『문학예술』, 2002, 5.

이정옥, 「권위적 서술자와 여성인물의 허상화」,

　　　『현대소설 시점의 시학』(한국소설학회), 새문사 1996.

------, 「대중소설의 시학적 연구」, 서강대학교 박사학위 논문, 1998.

이호철, 「순수소설과 통속소설」, 『문예중앙』, 1994, 여름.

임희섭, 「대중문화의 사회적 의미」, 『문학과 지성』, 1975, 여름.

장경렬, 「감성의 언어와 정지의 미학」, 『한국소설문학대계71』,

　　　동아출판사, 1995.

장서연, 「1970년대 대중소설 연구」,

　　　동덕여자대학교 국어국문학과 박사학위 논문, 1998.

전영태, 「대중문학론고」, 서울대학교 석사학위 논문, 1980.

------, 「한국근대소설의 대중성에 관한 고찰」, 『한국학보33』, 1983. 2.

정규웅, 「무늬와 얼룩－한수산에 관한 기억들」, 『동서문학』, 1989. 9.

정재서, 「대중문학의 전통적 동기」, 『상상』 1995. 여름.

진형준, 「연애의 풍속도」, 『반연애론』(조해일), 솔, 1991.

------, 「문학의 대중성·상품성·전통성의 문제」, 『상상』, 1995. 여름.

최문규, 「문학의 심미적 자율성에 관하여: 칼 하인츠 보러」,
『문학과 의식』, 1998, 가을.

최병우, 「대중문학에 대한 새로운 이해를 위하여」,
『강릉어문학』 제11집, 1996. 12.

추애주, 「소외의 관점에서 본 여성다움에 관한 연구－한국대중
소설에 나타난 여성상을 중심으로」,
이화여자대학교 여성학과 박사학위 논문, 1985.

추은주, 「1970년대 대중소설 연구」, 계명대학교 석사학위 논문, 1997.

홍정선, 「한국대중소설의 흐름」, 『역사적 삶과 비평』,
문학과 지성사, 1996.

------, 「현실로서의 비현실」, 『무쇠 탈』(조해일), 솔, 1991.

(3) 국내저서

강만길 외, 『한국사 19』, 한길사, 1994.

강명구, 『소비대중문화와 포스트모더니즘』, 민음사, 1996.

강준만 외 편, 『대중매체와 페미니즘』, 한나래, 1993.

강현두 외, 『현대 대중문화의 형성』, 서울대 출판부, 1988.

김명석, 『한국소설과 근대적 일상의 체험』, 새미, 2002.

김복순, 『1910년대 한국문학과 근대성』, 소명출판사, 1999.

김수용, 『예술의 자율성과 부정의 미학』, 연세대학교출판부. 1998.

김영민, 『한국근대소설사』, 솔출판사, 1997.

------, 『한국문학비평논쟁사』, 한길사, 1994.

김윤식, 『한국 근대 문예비평 연구』, 일지사, 1987.

김주연, 『대중문학과 민중문학』, 민음사, 1980.

김 철, 『국문학을 넘어서』, 국학자료원, 2000.

김철, 신형기 외 『문학 속의 파시즘』, 삼인, 2001.

김현 편, 『문학이란 무엇인가』, 문학과 지성사, 1976.

나병철, 『근대성과 근대문학』, 문예출판사, 1995.

------, 『모더니즘과 포스트모더니즘을 넘어서』, 소명출판사, 1999.

대중문학연구회 편, 『대중문학이란 무엇인가』, 평민사, 1995.

----------------, 『신문소설이란 무엇인가』, 국학자료원, 1996.

----------------, 『연애소설이란 무엇인가』, 국학자료원, 1998.

----------------, 『역사소설이란 무엇인가』, 예림기획, 2003.

민족문학사연구소 현대문학분과 편,

『1970년대 장편소설의 현장』, 국학자료원, 2002.

박기성, 『문화 커뮤니케이션과 대중문화』, 평민사, 1983.

박명진 외 편역,『문화, 일상, 대중: 문화에 관한 8개의 탐구』, 한나래, 2000.

박성봉,『대중예술의 미학』, 동연출판사, 1995.

박성봉 편역,『대중예술의 이론들』, 동연출판사, 1995.

서정철,『기호에서 텍스트로 - 언어학과 문학 기호학의 만남』, 민음사, 1998.

송효섭,『문화기호학』, 민음사, 1997.

신형기,『변화와 운명』, 평민사, 1997.

------,『민족 이야기를 넘어서』, 삼인, 2003.

양건열,『비판적 대중문화론』, 현대미학사, 1997.

이경훈,『이광수의 친일문학연구』, 태학사, 1998.

------,『이상, 철천의 수사학』, 소명 출판사, 2000.

이재선,『한국현대소설사』, 홍성사, 1984.

이정옥,『1930년대 한국 대중소설의 이해』, 국학자료원, 2000.

임성래,『조선 후기의 대중소설』, 태학사, 1995.

임성래 외,『대중문학의 이해』, 청예원, 1999.

임영호 편역,『스튜어트 홀의 문화이론』, 한나래, 1996.

조동일,『한국문학통사』 5, 6, 지식산업사, 1996.

조영복,『한국모더니즘 문학의 근대성과 일상성』, 다운샘, 1997.

태혜숙,『연애소설 어떻게 읽을 것인가』, 여성사, 1993.

차봉희 편저,『수용미학』, 문학과지성사, 1985.

최유찬,『한국문학의 관계론적 이해』, 실천문학사, 1995.

------,『『토지』를 읽는다』, 솔출판사, 1996.

------,『컴퓨터 게임의 이해』, 문화과학사, 2002.

최문규,『탈현대성과 문학의 이해』, 민음사, 1996.

------,『문학이론과 현실인식』, 문학 동네, 2000.

한국문학연구회,『페미니즘은 휴머니즘이다』, 한길사, 2000.

한명환,『한국현대소설의 대중미학적 연구』, 국학자료원 1997.

황태연 편역,『주인과 노예의 변증법』, 지양사, 1983.

(4) 외국저서

A. J. Greimas(김성도 역),『의미에 관하여』, 인간사랑, 1997.

G. W. F. Hegel(황태연 편역),『주인과 노예의 변증법』, 지양사, 1983.

John G. Cawelti, *Adventure, Mystery, and Romance*, The Univ of Chicago Pree: Chicago and London, 1976.

John G. Cawelt, *Mystery, Violence, and Popular Fiction,* The Univ of Wisconsin Press: Popular press, 2004.

John Mercer & Martin Shingler, *Melodrama*, Wallflower: London and New York, 2004.

Mark Currie, *Postmodern Narrative Theory*, st. Martin's Press. 1988.

M. Horkheimer und TH. W. Adorno(김유동 외역),

『계몽의 변증법』, 문예출판사, 1995.

Slavoj Žižek(김소연 외역), 『삐딱하게 보기』, 시각과 언어, 1995.

Slavoj Žižek(이만우 역), 『향락의 전이』, 인간사랑, 2002.

Tony Bennett(ed), *Popular Fiction*, Routledge: London and New York, 1987.

Umberto Eco(김운찬 역), 『대중의 슈퍼맨』, 열린 책들, 1995.

Umberto Eco(김운찬 역), 『소설 속의 독자』, 열린 책들, 1996.

T. W. Adorno(홍승용 역), 『미학이론』, 문학과지성사, 1995.

다니엘 벨(김진욱 역), 『자본주의의 문화적 모순』, 문학세계사, 1995.

레이몬드 윌리엄스(박효숙 역), 『텔레비전론』, 현대미학사, 1996.

레이몬드 윌리엄즈(이일환 역), 『이념과 문학』, 문학과지성사, 1998.

롤랑 바르트(이화여대 기호학연구소 역), 『현대의 신화』, 동문선, 1997.

르네 지라르(김치수·송의경 역),

『낭만적 거짓과 소설적 진실』, 한길사, 2002.

리타 펠스키(김영찬·심진경 역), 『근대성과 페미니즘』, 거름, 1998.

미셸 푸코(이규현 역), 『성의 역사: 제1권 앎의 의지』, 나남출판, 1995

미하일 바흐찐(전승희 외역), 『장편소설과 민중 언어』, 창작과 비평사, 1988.

발터 벤야민(반성완 편역), 『발터 벤야민의 문예이론』, 민음사, 1994.

발터 벤야민(차봉희 역), 『현대 사회와 예술』, 문학과지성사, 1994.

블라디미르 프롭(황인덕 역), 예림기획, 1998.

삐에르 부르디외(최종철 역),

『구별 짓기: 문화와 취향의 사회학』 上, 下권, 새물결, 1996.

스튜어트 유웬(백지숙 역),

『이미지는 모든 것을 삼킨다』, 시각과 언어, 1997. 40쪽.

스티븐 코핸·린다 샤이어스(임병권·이호 역),

『이야기하기의 이론 — 소설과 영화의 문화 기호학』, 한나래, 1997.

시모어 채트먼(김경수 역),

『영화와 소설의 서사구조』, 민음사, 1996.

아르놀트 하우저(백낙청·염무웅 역),

『문학과 예술의 사회사』, 창작과 비평사, 1999.

안토니 이스트호프(임상훈 역),

『문학에서 문화연구로』, 현대미학사, 1996.

안토니오 그람시(이상훈 역), 『그람시의 옥중수고 II』, 거름, 1993.

앤소니 기든스(배은경 외역),

『현대사회의 성·사랑·에로티시즘 — 친밀성의 구조변동』, 새물결, 1999.

월터 L. 아담슨(권순홍 역),

『헤게모니와 혁명 — 그람시의 정치이론과 문화이론』, 학민사, 1986.

유리 M. 로트만(유재천 역), 『문화 기호학』, 문예출판사, 1998.

이토 세이 외(유은경 역), 『일본 사소설의 이해』, 소화, 1997.

장 보드리야르(이상률 역), 『소비의 사회』, 문예출판사, 1992.

제라르 주네트 외(석경징 외 편), 『현대 서술 이론의 흐름』, 솔, 1997.

존 A. 워커(정진국 역), 『대중 매체 시대의 예술』, 열화당, 1997.

존 스토리(박모 역), 『문화연구와 문화이론』, 현실문화연구, 1999.

칼 하인츠보러(최문규 역), 『절대적 현존』, 문학 동네, 1998.

칼리니스쿠(이영욱 외역), 『모더니티의 다섯 얼굴』, 시각과 언어, 1993.

테리 이글턴(김명환 외), 『문학이론입문』, 창작과 비평사, 1989.

허버트 J. 갠스(강현두 역), 『대중문화와 고급문화』, 나남, 1998.

· 저자 ·

김현주(金鉉珠)   · 약력 ·

문학박사
연세대학교 국어국문학과 및 동 대학원 졸
현재 연세대, 명지대 강사

· 주요논문 ·

「1970년대 대중소설연구」, 「1980년대 소설」
「대중소설의 서사전략과 근대성」
「성장신화 속에 춤추는 욕망과 환상」
외 다수

· 주요저서 ·

『페미니즘은 휴머니즘이다』
『1970년대 문학연구』
『역사소설이란 무엇인가』
외 다수

대중소설의 문화론적 접근

· 초판 인쇄	2005년 9월 5일
· 초판 발행	2005년 9월 10일
· 지 은 이	김현주
· 펴 낸 이	채종준
· 펴 낸 곳	한국학술정보㈜
	경기도 파주시 교하읍 문발리 526-2
	파주출판문화정보산업단지
	전화 031) 908-3181(대표) · 팩스 031) 908-3189
	홈페이지 http://www.kstudy.com
	e-mail(e-Book사업부) ebook@kstudy.com
· 등 록	제일산-115호(2000. 6. 19)
· 가 격	27,000원

ISBN   89-534-3073-9 93810 (Paper Book)
        89-534-3074-7 98810 (e-Book)